YA Sp Ojeda
Ojeda, Daniel,
Cómeme si te atreves /
$16.95   ocn922458751

Cómeme si te atreves

Cómeme si te atreves

Daniel Ojeda

Rocaeditorial

© Daniel Ojeda, 2016

Primera edición: enero de 2016

© de esta edición: Roca Editorial de Libros, S. L.
Av. Marquès de l'Argentera 17, pral.
08003 Barcelona
info@rocaeditorial.com
www.rocaeditorial.com

Impreso por LIBERDÚPLEX, s.l.u.
Crta. BV-2249, km 7,4, Pol. Ind. Torrentfondo
Sant Llorenç d'Hortons (Barcelona)

ISBN: 978-84-16306-81-7
Depósito legal: B-26.558-2015
Código IBIC: YFB

Todos los derechos reservados. Quedan rigurosamente prohibidas,
sin la autorización escrita de los titulares del copyright, bajo
las sanciones establecidas en las leyes, la reproducción total o parcial
de esta obra por cualquier medio o procedimiento, comprendidos
la reprografía y el tratamiento informático, y la distribución
de ejemplares de ella mediante alquiler o préstamos públicos.

RE06817

A mi madre, por sonreír pese a todo.
A Babia y Silvia, por salvarme.
A vosotras, las chicas. Siempre seréis guapas por dentro y por fuera digan lo que digan todos los demás.

«Soy una niña que juega a disfrazarse
y que no es capaz de reconocerse
a sí misma bajo el disfraz.»

STEPHANIE PERKINS, *Lola y el chico de al lado*

Mi nombre es Babia

*E*star gorda son todo ventajas.

Aunque en el transporte público haya un sitio vacío justo a tu lado, siempre se sentarán en el de enfrente. Todo por tu comodidad. ¿Quieres llamar la atención y que todo el mundo te mire? Solo tienes que buscar una camiseta con un escote más pronunciado del que te permitirían llevar las monjas, y la mayoría de los que se crucen contigo te mirarán con deseo. ¡Eeehhh!, no he dicho qué tipo de deseo. Son incontables las razones por las que la vida de una chica gorda, rellenita o entrada en carnes es mucho más fácil que la del resto: en una comida familiar siempre saldrás ganando, el que esté sentado a tu lado te ofrecerá sus sobras, no sufras; en el coche, siempre tendrás asegurado el asiento del copiloto, el más amplio. Las que son, ¿cómo decirlo?, «delgada» me parece una palabra horrorosa, así que las llamaré estilizadas, esas chicas no saben de este tipo de situaciones, pero yo he vivido cada una de ellas y estoy orgullosa de la experiencia. Estoy orgullosa de ser como soy.

Hay dos tipos de chicas gordas: las deprimidas, aquellas que no hacen nada para cambiar a pesar de que no están nada a gusto con su apariencia, se esconden en ropa ancha y oscura y no salen de la habitación que protege su cuerpo y la poca autoestima que les queda. Que les han arrancado. Luego están aquellas que se aprovechan de su peso, que no se arrepienten de lo que han comido o están comiendo, esas que se benefician de ser una de las llamadas «tallas grandes». Yo entro en el último grupo. Me encanta sacar partido a mis kilos de más.

Mi nombre es Babia y vivo en la sierra de Madrid, en un lugar que no se considera parte de la capital. Su ubicación se encuentra dentro del armario, en Narnia. Un pueblo adorado por la única persona con la que vivo, mi tía Gloria. Ella fue la que me puso este nombre. Justo después de que mis padres muriesen en un accidente doméstico, alertada por la Policía se encontró delante de la casa con un bebé en los brazos y un nombre horrible que sustituir. Mis padres decían que esperaron a verme para escogerlo, era el adecuado, pero Gloria no pensó lo mismo. A lo mejor estaban discutiendo sobre esto cuando se incendió la cocina, fui la única a la que pudieron salvar. Yo me chupaba el dedo en la segunda planta mientras ellos asistían a los últimos segundos de sus vidas. Gloria siempre se emociona al recordar que estaban haciendo pollo con patatas, ya que el pueblo entero habló durante semanas del maravilloso olor que salía de nuestra casa. Ellos no dejaron una marca en la historia de la humanidad, pero se despidieron con un buen regalo para el olfato de todos los que pudieron disfrutarlo y un nombre digno de algún súbdito de Satanás. «Babia era perfecto», eso me responde mi tía cuando le pregunto por lo que pasaba por su mente en el momento en el que fue al Registro a cambiarlo. Pero es inútil, no lo recuerda. Nuestro vecino Teo fue el que resolvió mis dudas. Él pasaba por allí y le preguntó: «¿En qué piensas? Parece que estés en Babia»; así remató Teodoro su gran aparición. BINGO. Ahí está mi pasaporte a la fama. Reconócelo, todo nombre con significado va acompañado de un gran futuro, todo nombre que suene ridículo está destinado a ser recordado.

Estoy completamente segura de que Babia será recordada como la chica que usó su peso y sus ganas de comerse el mundo como el pasaporte al dinero y a la fama. «Bienvenida, pasta, ven a mí, Babia te quiere, Babia te cuida.» ¿Que para qué quiero el dinero? Para comprarme una guitarra nueva, un ordenador que no tenga achaques de la tercera edad, y también me facilitaría conseguir por fin la herencia de mis padres. Un objeto con el que estoy obsesionada, del que conozco cada detalle tras haber escuchado durante años las historias que Gloria cuenta sobre él. Es lo único que queda en el mundo de las personas que me dieron la vida, aparte de mí. Una reliquia con valor sentimental, sé que cuando pueda tocarla yo misma crearé la existencia que podría haber tenido con ellos. Sí, Dramática es mi segundo apellido. Mi tía Gloria la vendió obligada, para pagar los desperfectos de la casa tras el incendio y desapareció en cuanto los sucios ojos de un coleccionista inglés se posaron en una de mis futuras pertenencias familiares. Él se llevó un nuevo juguete a casa y mi tía se despidió del último recuerdo que le quedaba de su hermana. ¿Quieres antigüedades? Yo tengo una aquí, en mi mano, un dedo precioso que puedes cortar y ponerlo en una estantería. Para que recuerdes eternamente que TE ODIO.

Mi tía Gloria no es la mujer más simpática del mundo, pero es lo único que tengo. Es la única persona a la que quiero. Su aspecto no ayuda a suavizar su carácter, es ruda, grande, pelirroja, con los ojos demasiado claros y la particularidad de tener tatuado por encima del pecho el siguiente mensaje: «Si lo quieres, puedes besarlo con frenesí». Su puesto al mando de una de las pocas panaderías del pueblo contribuye a que muchos vecinos especulen sobre si es realmente un hombre, pero yo puedo asegurar que nació *mujer* y morirá mujer. Tengo otra tía, pero yo no la considero tal. Cuando mis padres murieron, me consta que Gloria luchó por mi custodia; prueba de ello es que vendiese un recuerdo valioso a un hombre despreciable para poder hacer habitable de nuevo la casa y mudarse aquí para criarme. A lo mejor también temía por mi remoto futuro. Se lo agradezco. La otra hermana de mi madre vive en una de las casas más impresionantes que he visto en mi vida, cerca del parque más grande de Madrid. Es vegetariana, se casó en un jardín de ensueño con un hombre que colecciona margaritas y su hija es la chica más popular de todos los institutos de la ciudad. Conocida casi mundialmente por las fotos que sube a su Instagram dedicado en exclusiva a la moda. HORROR. Si hubiese seguido ese camino, me habrían llamado Petunia y pesaría veinte kilos menos, pero me habría arrancado los ojos con la cuchara de los potitos.

Hoy ha sido el primer día de las vacaciones de verano. Ayer todas las hormonas andantes que comparten aire conmigo salieron disparadas de la cárcel estudiantil hacia la posible promesa de que en esta temporada su piel se convertirá en un material de segunda mano. Carla y Sara, más conocidas como «Las chicas más malas del instituto», iban quitándose una prenda por cada escalera que bajaban. Yo salí con la cabeza repleta de planes para los próximos meses, una asignatura suspensa y, apuntados en la palma de la mano, los días que me quedan para despedirme del instituto. Lo más agradable que me esperaba en casa era mi gato *Mousse de chocolate* y una guitarra desafinada. Pero no era lo único que aguardaba mi llegada, mi tía Claudia ha venido para quedarse, al menos durante una larga temporada. ¿Lo peor? No ha venido sola.

Todo comienza con esa adorable visita. Vienen las dos, mi tía Claudia y su hija Helena. No miento si digo que en ese momento mi casa empieza a oler a frambuesa y las baldosas comienzan a brillar. PATÉTICO. Mi tía Gloria sale de la cocina con una manopla en la mano, un cigarrillo en la boca y unos auriculares recién arrancados de sus orejas. La música aún se oye debido a su potente volumen. Yo me quedo en la puerta, pasmada, alucinada, flipada y un montón de sinónimos más. Esta es la primera vez que esas dos pisan la entrada de nuestro hogar. La comunicación entre mis tías es nula desde que protagonizaron una lucha encarnizada por la herencia de mis abuelos. Sí, lo sé, la muerte asola a mi familia, ¿quiénes serán los próximos?

Una vez pasado el impacto inicial, mi tía las invita a entrar con un murmullo y algo parecido a aquello que en algún lejano reino llaman cortesía. Claudia empieza a evaluar con descaro cada uno de los objetos que la rodean, el suelo, el polvo... Supongo que lo que no le gusta es ver que las escaleras que van a la planta de arriba están tapizadas con estampados de animales. La cebra y la serpiente son los favoritos de Gloria.

Me consta que ni siquiera la muerte de mi madre unió a sus dos hermanas, así que ahora la tensión es palpable. Se evalúan, las dos conocen el peligro potencial de los próximos minutos. Me da la impresión de que en cualquier momento una se tirará sobre la otra. Esto es lo más parecido que he visto nunca a un tiroteo en una de esas películas del lejano Oeste.

Claudia se coloca bien el cuello de la americana negra antes de mirar maternalmente a su hija.

—¿Esta es la casa de nuestra hermana? Algo me dice que al final decidiste que el incendio no había quemado lo suficiente para gastarte el poco dinero que te dan los bollos… —sentencia—. Ah, y el pan, claro.

La primera norma para mantener cualquier tipo de relación con mi tía es no meterse con sus gustos. Su casa, su estilo, sus reglas.

—¡Joder, Claudia! Si permito que entres en mi casa es por proteger al resto del mundo, pero sabes que no dudaré en patearte el trasero a la primera de cambio. ¿Entendido?

La aludida se aparta dos pasos de su hermana y su hombro choca con el mío. Me observa sorprendida, como si se acabase de dar cuenta de que estoy aquí.

—Siempre dije que este no era el sitio adecuado, ni tú la persona correcta para educar a una señorita. —Abarca con una de sus manos toda la casa—. No sé en qué estaban pensando los padres de esta criatura.

Helena mira a su madre con una extraña admiración. Atónita. Choca la punta de sus zapatos tres veces y por un segundo creo que va a evaporarse, que va a abandonar esta estúpida escena por una elegante velada en *La ciudad esmeralda*.

—Madre, al grano. —La nueva Dorothy rompe su silencio.

Gloria da una calada a su cigarrillo, ya casi consumido. Expectante.

—Vamos a pasar aquí todas las vacaciones, hemos alquilado una de las casas de la urbanización. Luis tiene trabajo y nosotras hemos decidido alejarnos del calor de Madrid una temporada, también quiero que Helena conozca mis raíces.

—Claudia, no eres una planta. Aunque seguramente tu marido tenga que hacer sus esfuerzos para regarte cada noche.

—Cállate. No tienes derecho a decirme este tipo de cosas. Hemos venido a haceros una pequeña visita, por un motivo. Es algo que me lleva rondando la cabeza desde hace unos meses.

—¿Cuál es el milagro que lleva a alguien a pisar un pueblo que siempre le ha horrorizado? —pregunta tía Gloria falsamente intrigada.

Asisto a la escena como un pececillo que boquea, sonríe y se estruja las aletas para no sacar el jugo de dos cerebros de mosquito.

—Hemos venido a hablar con Babia.

—Oh no, no tengo nada que hablar con vosotras —me pronuncio por fin.

No quiero volver a saber nada de esos ofrecimientos que se han ido repitiendo durante los últimos meses. Mudarme a su casa nunca fue una opción.

—Mi querida sobrina, no se trata de lo que imaginas. ¿Podemos hablar más tranquilamente en un sitio menos...? —Señala con desprecio las escaleras.

—¿Más a tu altura? —La intervención de tía Gloria no parece sorprenderla—. Babia, despáchalas rápido, estaré en la cocina. Tengo una tienda de bollos que sacar adelante. Si necesitas mi ayuda, silba.

Antes de desaparecer se lanza hacia ellas con un «¡BOH!», y las dos saltan hacia atrás con el equilibrio justo para no caerse de sus tacones.

Las invito a entrar en la sala de estar, pintada de un color naranja flúor y con detalles de las antiguas viejas glorias del rock and roll: Elvis, Jerry Lee Lewis, Ritchie Valens... Es un homenaje en todo su esplendor a los hombres favoritos de mi tía. Sus ídolos. Admito que lo he hecho aposta. Nos sentamos en torno a la mesa con forma de disco de vinilo y las miro expectante. Nunca me muerdo las uñas en momentos de pánico, empiezo a mover la pierna. Nerviosa. Un micrófono antiguo convertido en jarrón tiembla. Lo noto por la expresión incómoda en la cara de mi prima. Mira inquieta la mesa, y su madre se incorpora un poco alargando las manos para coger las mías. Me aparto rápidamente. No llega a rozarme y lo agradezco.

—¿Qué quieres? Ya nada me ata a vosotras, cuando tuve la edad suficiente confirmé que me quiero quedar con Gloria. Ya pasó la época en la que era una niña a la que había que convencer de cuál era su sitio. ¿Qué problema hay? —disparo directamente, sin miedo. Después soplo el humo que ha quedado en la pistola. Soy una auténtica vaquera.

—Queri…

Sus palabras se quedan a medio camino y el gesto de su boca en posición de besar. Puag.

—Mi nombre no es «querida», es Babia.

—Babia, no quiero interrumpir tu vida, aunque crea que lo mejor sería que estuvieses con nosotros. Pero ya tienes diecisiete años, no se puede arreglar lo creado.

¿A qué se refiere? ¿A mi pelo indomablemente rizado, a mis kilos de más, a mi poco interés por la moda y sí por la comodidad…?

—He venido a ofrecerte un trabajo.

—No sé dar masajes, Claudia. Y me niego a limpiar tu casa.

En esa centésima de segundo entiendo que ese no es el objetivo de su visita.

—No, no, no. Déjame terminar, Babia. Quiero que acompañes este verano a Helena, que seáis amigas.

Mi cara de horror y el cese del temblor de la mesa son la respuesta.

—Me explico. Yo conocí a Luis en la capital, pero me gustaría que mi hija conociese aquí a su chico, a su futuro esposo.

¿En qué siglo se cree que estamos?

—Pero hay un problema, ella necesita una pequeña ayuda, a veces es demasiado exquisita, y otras veces sucede que no todos los chicos interesantes se le acercan, parecen huir de ella. Necesito que seas su complemento.

—¿Su qué?

—Piensa que te daría dos mil euros por todo el verano y los gastos corren de mi cuenta.

Siento cómo el viento se mueve fuera con más fuerza, los coches se paran y sus conductores se asoman por las ventanillas para mirar el cielo.

—Tú no eres demasiado guapa, te sobran kilos, tu pelo está encrespado y tu personalidad es demasiado explosiva. Pero no lo veas como algo malo, de verdad, en este caso es justo lo que yo considero que puede ayudarnos. Mi hija es guapa, delgada, tiene un pelo precioso y su padre y yo nos hemos encargado de que su inteligencia no sea nula; con tu compañía, eso será más visible. Ella será la chica perfecta y tú, una acompañante que realzará más sus cualidades.

Aspira, espira, aspira, espira. Me ha ofendido. Una mujer a la que he visto tres veces en mi vida viene a mi casa, aprovechándose de eso que llaman «familia de sangre», para pedirme que sea una pulsera gruesa que haga más visibles los encantos de su mascota. Esto es una ofensa a todas las chicas que tenemos un peso un poco más elevado de lo normal. Después de sentir cómo mis mejillas se sonrojan y cómo mis manos se ponen tensas, mi cerebro hace CLICK.

Un trabajo, dinero fácil (o no tanto), un paso más hacia mi herencia.

Vamos a pensar con claridad. Yo necesito recuperar esa reliquia de familia y el dinero que me sobre puedo emplearlo en ese ordenador rejuvenecido, en la guitarra, quizás también en un bonito viaje junto a *Mousse de chocolate*. Nunca he sido una gorda deprimida, siempre he intentado sacar partido a mi peso. Este es el ejemplo perfecto. Tendré que aguantar, podré morir en el intento, pero al finalizar el verano seré un poco más rica. Intento tranquilizarme, sonrío en honor a mis recién renovados planes y finalmente contesto:

—Tía, estaré encantada de complacerte.

¡No puede ser! Esa no soy yo, ellas piensan lo mismo.

—¿Estás segura, querida? ¿Es eso un sí?

Los ceros gritan tanto en mi cabeza que el último «querida» es silenciado por un extraño eco.

—¡Sí, sí, sí! No tengo nada que hacer este verano, y supongo que tendré tiempo de sobra para hacer una buena acción como esta. Lo único que pido es no ser invitada a la boda.

No quiero más problemas, solamente ganaré dinero, luego me despediré de ellas y no volveré a verlas. Se irán de vuelta a su barrio, la madre repipi, la hija marioneta y el pingüino bendecido como un nuevo coleccionista de margaritas. Un regalo del universo.

—Seremos amigas. Ya verás, lo vamos a pasar muy bien, Babia. Incluso puedo darte unos consejos de belleza. El pelo rizado y con personalidad se puede controlar con una nueva línea de planchas de las que una amiga mía es imagen. Tengo varias —interviene Helena sonriendo.

Creo notar que me sale una úlcera en el estómago. Sus palabras son forzadas. Una guitarra con curvas y de color verde chillón comienza a bailar en mi mente, y sonrío. Joder, al menos lo intento.

—Esto va a ser maravilloso, Babia. Un paso más cerca del matrimonio, hija, y además la relación entre primas se fortalecerá.

Lo dudo mucho, *querida*.

Mi prima coge la mano de su madre y se pone a repasar en voz alta los planes veraniegos que ya ha pensado con anterioridad. Creo que empiezo a arrepentirme.

Cuando se van, la casa vuelve a la normalidad. Tía Gloria empieza a cantar una canción de Britney Spears mientras trabaja en una nueva masa de pasteles. Sí, grotesco. Mucho más si el estribillo dice «Gimme more». No es agradable ver a mi tía gritando «Dame más, dame más, dame más», cuchara de madera en mano, con la que se da unos pequeños azotes en el culo. No voy a volver a coger esa cuchara en lo que me queda de vida. Lo que pensaba que iba a ser un mal día se ha convertido en algo prometedor. Sí, tendré que sobrevivir, pero creo que la única forma de conseguir lo que quiero es ponerle a ese cerdo coleccionista que tiene el recuerdo de mis padres una buena cantidad encima de la mesa. Sé quién es, vive en la misma hilera de casas que la nuestra y su hijo es el villano de la historia de mi vida. La documentación, los intentos de allanamiento de morada y las mil opciones para conseguir mi reliquia han servido de algo. Casarme, matarlo y descuartizarlo para después quedarme con todas sus pertenencias están descartadas. Ahora tengo una mucho mejor, más fácil, más atractiva, y que me dará un extra por las molestias para lograr mi objetivo. También una por la que no terminaré entre rejas, sin comida, sin libertad. Aunque ahora viven mejor los presos que los que estamos aquí, encerrados en celdas con rejas invisibles.

¿Puedes adivinar lo que estoy haciendo ahora? Estoy editando mi currículum, he añadido una nueva profesión: «Complemento para mujeres bellas pero sin inteligencia». Mientras pienso, escribo y edito esto, Gloria se acerca a mi habitación.
—¿Qué te traes entre manos con esas dos?
Absorbe con fuerza de la pajita de un batido de chocolate.
—Tía, tengo una nueva amiga. Se llama Helena y es mi pasaporte a un cheque lleno de ceros.
—Babia, eso no tiene buena pinta —me dice con cara de preocupación.
Problemas. Allá voy.

El sabor de la mermelada

La pequeña Babia no entendía de prejuicios. Aunque sí sabía de gominolas, dónuts y platos especiales que marcarían un antes y un después en la historia de aquella niña que se quedó huérfana a los pocos días de nacer. Gloria, la mujer con el corazón más grande que llegaría a conocer, le contó que el barrio siguió oliendo a pollo asado con patatas semanas después de la muerte de su querida hermana y el marido. A Babia siempre le pareció una exageración, exactamente igual que la voz del pato Donald.

Desde el momento en el que su tía le contó lo sucedido con sus padres, sin tener la edad suficiente para entenderlo, comenzó a tener una estrecha relación con la comida. El pollo asado con patatas era su plato favorito. Babia no era una niña gorda, era grande, igual que Gloria. Pero los niños no entienden de tamaños, tampoco se llegan a dar cuenta de que lanzan flechas demasiado directas y el efecto del veneno que va en la punta de estas es largo. Duradero. Eso lo aprendió el primer día de colegio: su mochila era ridículamente pequeña, la chaqueta le quedaba tres tallas más grande y tenía el pelo endiabladamente rizado.

—¿Estás nerviosa, chiquitina? —Gloria le pellizcó una mejilla.

Ella asintió y tragó, escuchando el berrido de un elefante en su garganta.

—Eh, eh, eh. Vamos, voy a entrar contigo. Tenía ganas de volver al colegio, no es por ti. Es por mí.

Babia rio. Le hacía sonreír imaginar a Gloria sentada en un pupitre diminuto, pintando un mural con las manos llenas de pintura, obedeciendo en todo a la maestra. Gloria la cogió de la mano y la llevó hasta la puerta. Y la pequeña fue valiente, abrochó lo desconocido a un cohete sin billete de vuelta.

Cuando salió del aula, Gloria aún no había llegado. Todos los niños se marchaban de la mano de sus padres y Babia no. Ella no tenía padres, pero tampoco se podía ir de la mano de su tía. Se quedó sentada en las escaleras del colegio mientras la profesora esperaba apoyada en el marco de la puerta principal a que llegase el familiar de aquella chiquilla tan tierna. Había observado que el resto de los niños no se habían acercado a ella, uno de ellos se había reído por lo bajo cuando la pobre tropezó al salir al patio, y en ese momento la pequeña parecía la fruta más roja del mercado. Así seguía, cabizbaja, sujetándose las rodillas y con un sollozo en las puertas de la garganta. No por el insulto, ni siquiera por la risa, sino por la indiferencia.

La profesora de Babia se acercó y le cogió la mano. Adivinó en su mirada una batalla entre las lágrimas que querían salir y el esfuerzo de la chiquilla para frenarlas. Las mejillas sonrojadas, la nariz moqueante y un intenso brillo en los ojos. Estaba a punto de aprender algo en su primer día de colegio.

—¿Cuál es el sabor que más te gusta, Babia? —le preguntó.

Ella no se atrevía a enfrentar aquellos ojos, así que miró sus rizos negros, el carmín que adornaba los labios.

—El de la mermelada. —Se le rompió la voz.

—Vale, pues ahora imagina que estás triste. —Aquella mujer de rizos negros ya sabía que lo estaba—. Y piensa en el sabor de la mermelada.

Babia levantó la cabeza, suspiró, lo intentó y lo logró. Un poco.

—¿Mejor?

La pequeña asintió.

—Mira quién viene por allí. Es tu tía, ¿verdad?

A Babia no le dio tiempo a responder, se levantó. Gloria cruzaba el patio trasero corriendo, tropezando y con una bolsa de la panadería en las manos. Cuando le pidió disculpas a la profesora, esta le aseguró a Gloria que las dos habían aprendido mucho mientras la esperaban. La mujer de los rizos negros buscó su confirmación y ella asintió, esta vez con fuerza.

Tía y sobrina se quedaron solas. Gloria se agachó y abrió los brazos, Babia se sumergió en su lugar favorito del mundo mundial. Se colgó del cuello de Gloria y, cuando esta se levantó con ella a cuestas, se sintió como en un rascacielos. Segura y a la vez a punto de caer. La gigante pelirroja se había dado cuenta de la cara empapada de la pequeña, de su mirada triste.

—¿Estás bien, chiquitina? —Su voz grave se volvió más suave.

—Quiero merendar —le susurró Babia al oído.

—Venga, vamos a casa, ¿qué quieres merendar?

—Mermelada —respondió.

Y es que ese día Babia aprendió algo: no podremos impedir que el resto de las personas nos hagan estar tristes, pero sí podemos recurrir a aquellos sabores, lugares o recuerdos que nos hacen ser felices.

La llegada del demonio

A la hora de la verdad todos estamos solos. Y no es malo, te acostumbras, aprendes a luchar sin dos guardaespaldas, a cabalgar sin un Sancho Panza que te haga más ameno el viaje. Nunca he echado en falta una figura materna, tengo a Gloria. Tampoco una amiga, me basta con *Mousse de chocolate*. Creo firmemente en la idea de que no hay que echar de menos lo que no se tiene, o al menos lo que no se ha tenido nunca. Ese es mi caso. Divido mi tiempo entre mi mundo y los lametones de mi gato, el resto es para mi tía, aunque ahora ha llegado Helena. Es como si la tuviese viviendo en casa, puedo oír el repiqueteo de sus tacones por la acera cuando se acerca a nuestra guarida. Los piropos del barrendero. Enseguida suena el timbre.

Helena viene a buscarme, lleva un vestido repleto de flores, incluso tengo la sensación de que se incrustan en su piel con la promesa de quedarse. Horror. Nos evaluamos la una a la otra como en uno de esos finales épicos de película, solamente falta una bola de restos de pelusa que dé más tensión al momento. *Mousse* me mira desde el suelo, siempre he pensado que puede leerme la mente. Las dos sabemos que tenemos que convivir, yo por mi precioso dinero y ella, ¿por qué? Supongo que por lograr hacer realidad la imagen que su madre tiene de una familia perfecta, el siguiente paso será organizar el año en comidas, cumpleaños y fines de semana en la casa de la playa. Me asombra la mentalidad de esas personas que hablan de redes sociales y dicen estar abiertos a los cambios. Pero es mentira. En cualquier momento por su cabeza pasan comentarios machistas, homófobos o ideas más acordes al siglo anterior.

—¿No notas algo extraño en el sabor? —me pregunta mientras se sienta en el bordillo de la avenida principal—. Creo que esto no es limonada, espero que estés segura de...

—¿En serio vamos a hablar sobre tu granizado? —interrumpo.

Una vez a la semana, todos los veranos, tengo la costumbre de comprar un granizado en la tienda que está justo detrás de las urbanizaciones que se han construido al lado de un almacén donde, desde que tengo uso de razón, se fabrica el pan que después se distribuye por las panaderías del pueblo. Mmmmm, lo huelo desde aquí. Cada una de las señoras a las que puedo considerar vecinas pasean por la calle, algunas de ellas con el carro por delante y otras con la mirada perdida en los demás. Nos observan curiosas, estarán pensando qué demonios hacen dos chicas en el límite que separa las últimas casas de la carretera, esa que promete llevarte lejos de un mundo que a veces parece estar a años luz de la capital. El mejor momento para huir es cuando empiezas la universidad, pero a mí me queda un año más de instituto y quizás el resto de mi vida. Intento no pensar en la idea de abandonar a Gloria.

Helena choca sus tacones y el afilador comienza su cantinela. El calor es la mejor excusa para salir de casa y disfrutar de cómo a estas horas de la mañana el sol tiñe el cielo de un color anaranjado. Casi mágico. Hasta que mi prima deja caer su mirada hasta el suelo para después clavarla en mí. Me llevo la mano a la cara. ¿Acaso tengo restos de comida en las comisuras?

—Babia, a mí me apetece tan poco como a ti todo esto. Lo del otro día delante de mi madre no era más que intención de agradarte.

No, querías agradarle a ella.

—Lo único que me apetece es largarme de aquí, perder de vista este pueblo, no volver a escuchar los nuevos planes de mi madre y que me deje seguir viendo a mi novio. —Helena me esquiva la mirada.

Mis ojos comienzan a dar vueltas como un yoyó.

—¿Novio?

Creo que mi voz ha sido como la alarma que anuncia a los alumnos que ya pueden abandonar sus aulas y regresar a casa. Se ha terminado la función.

—Al fin y al cabo no todo es lo que parece, ¿no? Él tiene intención de venir a buscarme, solamente tienes que engañar a mi madre diciéndole que hemos pasado el tiempo juntas, buscando chicos. Conociendo gente. —Helena recoge su cabellera morena en una coleta y mira su refresco como si esperase que algo saliese de él a rescatarla.

Es una princesa en apuros. Y no veo ningún caballero cerca… No estamos en tiempos de esperar milagros.

—Ni yo quiero pasar tiempo contigo, ni tú conmigo. —Me incorporo rápidamente, intentando parecer más ágil de lo que soy.

—Hasta ahí todo correcto, pero ¿no estamos de vacaciones? ¿Y si jugamos a algo para animar un poco esto?

—¿A qué tipo de juegos?

—Estoy hablando de retos, idiota. Tú me propones uno, yo otro. La que lo supere mejor, gana. Y la ganadora elegirá nuestro próximo plan y mandará sobre la otra durante todo el verano. Dispara —dice para rematar su propuesta.

Y yo deseo hacerlo mientras vuelvo a sentarme.

Los coches no paran de hacer sonar el claxon cuando Helena se levanta, retadora, esperando ansiosa a que comience el juego. Y yo me río al comprobar cómo ella se sonroja y vuelve a sentarse cuando un hombre se asoma por la ventanilla y le ofrece subirse a la parte trasera de la furgoneta. Los granizados ya se están acabando y aún queda demasiado tiempo para que las farolas se enciendan, así que decido proponerle algo fácil:

—Intenta parar un coche y entonces, cuando baje la ventanilla, pregúntale lo más absurdo que se te ocurra al conductor. Ganas si consigues que me ría.

Estoy segura de que lo primero no le será difícil, pero dudo que consiga pronunciar algo ingenioso a la altura de mi humor. *Sorry*.

—Le añadimos algo. Si yo gano, me dejarás cambiar tu estilo de vestir solamente por un día y luego reconocerás que puedes llegar a estar mucho mejor después de aplicarte tres o cuatro consejos de moda...

No, no y no. Una vez Gloria intentó convencerme de que las Converse rotas no son cómodas para morir con ellas puestas y encontré un argumento perfectamente válido para que perdiese la batalla.

De forma grácil avanza hasta alejarse del bordillo unos diez pasos, ante mi mirada de sorpresa. Esta no es la misma Helena que conocí ayer. Ese es el momento decisivo. El tiempo se paraliza. Un coche. Una oportunidad. Helena se pone nerviosa y puedo comprobarlo por las gotas de sudor que recorren su frente. Lentamente se cambia de lugar el pelo, sobre el hombro derecho, se adentra más en la calzada y alza peligrosamente una pierna. Mostrando más de lo que se debería de ver en verano. Nunca he sido buena con la marca de los coches, pero uno del color de una estrella y con cuatro puertas frena justo delante de nosotras atufándonos de gasolina.

El conductor hurga en la guantera, dándonos la espalda y poniendo más nerviosa a mi prima. Cuando baja la ventanilla una música estruendosa se hace dueña de la calle, y su cara invade cada una de mis neuronas. Daniel Creek. D.A.N.I.E.L C.R.E.E.K. Vomitivo, trabajador, responsable. Asquerosamente encantador.

Diecinueve años. Inteligente y reservado, descarado en los momentos más inadecuados. Cuando menos lo espero, más posibilidades hay de que me lo encuentre. Sonríe, y la barba de dos días le da la madurez que jamás ha tenido en la cara, esa seriedad que desentona con su personalidad.

—Hola, chicas.

Mierda, es inútil que me esconda tras los vasos de granizado.

—¿Aún no sabéis que la prostitución se puede ejercer en lugares mucho más cómodos?

ZAS. Ya está aquí. Todas las esperanzas de un verano medianamente tranquilo se han roto, como escarcha en plena época de bochorno. Creek ha llegado y mi apetito se acaba de marchar en cuanto él fija sus ojos en Helena y se incorpora para mirar hacia mí. Apoya el brazo en la ventanilla y saca la mitad del cuerpo fuera. Los vasos no funcionan, tampoco cubrirme la cara con mi indomable pelo rizado, ni imaginar que tengo una capa invisible que mis padres han mandado en mi primer año en Hogwarts. Una de las cosas que más odio es enfrentarme a Repulsivocreek. Él es mi kriptonita.

No es que no me guste relacionarme con los chicos. Es que él sabe que es un chico atractivo, utiliza su flequillo del color de las bellotas para enamorar a cualquier chica que se le ponga por delante, y sus ojos marrones como una castaña para convencer a cualquier padre de que es un buen chico. Deja que piense, no recuerdo en Daniel ningún talento especial, estudia Filología inglesa en la Universidad Complutense de Madrid y vive en la capital en un estudio diminuto, aquí solo le vemos en verano. ÉL es completamente inaccesible. Sí, y eso vuelve locas a todas las adolescentes de Madrid, y a las de Nueva York supongo, y a las de China, y a las de… Insoportable. No soy capaz de llevarme bien con él desde que ambos tuvimos la edad suficiente para elegir nuestras amistades. Él escogió a chicos y chicas con la popularidad en la cabeza, y yo a Gloria y a *Mousse de chocolate*. «Gorda» comenzó a ser su apelativo cariñoso hacia mí en cuanto cumplió la edad suficiente para darse cuenta de que no podía seguir siendo mi amigo. Después volvió a cambiar bruscamente y comenzó a fingir que yo no existía, aunque nuestras miradas tropezaban a cada momento. Su padre es uno de los abogados más importantes del país y el ser más horrible con el que me he topado jamás. El coleccionista inglés que tiene mi reliquia entre sus pertenencias. El recuerdo que algún día le arrancaré de las manos y con el que huiré tan rápido que no podrá alcanzarme.

—¿Alguna vez te han dicho que los perros no pueden ponerse al volante? —digo mientras avanzo hacia el coche y aparto a Helena. Miro por su protección. Soy una buena persona.

—¿Babia? ¿Eres tú?

Arrastra unos centímetros hacia arriba sus gafas de sol.

—La misma. No he cambiado tanto, en cambio tu pelo parece haber crecido despeinado. ¿Acaso no sabes lo que es una peluquería?

—Es gracioso, yo diría que eso de ahí atrás ha crecido más que mi flequillo.

¿Está señalando mi trasero? ¡Que alguien me sujete!

—Eeehhh. Hola, mi nombre es Helena —interrumpe mi prima justo en el instante en el que por la cabeza se me pasan más de mil formas de torturar a mi acérrimo enemigo.

No parece la misma, su actitud vuelve a ser dócil, educada, vuelve a no resaltar demasiado. Daniel la mira con curiosidad y, aunque hace justamente un año que no lo veo verifico los rumores que corrían por el pueblo: su debilidad por las chicas fáciles de manejar. Ella le sonríe, él la besa en la mano creyéndose un caballero inglés y yo suspiro, bebiéndome todo el calor del verano y la ridiculez del momento.

—¡Aaaaaaaaaaachús! —Simulo un estornudo por el simple placer de ver la incómoda cara de Daniel cuando se da cuenta de que vuelvo a reclamar su atención.

—¿Tienes algún problema? Estoy hablando con ella...

Helena deja escapar una risa tonta.

—¿Yo? No me suelo preocupar por lo que haces con tu vida, quizás la Policía sí lo haga y decidan multarte por aparcar en mitad de la carretera.

—¿Tú crees? —Entrecierra los ojos—. Lo había pensado, pero al verte quieta en el bordillo he caído en la cuenta de que no les importaría que yo ocupase este tramo de la calzada, si tú estabas ocupando uno mucho más grande en la acera.

Una vez, en clase de Ciencias, llegué a la conclusión de que dentro de mí había un volcán dormido. Y un volcán siempre sabe cuándo está a punto de explotar. De despertarse. Las señales comienzan con un ligero temblor de piernas, las mejillas calientes, una fuerza desmesurada en las manos... El límite llega al darme cuenta de que aprieto demasiado el vaso de limonada. Un grito de sorpresa, los puños apretados de Daniel y su pelo empapado son lo último que veo, justo después de tirarle la limonada a la cara. No siento ningún remordimiento, en estos momentos entiendo a todos los antagonistas de las películas de animación, aquellos que desean hacer algo desde hace mucho tiempo y terminan haciéndolo. Creek no se inmuta, Helena da dos pasos hacia atrás para evitar mancharse y yo vuelvo a nuestro bordillo como si fuese la mismísima reina de Inglaterra. Al ver alejarse el coche plateado más rápido que a su llegada, entiendo que con el simple gesto de una mano puedes cambiar cualquier situación. Sentir cómo todo vuelve a la normalidad, pese a que sé a ciencia cierta que ahora con Daniel cerca ya nada volverá a ser como hasta hace unas semanas. El demonio ha vuelto a su hogar.

Unos minutos más tarde todos mis deseos de entrar en casa como una decente vencedora de una lucha eterna se hacen añicos al ver la puerta abierta, el grafiti en la fachada y las luces multicolores que brillan en el interior. Los estampados de las escaleras ya no tienen el mismo brillo y la música que suele salir de los cascos de mi tía ya no se oye. Al irrumpir en el salón me asusto tanto que llego a pensar que ya es Navidad. ¿Ya estamos en diciembre? Gloria asoma la cabeza desde detrás de nuestro lustroso árbol navideño, su cara sonrojada parece una bola más de la decoración que ahora comienza a tener nuestro pequeño refugio.

—¿Qué te ha pasado? —pregunta rápidamente.

—¿Y a ti? —contraataco a la misma velocidad—. El grafiti de fuera...

—¡No! ¡No! ¡No!

Juraría que mi tía se va a volver loca de un momento a otro, pero ya estoy acostumbrada al después de estos ataques.

—Eso no es lo importante. Tenemos que seguir con la casa. Las habitaciones están vacías del espíritu de la Navidad.

La última vez que robaron en la panadería, Gloria estuvo durante dos semanas vistiendo kimonos, se tiñó el pelo de azul y compró siete jarrones exactamente iguales en la tienda oriental que hace esquina. Se volvió loca.

—Gloria —digo mientras vocalizo lentamente—: No-es-ta-mos-en-Na-vi-dad.

Su cara cambia de repente. A veces no nos damos cuenta de lo que podemos romper con una sola frase, pero yo siento cómo se rompe cada pequeña parte del corazón de Gloria. Aunque tengo la esperanza de que sirva de algo cogerla de las manos, obligarla a dejar el árbol en paz, sentarla, repetir lo que ella siempre me ha dicho a mí, desde pequeña: «No te puede hacer daño quien quiere, sino quien puede». Solo nosotras podemos hacernos daño. Somos una. Somos una familia de dos personas. Se mantiene fuerte, pese a que sus ojos dicen lo contrario. El «Bollera» pintado en la fachada está entre nosotras, empujando el silencio.

—Tía, no te puede afectar lo que los demás rumoreen de ti. La verdad la tienes tú, sin filtros.

—No me afecta eso, Babia. No quiero su amabilidad, puedo llegar a conformarme con su indiferencia. —Gloria siempre acumula los nervios en sus manos, para después sacarlos estirando su camiseta de trabajo con una enorme fresa en el centro. Toda panadera tiene su uniforme, el de mi tía es un tanto especial.

—Deja eso, vas a sacarle todo el zumo a la fresa. —Miro nuestras manos y me doy cuenta de que ha dejado de temblar—. ¿Te cuento algo? Daniel Creek ha vuelto.

—¿Qué?

He conseguido distraerla. El ambiente navideño pasa a un segundo plano.

—Los problemas en el paraíso se han resuelto —digo pensando en la perfecta familia que vive tres casas más allá de la nuestra. Padre e hijo.

Los Creek siempre han hecho gala de su mezcla inglesa y española, destacando la elegancia del primer ingrediente. Elegantes, educados y algo prepotentes. Pura apariencia.

—Daniel no es como su padre, Babia. Por más que te hayas empeñado todos estos años en pensar lo contrario. —Mi tía hace una pausa—. Así que el viejo ya tiene de nuevo al diamante en casa...

—¿Diamante? ¿Eso sirve para limpiarme lo que me quede entre los dientes después de comer? Dejaré de usar hilo dental.

—Babia, las personas cambian.

—No, los demonios no cambian. Ellos regresan con más fuerza, de entre las sombras, surgen de las cenizas y del dolor del pueblo. ¡Ha llegado para acabar con nosotros! —Me levanto simulando el anuncio del apocalipsis y mi tía empieza a reírse exactamente igual que un perro pulgoso. Me gusta. Sonrío.

—No creo que el pequeño Daniel haya cambiado tanto. A veces, mostramos que hemos cambiado con la intención de que alguien nos muestre que seguimos siendo los mismos.

—Tonterías. —Cambio de tema—. Tendrías que haber visto la cara de Helena, ha huido despavorida a su casa después de…

—¿De qué? ¿Qué has hecho, Babia? —Gloria mira a su alrededor, volviendo a la realidad, como si percibiera que la decoración no es la adecuada, y yo aprovecho para confesar lo más rápido posible.

Las bolas rojas, Papá Noel, el muñeco de nieve… Todos me escuchan.

—Le he tirado lo que me quedaba del granizado que hemos tomado mi clienta y yo.

—¡No!

—¡Sí!

Gloria se lleva las manos a la cabeza y yo regalo al mundo tres carcajadas. Una para mí, otra para mi tía y la última para Creek.

Mi tía se recompone rápidamente, ahora ella es la madura, la persona responsable que me va a hacer entrar en razón. Si no hubiese sido por el ligero *biiiiiip* que siento en mi bolsillo derecho, creo que habría pasado a enumerarme una lista de reglas desconocidas para mí y entonces yo sería una adolescente arrepentida de no largarse a su habitación mientras ha tenido la oportunidad de hacerlo.

Cuando cojo el teléfono veo reflejado en la pantalla de mi patata (más conocido como móvil del siglo anterior) un número que creía olvidado, borrado, putrefacto, desterrado a las papeleras más sucias y profundas de las compañías telefónicas. Empieza por 666, como el del diablo.

—¿Babia? ¿Estás ahí?

Creo que en este momento mi respiración es la única respuesta, pero lo suficiente para darle pie a continuar.

—No he llegado a descubrir qué es lo que llevaba esa limonada, pero aún me pican los ojos. Antes de que digas nada, llamo en son de paz. Sí, no me lo creo ni yo. Pero pienso que no he sido justo con... contigo.

¿El pequeño grillo bajando la guardia? NO PUEDE SER.

—¿Qué pretendes?

—¿Querrías cenar mañana conmigo? Me refiero a tu prima y a ti, en realidad. Creo que las cosas deben ser diferentes. También me valdría para encajarlo como mi buena acción de la semana. Le debo demasiado al karma.

—No.

¿En qué está pensando Daniel para ofrecerme esa tortura? No aceptaría nunca.

—No acepto un no por respuesta.

—Ya te lo he dicho. No voy a volver a repetirlo. Espera, en realidad sí. No.

—Babia. Mi padre no estará en casa, creo que quiere que le encarguen un caso importante, y me gustaría iniciar las vacaciones de otra forma.

Este no es el Creek que yo conozco. Algo ha cambiado. Un momento. Ahí es cuando proceso las palabras clave. Padre. Casa vacía o casi. Bingo. Esta es la ocasión perfecta, pero no soy conocida por ser una chica obvia y previsible.

—¿Qué habrá para cenar? —pregunto entre curiosa y entretenida con un cable de teléfono inexistente.

—Bubble and squeak. Es un plato típico de Inglaterra y a mi padre le sobraron ayer suficientes verduras para dar de comer a un regimiento de caballos.

¿Bubble andqué?

—¿Lleva verduras?

—Sí, ¿algún problema? Te vendría bien probarlas.

—Mmmmmmm. ¡Me encantan!

—Perfecto, reina de la hamburguesa. No hay nada más que hablar, mañana a las 22:00 en la puerta de mi casa. Puntualidad, por favor.

Después de colgar siento la respiración de Gloria justo en mi nuca. El lobo va en busca de su presa. Pero mañana el depredador seré yo y mi presa estará escondida en la cueva de un bandido.

—Tía, ¿qué te pondrías en tu primera cita?

Abre los ojos sorprendida. La fresa de su camiseta también.

—¿Es con quien creo que es? —Se muerde tanto los labios que espero verlos desaparecer de un segundo a otro.

—Sí. —Me doy la vuelta en dirección a las escaleras que llevan a mi habitación—. Daniel Creek y yo tenemos una cita. Llama a Claudia y dile que mañana su hija cenará con un posible candidato al príncipe de los pingüinos.

—Babia. No puedes ir a un lugar en el que no te apetece estar.

Se me había olvidado lo fiel que es mi tía a sus sentimientos.

—¿Es por lo que creo que es? Deja de fingir…

—No pararé hasta tenerlo en mis manos.

Una vez mi tía intentó meterme en la cabeza que ese objeto no era tan valioso, que nunca se explicaría la razón por la que August, el padre de Daniel, pagó tal cantidad de dinero. Pero terminó reconociendo el valor sentimental que podría tener para nosotras.

Cuando Gloria no comprende mi forma de actuar o pensar, se obceca en la idea de que puede hacerme cambiar de opinión e intenta recomendarme películas con mensajes morales. Pobre ilusa. Cuando quiero algo, lo consigo. Y ahora estoy viendo algo en la ventana de enfrente que me gusta, un entretenimiento eterno a la hora de salir a tirar la basura. Es negro, redondo y sus curvas parecen capaces de derretir la boca de cualquiera. Ese dónut que el vecino sujeta delicadamente tiene que ser mío. Lo quiero, lo necesito. Ya.

Tres lunares en la nuca

Dicen que en invierno las cosas saben mejor. Las lágrimas, las sonrisas... Ah, y también los descubrimientos. Babia había encontrado un montón de tesoros en aquella casa con tanta historia, aún había restos del incendio que su tía había preferido no borrar. «Es lo que ocurrió, es lo que ocurrió», decía Gloria entre sollozos cuando recordaba a su querida hermana. La pequeña seguía durmiendo en la habitación de la que los bomberos pudieron salvarla, tuvo la suerte de encontrarse en la planta superior. Y en ella una vez descubrió una muñeca hecha a mano, junto a dos libros antiguos y una pelusa encantadora. A Gloria le costó convencer a Babia de que se tenía que deshacer de aquella pelusa.

En ese mismo lugar, desde la ventana, lo conoció a él. Su tía y ella se habían cruzado varias veces con los padres de aquel niño tan solitario. Parecía vivir en una burbuja de plata. Babia estaba subida a un taburete de madera que le dejaba Gloria todas las mañanas para que observase cómo caía la nieve tras los cristales, cuando vio al niño que bajaba de un coche color mostaza. Un gorro de lana cubría su cabeza y solamente pudo llegar a ver tres lunares.

Tres lunares en la nuca.

Uno por cada parpadeo de Babia, que no quería perderse nada. Cuidado, si pestañeas te lo pierdes. «¿Cómo se llamará?», pensó la niña. Gloria decía que estaba segura de que sería un nombre muy inglés, pero no lo recordaba. Pese a que el niño nació años después de que sus padres llegasen de Inglaterra. Y todo el pueblo hablaba de ellos.

No conoces a una persona hasta que no la miras a los ojos y eso es lo que hizo la pequeña Babia, lo miró. Él estaba temblando por el frío o por los gritos de su padre al bajar del coche, nunca llegaría a averiguarlo. Una mujer con el rostro más angelical que puedas llegar a imaginar lo agarró de la mano para avanzar hasta su casa, tres adosados más a la derecha. Y en ese preciso momento el niño alzó los ojos hasta la última ventana, atravesando el cristal, haciendo que se tambalease el taburete en el que la pequeña Babia estaba subida y descubriéndole los ojos más marrones que había visto nunca.

Tres lunares en la nuca y tres segundos después el taburete cayó al suelo. Derribando a la pequeña Babia. Despeinada, con los ojos como platos y los puños apretados. Se había tragado un susto, el vaho del cristal y un descubrimiento.

Y es que Babia descubrió que lo mágico no solo ocurría en *El país de las maravillas*.

Como el frío en invierno

*T*odo el mundo cree que Daniel y yo siempre nos hemos odiado. Mentira. Aún recuerdo sus manos cogiendo las mías para subir por la ventana hasta su habitación, el último videojuego que quería mostrarme o el empeño que ponía en que comprendiese que no tenía importancia que fuésemos a cursos distintos, eso no podía impedir que hiciésemos los deberes juntos. Cuando comenzamos a odiarnos todo eso quedó atrás, encerrado en el pasado. Como en una de esas bolas de cristal que se suelen regalar por Navidad y después dejas en la mesilla. Un día se termina por caer de la mesilla de noche y se rompe en pedazos.

Hoy he reforzado mi teoría sobre que mi pelo en una vida anterior fue una feroz planta carnívora. Helena llega a primera hora de la tarde encerrada en un vestido más estrecho de lo que mi cuerpo podría aguantar, una bolsa llena de tocados para la cabeza y una carta para mí. Claudia me ha hecho llegar un anticipo, cincuenta euros me esperan emocionados dentro del sobre blanco y yo creo desfallecer. Hay más: Helena me avisa entre hipidos de que su madre tiene otras intenciones y yo rescato una hoja que simula ser un pergamino, para leer atentamente: «Babia, querida. Estás haciendo bien tu trabajo, pero creo que aún te queda mucho por lograr. Tenemos un objetivo, Daniel Creek. Él es el chico». ¿Qué? En realidad no tendría que ser una sorpresa, Creek es el muñeco perfecto para acompañar a la figurita de Helena en una tarta pomposa y blanca de siete pisos. O al menos eso es lo que pueden ver ellas desde fuera.

—No me mires así. Tú tienes la culpa. Al fin y al cabo eres la que ha montado todo este circo. Podrías haberte negado. Ella solamente ha investigado un poco y por un momento he pensado que eras su persona favorita en el mundo. Mi madre cree que le has leído el pensamiento al aceptar la invitación a una cena con el chico que ella misma ya había escogido. —Helena habla atropelladamente a la vez que deja los tocados encima de mi cama y saca diferentes tipos de peine para ocuparse de mi indomable amigo.

—Tendré que complacer a tu madre por una vez en mi vida. —La llevo hacia el baño con renovadas prisas—. Vamos, vamos, vamos. Daniel no aguanta la impuntualidad. Hoy tiene que estar del mejor ánimo posible.

—¿Desde cuándo conoces tanto a Daniel? —Helena alza las cejas y, al ver mi cara, ríe casi escandalosamente.

—Que-ri-da. —Estrujo un dedo contra su pecho mientras saboreo la palabra favorita de su progenitora—. Saber que a alguien no le gusta la impuntualidad no es conocer a una persona. Pero conozco a mis enemigos.

Helena comienza a domar mi pelo mientras le recuerdo que soy la ganadora del juego de ayer, ya que no fue capaz de preguntarle nada absurdo a Daniel cuando él ya había bajado la ventanilla del coche. Después se lo he contado todo. Mis planes. Mi objetivo. He aprendido que no puedo ser exigente, nunca tendré un Robin igual al de Batman, pero puedo llegar a conformarme con mi clienta y tomarla como mi aliada en esta misión. Soy rápida y lista, pero a veces cuatro manos hacen mucho más que dos. Cuando mi prima consigue encerrar cada uno de mis rizos en un extraño moño, llega la hora de elegir tocado y es en ese momento cuando mi tía aparece con uno protagonizado por tres cigüeñas alrededor de un huevo. Helena se ríe otra vez, Gloria la mira con ojos diferentes y yo bufo. Una no puede decidir arreglarse por un día y que los demás se lo tomen en serio. Cuando terminamos, mi tía baja a esperarnos con la promesa de hacernos un par de fotos para la posteridad. Me niego.

—Soooooonreíd —dice Gloria una vez que hemos sido las protagonistas de las escaleras.

—No, no. No quiero fotos. —Mi mano alcanza a tiempo el objetivo de la cámara—. ¡Esto no es un baile cutre de instituto! Es un momento serio, importante.

Mi tía saca la botella de vino. Necesaria. Helena se despide de Gloria entre risas y yo digo adiós al lugar destinado a protegerme cada día de mi vida. Fuera me espera la batalla. Una que espero ganar.

Durante años he pasado más de dos millones de veces por la puerta de la casa de los Creek, pensando en llegar a su interior con otras intenciones. Mentira. Cuando Helena y yo nos encontramos frente a esa puerta, miro el reloj nerviosa y por fin toco el timbre repetidas veces justo cuando las agujas deciden dar las 22:00, ni un segundo más, ni uno menos. Sería raro imaginar a Daniel las veinticuatro horas del día detrás de la puerta, pero la abre al instante con una camisa negra impoluta, perfecta para la ocasión, y una expresión entre el asombro y el alivio.

—Bienvenidas. —Y sonríe casi amistosamente.

Se ha afeitado y eso suaviza sus rasgos, marca más su mandíbula.

Daniel anda con parsimonia hacia el interior de su hogar y yo observo los tres lunares que adornan su nuca. Ya estoy aquí.

Me siento como la protagonista del último libro que he leído, Heima, una chica con acromatopsia. Todos los muebles de la casa de Daniel alternan el blanco y el negro como en una película antigua, sin nada que destaque, ningún objeto fuera de su sitio. Una noria de recuerdos me golpean tan duro como los boxeadores tendrían que hacerlo en el ring, no siempre la casa de Daniel ha sido tan perfecta. Y lo sé porque cuando era pequeña me pasaba las tardes en su habitación o en el salón, recorriendo los pasillos de este frío palacio y volvía a casa después de cenar, con dos croquetas más en un recipiente, por si me entraba hambre a lo largo de la noche. Daniel siempre decía que una niña como yo no debía pasar nunca hambre. Él nació años después de que sus padres llegasen de Inglaterra, por lo que me ha comentado tía Gloria que fueron la comidilla del pueblo: «Un matrimonio formado por un inglés y una española se han mudado a la hilera de casas que está justo donde comienzan las afueras del pueblo. Qué raro, ¿verdad?». Siempre me ha parecido extraño que dijesen que esa situación era rara, algo que se volvió a repetir cuando la señora Creek desapareció teniendo Daniel once años. La misma edad en la que comencé a odiarlo. Sería tópico decir que había sido mi compañero de juegos, en realidad éramos uña y carne. Él me enseñaba a llegar al último nivel del videojuego del que todo el mundo hablaba y yo le explicaba su temario, de dos cursos superiores al mío. Reconozco que había cosas que me inventaba. Esta era una rutina que repetíamos casi a diario, incluso llegamos a descubrir que antes de nuestro nacimiento nuestras familias mantuvieron cierto trato.

Un día todo cambió. Las persianas estaban bajadas la mayor parte del día, me prohibieron la entrada a su casa y la madre de Daniel abandonó a su padre. Él pasó a llamarme «Gorda» de repente. A despreciarme, a decir que él tenía derecho a hablar con chicos y chicas de su edad que apuntasen alto y que no solo pensasen en divertirse y comer. Dignas de un futuro brillante. Yo no solo pienso en comer, lo juro. Desde ese mismo día él pasaría a ser el chico encantador (de serpientes) y yo la huérfana gordita con lengua afilada. Las personas se empeñan en definir a los demás, cuando es imposible captar la esencia de nadie para siempre. Cambiamos. Aunque hay excepciones, yo no he cambiado, y Daniel lo hizo hace ya demasiado tiempo como para recordarlo.

—La cena está casi lista. Mi padre no llegará hasta medianoche, tenemos durante unas horas la casa para nosotros solos.

—¿Es siempre así de simpático? —me pregunta Helena en un susurro.

Él se entera y no disimula su sonrisa ni un ápice. Alza la barbilla orgulloso.

No le sirve de nada mi bufido, su nivel de simpatía llega

a límites desconocidos y comienza a ofrecernos todo tipo de comodidades. Un buen anfitrión. Al pasar por la cocina no tardo en observar que sale humo de la sartén y, tras ver su gesto de disgusto, intento que mi risa sea lo más escandalosa posible. Finalmente consigue salvar la cena. Mierda. Helena me recuerda la botella de vino al entrar en el salón y Daniel tuerce la boca, parece que el señorito inglés es más de *champagne*. La mesa del salón es negra y está repleta de velas que rodean los platos, ya colocados cada uno en su puesto, esperando oír el pistoletazo de salida. Haciendo gala de su variedad de verduras. A Dios (Elvis Presley) pongo por testigo que no volveré a comer nada con colores apagados en lo que queda de año.

—Bueno, espero que os guste. He rescatado todas las verduras que teníamos por casa —dice Daniel mientras con un mando diminuto enciende la minicadena que se encuentra en el mueble mural del salón. Justo encima de la televisión.

Lo ha hecho porque sabe que no me gusta. Que lo odio.

—¿De verdad? Gracias, es un detalle enorme por tu parte. —Helena le sonríe.

Miro hacia los lados intentando quitar comida del plato y trasladarlo a la servilleta.

Sin respirar e intentando desactivar mis papilas gustativas, me meto bastante de ese extraño brebaje en la boca.

—Bueno, si se puede saber, ¿qué estabais haciendo ayer al borde de la carretera?

—Jugando a los retos. —Helena se sonroja de forma coqueta.

Voy a vomitar.

—Cosas de primas en las que un caballero no debería indagar, ¿verdad? Pero yo tengo una pregunta mejor: ¿Qué te ha traído aquí esta vez?

—Babia, no finjas. Sabes más de lo que quieres hacer ver al resto del mundo. —Mastica tranquilamente—. Desde que me fui de casa vengo a pasar las vacaciones aquí, aunque ahora con el coche puedo bajar a Madrid siempre que me apetezca. Mi padre me mataría si no paso aquí el verano.

Mi cuerpo se relaja ante la idea de que la presencia de un

coche en la vida de Daniel significa que algunos días podré librarme de él, respirar su presencia en cada esquina lo menos posible.

—¿Qué haces en Madrid? —pregunta Helena curiosa.

—Estudio Filología inglesa en la Complutense y trabajo en una pequeña sala de conciertos, donde van cantautores conocidos por programas de televisión o que acaban de comenzar su carrera. Llevo trabajando allí desde que me fui del pueblo, prefiero cubrir yo mismo la mayor parte del dinero que cuesta la matrícula y los demás gastos.

Daniel Creek no podría estudiar otra carrera. Siempre tuvo una ligera obsesión por su idioma paterno y por el país de su padre, pese a que él nunca ha estado en Inglaterra. Parece que su actitud de ser superior se ha desinflado algo desde que entró en la facultad. En medio del silencio que se ha creado, la música sigue sonando y yo me ofrezco a llenar los vasos, el de Daniel de *champagne* y los nuestros de refresco calentorro. ¿No hay neveras en esta casa? Cuando me levanto, Daniel aparta su copa y me mira desafiante. Yo insisto, él se aparta. Vuelvo a insistir y él me pellizca. Prometo que es sin querer, pero termino derramando una pequeña parte de la botella en sus pantalones.

—¿Otra vez? ¡Joder, Babia! Controla tus manos de una puta vez.

Oh, Dios mío. El chico encantador ha dejado de serlo y yo siento vergüenza por un efímero segundo. Mentira.

Helena se levanta intentando tranquilizar la situación. Por una vez, me disculpo precipitadamente. Quizás tendría que tener más cuidado, pero sigo pensando en mi primer objetivo. Al volver a sentarme pienso en una solución para esa alerta roja y ellos van hacia la cocina para arreglar el estropicio de los pantalones de Daniel y el del suelo del salón. La ocasión perfecta. Pierdo unos valiosos minutos pensando en algo que tenía justo delante de mis narices, el móvil de Daniel Creek. El mantel peligra, los platos tiemblan ligeramente y yo llego rápidamente al otro lado de la mesa, consiguiendo no tirar nada más. La única forma de husmear por esta casa es llenarla de gente y Daniel es la persona perfecta para hacer eso. ¿Qué adolescente decente no tiene una contraseña en su teléfono? ¡Menos mal! Creo una difusión con todos sus contactos mientras oigo las voces de Daniel y Helena en la cocina. Me cuesta meterme en la piel de un chico, pero sigo pensando en qué palabras usaría más y termino tecleando: «Hola, gente. Estaba bastante rayado solo en casa, y he decidido montar un fiestón. ¿Te apuntas? Bebida, música, gente y buen rollito. No necesitas nada más. La casa de Daniel Creek está abierta las 24 horas para ti». ¿Enviar? ¡Pues claro! Juro que no me arrepiento, pero tengo que volar desde un lado de la mesa al otro cuando entran los futuros muñecos de una tarta de boda hablando sobre la tienda en la que Daniel se compró los pantalones. No hacen mala pareja.

—¿Qué hacías? Te veo nerviosa —pregunta Daniel con desconfianza mientras se sienta. La camisa le aprieta la zona de los hombros, corre el mismo peligro que yo en este preciso momento.

—Nada. —Respira, respira, respira—. Quería cambiar esta canción, creo que me voy a dormir en cualquier momento. —Cierro ligeramente los párpados intentando hacerme la somnolienta.

—Fíjate, yo te encuentro bastante despierta.

Creo que he vuelto a enfurecer a la bestia. Helena friega, para mi sorpresa se desenvuelve bastante bien en las labores de la casa. Ni siquiera se queja cuando se rompe una uña, aunque después observo cómo la mira con tristeza. La cena continúa. Aunque creo que a ninguno de los tres nos queda apetito, fingimos. Un salón repleto de respiraciones, teatros y secretos que parecen a punto de explotar. Exactamente igual que el segundo botón de la camisa de Daniel, el vestido de Helena y las horquillas que sujetan mi peinado improvisado.

Hay distintos sonidos que anuncian un gran acontecimiento. Hoy se ha añadido uno nuevo a la lista: el del timbre. Suave, delicado, peligroso. Cuando nuestros postres aún están en la mesa y Helena inicia su discurso sobre el hombre de su vida (habrá que avisar a Daniel de que él será el siguiente), el nuevo sonido invade la casa. Mentiría si dijese que mis nervios se han puesto a flor de piel, más bien estoy expectante. Daniel se levanta y me acuerdo de mi odio acérrimo a la cámara lenta que parece enfocar estos momentos. «¿Qué pasa?», empieza a susurrar Helena y a insistir en que le cuente lo que está ocurriendo. Me levanto de la mesa y nos dirigimos al vestíbulo.

—¡Eeehhh, tío, tú sí que sabes montar una fiesta! —dice uno de los primeros invitados.

Creek intenta cerrar la puerta y un grupo de personas la empujan con fuerza para entrar. El cabecilla parece llevar serpientes en el pelo y muestra orgulloso las botellas de alcohol que sobresalen de su mochila. Antes de que Daniel se rinda, el susodicho apaga con el pie un porro del que comienza a extenderse el olor por toda la estancia.

—¡Omar, tío! ¡Pasad, pasad, como si estuvieras en tu casa! —Parece que el chico encantador no puede dejar de serlo ante otras personas que no sean yo.

—¿De verdad? Menudo casón, macho. —El de las rastas lidera un grupo de chicas.

Ellas parecen desorientadas y en busca de un sitio donde retocarse, enseguida se adueñan del baño de la planta baja para maquillar sus caretas. Cuando salen, dudo si son las mismas o acaban de llegar y no me he enterado.

 Sigue entrando gente. En grupos, solos. La mayoría conoce a Daniel, otros le reprochan el poco tiempo que han tenido para trasladarse hasta aquí y comprar lo necesario para aguantar toda la noche. Él no puede acercarse a nosotras por la cantidad de gente que lo rodea, Helena y yo nos quedamos al lado de la mesa y desde allí observamos su rabia contenida. La única forma de subir a la planta de arriba es deshaciéndome de Helena, y a ello me ayuda un grupo de universitarios que se acercan intentado ligar con ella con preguntas muy originales, del tipo «¿Estudias o trabajas?»; cuando uno de los chicos contesta «Estudio para después trabajarte», creando risas enlatadas que desaparecen debido al volumen de la música. Aprovecho para desengancharme del brazo nervioso de mi prima. Ella me pide ayuda silenciosa, Daniel ruega a un grupo de chicas que tengan cuidado con los cuadros que adornan las paredes y yo subo las escaleras más rápido de lo que nunca habría imaginado. Una negra, otra blanca, negra, blanca, negra, blanca. No parecen terminar nunca.

Todas las puertas cerradas y ninguna con un cartel que diga «Prohibido el paso». Esa siempre es la señal de que es la habitación que buscas. Miro en las habitaciones de la derecha, intento recordar dónde estaba cada cuarto y entonces oigo unos pasos que suben. No tengo otra que esconderme en el baño, dando gracias a Elvis Presley de que aún no se le haya ocurrido a nadie que ese podría ser el sitio perfecto para tener su primer bebé. Los aproximadamente diez minutos que paso en este baño son para mí los diez minutos más largos de mi vida. Al escuchar los últimos compases de una canción creada para subir la natalidad del país, aprovecho para salir y meterme en la siguiente habitación en un tiempo récord. Apoyo la cabeza contra la puerta notando mi propia respiración sofocada, pensando que se me va a salir el corazón del pecho, cuando un suave carraspeo llama mi atención.

—Sí, este es el despacho de mi padre, pensé que no lo recordarías. —Sonríe al ver mi cara enrojecida por la adrenalina. O la vergüenza. Después de un incómodo silencio, se levanta de la silla de detrás de la mesa del despacho y anda dos pasos hacia mí—. Y sí, antes de que digas nada, sé lo que estás buscando.

Socorro. S.O.S. Estoy a punto de morir asesinada.

—¿No es este el baño? Vaya…

—¿Ves algún retrete?

—No, pero sí creo estar viendo una mier…

—¡Basta! Deja de hacerte la tonta, la chica que no se da cuenta de lo que pasa a su alrededor cuando no le conviene. Mi padre jamás se deshará de ese objeto de su colección.

Dos de las venas que adornan su frente se pronuncian.

—Daniel, solamente estaba buscando el baño.

—¿Piensas que soy tonto?

—Espera que lo piense. Sí.

—Esta cena solamente ha sido una trampa dentro de la tuya. Has caído.

—¿Qué?

—No tengo ninguna simpatía hacia ti y ahora me doy cuenta de que el hecho de que estés en mi casa es un error. Mira la que has liado —dice abarcando con sus manos el despacho de su padre, aunque debe referirse a la fiesta que se ha montado justo debajo—. Fuera de aquí. Fueron más inteligentes las demás artimañas que ideaste para robarle a mi padre lo que ya no es tuyo. Podrías habértelo llevado cuando entrabas en esta casa, perdiste la ocasión.

Cuando escucho esas palabras de su boca creo estar transformándome en un gigante verde que toma anabolizantes.

—Deberías aprender a que no todo lo que te rodea es tuyo.

—Eso. Es. Mío.

—Crees tenerlo todo, pero en realidad no tienes nada.

Daniel 1-Babia 0. Las gotas de sudor que poblaban mi frente se secan al instante. Es lógico que el padre de Daniel le haya contado a su hijo mis intentos de conseguir la reliquia: mis sobornos, mis intentos de allanamiento de morada... Aún me sorprende que nunca haya llamado a la Policía. Pero no puedo mentir, en ningún momento he esperado que él fuese más rápido que yo. Creek ha creado una trampa en la que he caído como un dulce cervatillo. Duele. Suenan varios golpes en la puerta y él va a abrir, encontrándose a Helena asustada y sorprendida a partes iguales, consiguiendo pronunciar entre aspavientos:

—Creo que... han llamado... a la Policía.

Mierda, ahora no. Los tres salimos apresuradamente del despacho, dejando aparcados de momento los gritos contenidos, los insultos silenciosos. La tensión.

Pese a la música puedo escuchar las distintas conversaciones de los cuerpos hormonados que empiezan a invadir la primera planta. La fiesta se está haciendo con toda la casa. Helena y Daniel bajan las escaleras discutiendo sobre lo que pueden hacer a continuación, sin darse cuenta de que yo rodeo las escaleras por completo y doy la vuelta a la planta baja. Necesito salir de aquí. Entre el baño y un cuarto cerrado veo una ventana que lleva a la parte trasera del jardín, sin apenas altura. Para mi horror, compruebo que está atascada. Es un pequeño trozo de madera corredera que no sube del todo. Y no me es fácil entrar por un hueco dos veces más pequeño que mi cuerpo. Pero soy una valiente, una guerrera, siempre me quedará eso. No me hace falta nada más. Introduzco la cabeza en el hueco que me deja la ventana, viendo ya el desierto jardín. Sin plantas, sin nada. El calor de junio es sofocante, y una situación tan incómoda parece incrementarlo. Consigo sacar hasta el pecho, y me vuelvo a quedar encajada unos centímetros por encima de la cintura. No cede. Al oír «¿Babia?» desde el interior de la casa comienzo a ponerme nerviosa, me parece que es la voz de Helena, pero después se unen más voces. Los demás llegan al jardín y veo a parte de los integrantes de la fiesta mirándome, sonriendo disimuladamente, susurrando, juzgando. Burlándose. Liberando una opinión que nadie les ha pedido. Recuerdo las palabras de Gloria: «Puedo llegar a conformarme con su indiferencia…».

—¿Qué? ¡Dejad de mirarme, gilipollas! No creo que sea una atracción de circo, no más que vuestras mentes alcoholizadas.

Helena aparece en el jardín, me agarra las manos y me siento aliviada. Noto otras manos empujando mis piernas, peligrosamente cerca de mi culo. Me pongo en lo peor. ¿Quién narices será? Torturas, ojos saliendo de sus cuencas, estrangulamiento… ¡No puede ser! Oigo a Daniel hablar y sus extraños sonidos al hacer fuerza son inconfundibles. Mi prima se aparta y yo pongo las manos en posición, la tranquilidad llega cuando consigo escapar de ese hueco infernal que me mantenía atrapada para alimento de la burla ajena. El destino se encarga de crear situaciones embarazosas para las personas que ya tienen que luchar con la crueldad de los demás. Me recompongo rápido e incluso sonrío para corresponder a los aplausos de todos los presentes. Nadie se atreve a acercarse a mí, si obviamos al presidente de la comunidad de vecinos, que llega alertado por los ruidos, y al padre de

Daniel. Avisado por mí misma. Parece que no he sido demasiado cuidadosa cuando he enviado el anuncio de la fiesta a todos los contactos del teléfono del hijo del coleccionista.

—Buenas noches, Babia. —El padre de Daniel se dirige directamente a mí. Está enfadado.

Me fijo en su pelo canoso desordenado, en su aspecto desaliñado. Los cristales de sus gafas están sucios. No estoy acostumbrada a ver así al perfecto August Creek.

—Padre, no ha pasado nada, solamente un malent...

—Cállate. —Cuando alza la voz y una mano en señal de peligro se hace el silencio.

El presidente de la comunidad intenta hacerse con el mando de la situación.

—¿No te cansas?

No voy a contestar a eso. Me niego.

—Está claro que esto no es obra de mi hijo —dice señalando el mensaje que ha llegado a su teléfono.

—Señor Creek, no sé si será obra de su hijo o no, pero está claro que hay que tomar medidas. Escándalo público, adolescentes semidesnudos en el jardín, alcohol y la música a un volumen exagerado después de las doce de la noche —enumera el presidente vecinal.

El exagerado es usted, señor del bigote raro y camisa de leñador.

—Seguro que podemos llegar a un acuerdo. Piense que nunca hemos tenido ningún problema en esta comunidad. —El abogado ha entrado en acción. Mantiene la compostura pese a que nos mira con manifiesta hostilidad.

—Pero había restos del uso de drogas en la puerta, August... —El presidente es incapaz de disimular su respeto cuando August Creek abraza sus hombros en un gesto amistoso.

El padre de Daniel sale del jardín y los dos hombres comienzan a hablar en un tono relajado, mientras los invitados abandonan por inercia la casa. Quejándose porque les han aguado la fiesta. Daniel, Helena y yo entramos a coger nuestras cosas y a comprobar que todo quede en el estado más decente posible. Error. La perfecta morada de los Creek se ha convertido en la peor versión de la mansión de la familia Adams. Botellas vacías por doquier, los restos de la cena esparcidos por diferentes habitaciones, envoltorios de preservativos, los cuadros que Daniel intentaba salvar en el suelo y los restos del cadáver de un jarrón en el retrete...

—Esta situación me ha dejado derrotada —le digo a Helena—. Creo que voy a necesitar como mínimo una docena de pasteles.

Daniel está absorto mientras repasa el estado de la casa preocupado. Mejor que nos ignore. Creo que las cosas podrían haber terminado peor. Al salir del lugar al que creo que no volveré jamás, vemos regresar a August y Daniel está junto a él en la puerta. Nosotras nos quedamos a medio camino hacia la puerta del jardín, incapaces de romper el momento. El señor Creek nos mira a los tres y sus siguientes palabras dan un giro al verano que pensaba que cambiaría ligeramente mi vida, lo convierte en un tiempo maldito que no me dará nada de lo que quiero, que me vuelve a poner en el punto de partida.

—Los tres habéis tenido una actitud vergonzosa. Helena, se ve a la legua que eres una cómplice fiel y silenciosa. Daniel, siempre has sido el más débil. Babia, no me sorprende, tu familia lo dice absolutamente todo de ti. —August se coloca el cuello de la camisa en un gesto orgulloso. Prepotente, imbécil, estúpido.

—¿Y qué? ¿Qué pasa ahora? —le pregunta su hijo desde la puerta, su voz cada vez suena más lejana para mí. Agacha la cabeza, algo impensable en él. Se ha desabrochado los primeros botones de la camisa. Está sudando.

—El presidente de la comunidad ha accedido a no denunciaros. Tú te llevarías la peor parte, prefiero ahorrarme el defender a mi propio hijo en un juzgado, así que he negociado con él que los tres trabajaréis gratuitamente para la comunidad manteniendo la piscina y todo lo que conlleva. Solamente será entre semana, la comunidad tiene un servicio contratado para los fines de semana, que es cuando hay más gente. ¿Algún problema?

Silencio. Silencio. Más silencio.

Mi problema es Daniel Creek y la premisa de pasar todo el verano con él encerrada en una piscina. Nos miramos y el pasado regresa como lo hace el frío en invierno. Rápido y sin piedad.

La niña sin padres

Octubre. Y todas las farolas que adornaban la calle principal del pueblo, apagadas. Aún no había pasado un año desde la primera vez que Daniel y Babia se conocieron, o más bien desde la primera vez en la que sus ojos se encontraron. Como en el juego del escondite, mucho más de cien días y con los ojos tapados. Aunque Gloria y ella se habían seguido encontrando a los padres del niño, unas veces con él y otras solos, nunca se habían parado a hablar del tiempo o de la subida de precios en la panadería que regenta Gloria. Su tía le decía a la niña que desde que sus padres habían muerto ya ni siquiera se saludaban, con ella no tenían el trato suficiente.

La pequeña no entendía la facilidad que tienen los adultos para olvidar.

Ella no dejaba de pensar en la última galleta de canela que se había llevado a la boca.

Después de la merienda Gloria había decidido caminar hasta uno de los parques más grandes del pueblo. Aunque ya se sabe que en octubre llega temprana la oscuridad. Y a Babia la asustaba, pero ese día el frío no rasgaba como solo él sabe hacerlo. Sin sol, pero con luz, la pequeña jugaba cerca de los columpios y sin mirar a los demás niños. Excepto a uno. Le llamó la atención cómo se apoderó del columpio más cercano a ella y comenzó su carrera hacia el cielo. Quería alcanzar los árboles. Pero en lo segundo que reparó fue en que llevaba el mismo gorro que un año atrás.

De flequillo despeinado. Temerario. Alcanzó una rama y la niña abrió los ojos asustada.

Eso fue lo que hizo que la madre de Daniel se acercase con la adrenalina rebotando en sus manos, y siguió temblando cuando le susurró a Gloria un «Lo siento» tardío, con vergüenza, recogiendo a un pequeño Creek que observaba a la niña que hacía castillos de arena. El columpio lloraba su ausencia. El pequeño Daniel se acercó con determinación y Babia solo se preocupó de su castillo; corría peligro, aquel niño que guardaba tres lunares en su nuca estaba a punto de derribarlo.

Pero a veces y solamente a veces no es lo que parece.

—¿Puedo?

Babia asintió. Con el silencio cosido a los labios.

—Me llamo Daniel, ¿y tú?

La observaba con la inocencia en sus ojos marrones. Brillantes. Mientras ella aún tenía las manos sumergidas en la arena.

—Babia.

—¿Eres la niña sin padres?

Esta vez no asintió. Llegó demasiado rápido y Babia pensó en lo que le picaban las manos. Y el corazón.

—¿Y tú el niño nuevo?

No lo era. Pero siempre sería tratado como tal, por culpa de su padre inglés y por haber llegado en un momento en el que ya vivían los suficientes habitantes en el pueblo como para recordarlo.

—No, yo siempre he vivido aquí.

—Y yo.

—Te veo. En la ventana, en el colegio, en la puerta de la casa del pan.

—¿Te puedo ayudar? —se ofreció Daniel.

Entonces sí, Babia asintió. Sus manos chocaron cuando los dos fueron a reparar el mismo daño. Para que el castillo no se derrumbase.

Y Gloria los miró con ternura. También la mujer del rostro angelical. Las dos sonrieron al mismo tiempo.

Recuerdos en el agua

Gloria piensa que soy la reencarnación de María Antonieta. Yo solo le pido al destino que mi cabeza no termine en el mismo lugar hasta el que rodó la suya. Su explicación es sencilla: «Vives como una estrella del rock y vas sumando de dos en dos los problemas». Vaya, soy una estrella del rock. Me gusta.

El bochorno de la mañana hace gala de su poder en mi tía y en mí; estamos exhaustas en el sofá cuando llaman bruscamente a la puerta. Al abrir veo a Helena agobiada por la situación y murmurando la reacción de su madre ante la premisa de que tendrá que pasar casi todo el verano encerrada en una piscina privada como castigo por montar un escándalo en público. Un momento, en el mismo sitio que Daniel Creek. Justo cuando Gloria ve entrar a Helena le ofrece uno de sus nuevos pasteles y esta lo rechaza debido a no sé qué dieta con nombre de anciana. Me sigue contando lo que le ha dicho su madre y, sorprendentemente, «Babia es el mejor complemento que he conocido en mi vida» parece ser uno de los mayores piropos en el monólogo del florero más acristalado de la ciudad. El cerebro de una mujer es lo más valioso, su valentía, en cambio Claudia parece esconderse tras una capa de pintura y dos de silicona. La superficialidad con tacones.

Hoy es el día. Cualquier maldición conocida comienza por el principio, y este es el inicio de la mía. Gloria me ha recomendado que visite a una bruja que promete quitar el mal de ojo después de un baño de laurel. Dice llamarse Yarde, tener las mejores bolas de cristal del mundo y leer las líneas de las manos como nadie. Brillante. Pese a que sigue con la misma idea, por una vez tengo algo a lo que enfrentarme, y mi recién encontrada prima del alma y yo cogemos todo lo que podremos necesitar en el que parece destinado a ser nuestro segundo hogar. No nos separan más de cincuenta pasos de la piscina y en la misma puerta nos encontramos a un Daniel somnoliento, lleva gafas de sol, y la etiqueta de su camiseta nos saluda. Hoy no quiere impresionarnos. Vaya, qué decepción. Está apoyado en la puerta trasera, las enredaderas que adornan cada centímetro de ladrillo que protege la piscina parecen querer abrazarlo. Mortalmente, por favor.

El verano está dejando huella en cada árbol que rodea la zona de la piscina, cerca de un arroyo, las hojas cada vez están más secas. En cambio las plantas que parecen escapar de aquel cuadrado se conservan bien, alguien debe encargarse de ellas a diario. Daniel hunde la mano en su pelo, mientras me fijo en que lleva los cordones desabrochados, parece cansado. No recordaba esta faceta del perfecto Creek y me sorprende, y parece que a Helena más, y eso que solamente lo conoce desde hace unos días. Aun así arrastra los pies hasta donde se encuentra él.

—¿Estás bien? Pareces preocupado…

—Estoy bien —miente.

Y es que alguien puede gritar «Estoy bien» mientras sus ojos dicen lo contrario.

Aprendí a leer sus mentiras en los gestos de la boca del pequeño Daniel. La tuerce hacia un lado. Se le forma un hoyuelo en la comisura izquierda.

—¿A quién le importa? —interrumpo.

Me siento como un fantasma, Creek mira hacia sus pies y parece encontrar más interesante la sombra que proyectan sus cordones en el suelo que mi ataque. No me lo puedo creer. Me está ignorando.

Si las miradas fuesen notas escritas a toda prisa, la letra apresurada y torcida de Helena diría: «Este no es el momento». Me da absolutamente igual. No era el momento cuando comenzó a despreciarme, ni tampoco cuando se reía, ni siquiera hace unos días cuando llegó en el coche e interrumpió nuestras vidas, sin permiso. Nunca ha sido su momento y aun así no ha dejado de aparecer. De llegar a mi vida como si lo que yo quiero apenas importase. Tampoco lo es cuando la puerta trasera de la piscina comunitaria se abre, Helena y yo nos dirigimos a la mujer que nos espera en el interior y Daniel parece esfumarse en una bola de humo. Hacerse pequeño. No estar, haciendo notar su presencia más que nunca.

 El parecido de la mujer del presidente de la comunidad de vecinos con la profesora Trunchbull me transporta a mi película favorita de la infancia: *Matilda*. Es igualita a la malvada mujer cuyo *hobby* es agarrar de las trenzas a sus alumnas. Nos evalúa y los tres entramos observando cada rincón de la piscina. Es como si Daniel y yo hubiésemos pasado las horas muertas en este lugar, pero Helena lo mira todo con admiración y restos de ilusión. Pobrecita. Este lugar es uno de los más horribles que he pisado en mi vida y que siempre he evitado a toda costa. Abuelas vigilando a sus nietos, machitos luciendo tableta de chocolate y bíceps. Lo que más me gusta es el momento en el que llegan todas las adolescentes, con sus imposibles triangulitos de tela, fingiendo que no les importa que las miren cuando están desesperadas porque los demás opinen sobre sus tetas.

 —El hijo Creek, la chica nueva y la sobrina de la bolle... —comienza a decir nuestra jefa por obligación.

 —Cuidado —Helena se me adelanta.

 La mujer la mira con un gesto de sorpresa y yo con gratitud. Cuando continúa con su recién comenzado monólogo, paso las manos por las vallas que separan la piscina de los baños y vestuarios. Su sonido me tranquiliza. Daniel reconoce mi gesto y las palabras de la señora Trunchbull se oyen de fondo. Los ojos de Daniel son marrones y con esa luz juraría que ganan la eterna batalla contra los azules. Parecen callar demasiado y a la vez es como si quisieran decirme algo. Los aparta justo cuando me planteo acercarme a él.

 —Vuestro trabajo, gratuito por supuesto, será hacer que la piscina esté impecable para el disfrute de todos los vecinos. Necesito que tanto los baños como los vestuarios sean de su agrado, y en la taquilla tendrá que estar uno de vosotros tres para atender a todo el que quiera comprar algo de lo que podemos ofrecerles. El dinero ganado irá a la comunidad, así como el género restante, que a final de verano se sorteará entre los vecinos. Es tan sencillo como cumplir las normas, no os molestaré si vosotros me mantenéis satisfecha. Todo limpio y ordenado hasta el jueves incluido y yo estaré contenta.

—Señora, ¿cuánto ha dicho que nos va a pagar? —replico.

Sus ojos se clavan en los míos como si fuese a matarme de forma inminente. Menos mal que no llevo trenzas. Llegamos a la taquilla, que se encuentra debajo de unas escaleras justo enfrente de la piscina. Nos lleva hasta el almacén de la derecha para enseñarnos cómo se recoge el género y los precios de cada producto. A lo lejos podemos ver a un socorrista malhumorado con los bichos que ensucian el agua y encantado con las gafas que le ayudan en sus siestas de veinte minutos. Trunchbull nos muestra dónde se guardan los utensilios de la limpieza, creo que a Helena le va a dar un infarto; Daniel gira la cabeza y se concentra en mirar hacia otro lado cuando la señora nos prohíbe bañarnos mientras haya vecinos en la piscina. Creo que esta mujer tiene un grave problema, piensa que este lugar es suyo, esconde sus inseguridades en un trabajo que ni siquiera le pertenece y por el que no cobra. ¿No tiene nada más que hacer?

Cuando ella se va, regresa el silencio. El olor a humedad, el vaivén del agua y una ligera brisa en pleno mes de junio es lo único que nos acompaña.

Es el primer día y el mes no está en su punto más álgido. Varios niños bajan a primera hora de la mañana, sus gritos casi logran que la asesina a sueldo que llevo dentro consiga hacer de los churros para los cursillos de natación una de las armas más peligrosas del mundo. Aunque durante unos segundos hemos repasado la enorme piscina con ojos perdidos, Daniel ha comenzado a investigar el lugar como si fuese la primera vez que lo viese; en cambio, mi prima se encuentra justo a mi lado cargando el género y repitiéndome que debo ser yo la que pase el cepillo por la zona sin césped. Me inquieta la extraña actitud de Creek, parece perdido en un mundo dibujado por sus propias manos. Ni siquiera me importa, por lo que entablar una conversación tras otra con Helena comienza a ser mi objetivo, mientras por el rabillo del ojo veo cómo los cuatro niños salpican en nuestra dirección con oscuras intenciones.

—¡Eeehhh! ¿Cuánta agua queréis tragar hoy? No dudaré en ser la culpable de que sea más de la que recomienda un médico —grito histérica.

El socorrista se incorpora rápidamente. Ups, parece que le he despertado de la siesta. Helena llama mi atención nada más salir del almacén, ella seguía trabajando mientras yo me he apoyado en las vallas que separan la zona de agua de la taquilla... Parece que al darse cuenta de que no le hago demasiado caso, decide venir hacia mí. Huelo desde lejos su colonia de frambuesa. Me voy a intoxicar. Las dos miramos hacia el vacío, mientras los niños comienzan a practicar distintas formas de tirarse a la piscina con el único requisito de salpicar todo lo que puedan. Helena y yo damos un salto al mismo tiempo, el mío mucho más épico, pero volvemos al mismo sitio. Parece que las dos tenemos algo en común, vivimos al límite, cada una de forma distinta.

—¿Qué le pasará? —pregunta y mira en su dirección.

Daniel ha dejado de hacer cosas. Creo que está procesando lo ocurrido. Le veo arrancar parte del césped y lo deja descansar en sus manos. Está bajo una sombrilla. Se sujeta las rodillas y echa la cabeza hacia atrás. Eso que le preocupa parece atacar con más fuerza. En consecuencia, a mí no me debe preocupar lo más mínimo.

—No me importa en absoluto —contesto.

Helena me agarra del brazo y me provoca un escalofrío al rozarme con las numerosas pulseras que abundan en su muñeca derecha.

—No entiendo nada, Babia.

—Es fácil, no me gusta Daniel y a él no le gusto yo. No nos llevamos bien. No somos compatibles, a sus ojos soy una gorda deprimida y él es insoportable.

—Pasó algo, nadie llega a ese tipo de relación casi sin conocerse. Y por tus comentarios, se ve que lo conoces…

—Me gustaría no conocerlo. Somos del mismo pueblo, nada más. Esto no es una triste historia de esas que salen en los programas de problemas familiares.

—¿Qué tipo de persona es? —Vuelve a mirarlo con curiosidad.

—Nadie conoce a Daniel Creek. Cuentan muchas cosas, demasiadas. ¿La realidad? Sus padres llegaron mucho antes de nacer él, desde Inglaterra, aunque su madre nació aquí. Después fueron una familia feliz y por último la mujer de August desapareció y nadie ha vuelto a saber nada de ella. Años después él se mudó a Madrid y solamente pasa los veranos aquí. Y parece que tenemos que agradecerlo, vaya.

Me callo todo lo demás.

—Exageras tu actitud con él. —Helena pestañea en repetidas ocasiones y curiosamente despierta más en mí las ganas de seguir hablando. De distraerme.

—Nuestra relación es inexistente, hubo un tiempo en el que éramos niños que jugaban juntos, pero se acabó. Solamente quiero la reliquia, la necesito.

—No paras de nombrar eso que pertenecía a tus padres.

—Siento que lleva conmigo toda la vida, pese a haberla visto solo en fotos. Era de mis padres y tiene que estar conmigo. Es algo sentimental, no material. Ni siquiera creo que tenga mucho valor… —Me aparto con la intención de dirigirme a la taquilla.

—¿Babia? Creo que no hemos empezado con buen pie. No queríamos pasar el verano juntas, pero tendremos que hacerlo al fin y al cabo. ¿Podemos comenzar desde el principio? —Respira con dificultad. Está nerviosa.

Doy un paso hacia delante con intenciones dudosas. El bochorno parece impedirme actuar con normalidad.

—Mi nombre es Babia. Estoy a punto de comenzar segundo de bachillerato, mi sueño es tocar la guitarra sin la necesidad de que nadie me escuche y mi mayor objetivo, sobrevivir al mundo. —Le extiendo una mano y la coge.

Las pulseras repican como las campanas de una iglesia anunciando un gran acontecimiento.

—Soy Helena y prometo ayudarte a conseguir la reliquia de tus padres. Solamente con una condición, que tú me enseñes a sobrevivir a tu mundo.

No sé cómo tomarme esto. Podría sorprenderla con mi respuesta. Jugar con sus nervios. Pero me limito a apretar su mano.

—Sin contratos, Helena. No somos Astérix y Obélix, mis cosas no son las tuyas y yo me adaptaré a tus planes en cuanto a que me puedas ayudar a recuperar la reliquia, pero tú a los míos respecto al resto.

¿Se habrá arrepentido? Negativo, me doy cuenta cuando sonríe y vuelve a apoyarse en las vallas. Con una mano encima de la otra y la barbilla protegiéndolas. El brillo del sol parpadea y yo vuelvo a la taquilla, dos señoras con gorros de playa me reclaman.

El primer día de trabajo no suele ser muy productivo, pero mis compañeros y yo hemos demostrado nuestra valía. La Trunchbull no nos ha felicitado. Tampoco lo esperaba. Daniel ha desaparecido en cuanto lo hemos dejado todo en su sitio, Helena ha comenzado a hablarme de un pub en Madrid al que un día quiere llevarme. Esto se está desmadrando. Creo que este trato es mucho mejor que el que he hecho con su madre, es extraño, pero Helena parece entenderme. Yo no he conseguido hacerme con la reliquia, quizás ella pueda hacerlo. A cambio solo tengo que enseñarle a sobrevivir, es decir, a quitarse a su madre de encima.

Cuando nos alejamos de la piscina, yo me decanto por ir a saludar a tía Gloria y ella prefiere ponerse al día con blogs de moda. Intento reírme de su entretenimiento, pero un vendedor ambulante nos interrumpe. Estoy a punto de pisar un escarabajo, que ella adopta como mascota porque, según dice: «Me muero de pena si pienso en que alguien lo pisará cuando nos vayamos». Helena anda con parsimonia mientras balancea el insecto en sus manos delicadamente. Yo me quedo parada, pensando en la conversación anterior. El vendedor nos observa confuso. Ninguna de las dos le ha contestado.

Entre dos edificios altos se encuentra la pequeña panadería que regenta tía Gloria. Es algo así como la casa de la bruja que terminó quemada por los malvados Hansel y Gretel, aunque mi tía no tiene nada que ver con esa señora. Lo prometo. Este es uno de mis lugares preferidos, por los momentos que ha vivido en este pequeño hogar del pan la pequeña Babia y por todos los bollos que nacieron aquí y de los que celebré su entierro en mi propio estómago.

La sintonía de una famosa serie de televisión suena en cuanto atravieso el umbral. Me entretengo en la puerta con el olor del pan. Creo que estoy comenzando a tener hambre. Una música country sale de detrás de las cortinas de leopardo que Gloria compró hace años en un bazar del centro de Madrid, puedo ver sus rizos despeinados y hasta la harina que puebla sus mejillas. Un nuevo tipo de pasteles están a punto de ser descubiertos por la mujer del mundo que más premios de repostería posee.

—Oh, Babia. Mira cómo me pillas, con las manos en la masa. —Gloria se ríe a carcajadas de su propio chiste.

Dejo mis cosas en una silla de mimbre que hay justo detrás del mostrador y me fijo en una palmera de chocolate que parece querer decirme «Cómeme, no me importa». Pero no me lo dice. El verano también ha acabado con ella.

Gloria llama mi atención para que la ayude con los pasteles y le cuento cómo ha ido el día de trabajo. Ella se ríe y me imita imaginando cómo coloco las sombrillas de la piscina. Si mi tía tiene una mala costumbre es cenar casi todas las noches lo mismo, por lo que la invito a ser un poco más originales, comienzo a apuntar en un papel platos diferentes y entramos en un juego que no tiene fin. Justo cuando el plato más suculento ocupa nuestras mentes, la famosa melodía avisa de que alguien acaba de entrar en la tienda, pero esta vez no soy yo.

—Esta tienda interrumpe la hilera de edificios de la calle. Es completamente desconcertante. —Claudia se quita un sombrero de color beige que parece proteger sus neuronas. Estamos en peligro. Todos a cubierto.

Mi tía reacciona en situaciones de verdadero riesgo, a veces me sorprende hasta qué punto se puede fusionar su lado sensible con el instinto asesino. Yo solamente he heredado el segundo. Sale de detrás del mostrador con las manos blancas, aún con restos de harina. Me siento en la silla de mimbre, dispuesta a contemplar el espectáculo.

—Claudia, querida. Tendrías que haberme avisado de tu llegada, la alfombra roja aún no está lista. Espera, que llamo a mis guardaespaldas para que te escolten hasta la salida.

—Y adopta la posición de un gorila.

Uno de los *hobbies* de mi tía es imitar a cualquier animal, persona o cosa. Siempre le ha gustado el teatro.

—Señorita —dice con la voz más grave que he oído nunca—, aquí no venden cremas para la cara, pero le recomiendo una para la vejez.

Claudia parece sentirse ofendida y tía Gloria sigue con su interpretación. Yo aplaudo completamente emocionada ante el desenlace de la obra improvisada. Cerebro de mosquito nos mira a ambas y juro que, si pudiese ponernos una camisa de fuerza sin morir en el intento, lo haría.

—Vamos, Claudia. No te tomes la vida tan en serio —digo mientras me levanto y la invito a entrar en el almacén.

Aunque es obvio que a Gloria no le gusta la invitación, me deja hacer. Claudia anda por la panadería como si estuviese en un curso avanzado para trabajar de trapecista, y cuando llega al interior más profundo de la tienda comienza a evaluarlo todo de nuevo como ya hizo al entrar en nuestra casa. Me hago con su atención dando varias palmadas cerca de su cara, no quiero que la inspección dure demasiado. Comenzamos a hablar rodeadas de botes de especias, estanterías de metal repletas de distintos moldes para tartas y un suave olor a tostado. Arruga la nariz.

La pongo al día de las cuestiones referentes a Helena, los avances, Daniel Creek... De todo, menos nuestro pacto.

Pensar los colores

La pequeña Babia pensaba en colores. Estos son una de las primeras cosas que te enseñan al llegar al mundo. No te dicen que en pocos años te pondrán unas cuerdas con las que tendrás que vivir hasta que descubras la libertad o a hacer las tostadas sin que se te quemen. Es mucho más fácil que llores, que tropieces, que te salga la costra en la rodilla e intentar calmar el dolor con un simple «Sana, sana, culito de rana…».

Pero para ella los colores son importantes, cada uno de ellos es la respuesta a: ¿Cómo te sentiste en este momento?

Babia pensaba…

En AZUL si Gloria sonreía y decidía que era un buen día para hacer esas enormes galletas con pequeños trozos de chocolate.

En AMARILLO si los niños no querían jugar con ella, le daban de lado y las madres susurraban cuando creían que nadie las estaba escuchando.

En ROJO si algo le gustaba tanto como su sabor favorito en el mundo o los ojos marrones.

En VERDE cuando estaba a punto de quedarse dormida. Después del obligado Cola Cao, con el volumen de la tele al mínimo, encima de la barriga de Gloria y los calcetines más calentitos del mundo.

En ROSA si le contaban una historia de esas en las que la princesa espera en la torre, con los zapatos debajo de la cama y los labios nerviosos.

En MARRÓN si pensaba en él. Ahora tenía un amigo, tres lunares y las manos más frías del mundo en pleno octubre.

Dos pactos y un funeral

*H*elena está a la puerta de mi casa, más guapa que nunca. La pintura corrida, una botella de alcohol en la mano y un vestido más propio de mí que de ella. Repite el abecedario sin parar e insiste en que le lave el pelo. «Se nos ha acabado el champú» no le sirve como excusa, así que minutos después me encuentro sujetando su cabeza llena de espuma mientras ella vomita toda la comida que su madre le ha permitido comer durante su existencia. Esa que está a punto de acabar si Gloria no sube rápido el café cargado que nos ha prometido.

—¿Por qué? ¿Por qué? —grita Helena cuando levanta la cabeza durante unos segundos, y no tarda en regresar a su entretenimiento actual.

Los pulmones de mi prima están preparados para representar a España en Eurovisión, pero Gloria no lo está para ver a la hija de Claudia así. Su cara al entrar en el baño es un poema. Dejo que Gloria salga del baño y me siento en el borde de la bañera con el café en las manos, nunca antes me había sentido tan al borde de un precipicio. Helena se tumba con una de sus mejillas pegada al suelo, buscando algo frío que la calme. Entonces yo apoyo los pies en su espalda. Se merece un escarmiento por beber sin control. Gime débilmente.

—¿Tú no sabes que antes de emborracharse hay que comer muy bien? Podrías haberme pedido consejo antes…

—No me planteo apartar mis pies de su espalda pese a que sé que la estoy molestando. Hago un poco más de presión y vuelve a gemir.

—Me da… igual… todo… Tú y la zorra de mi madre.

No me puedo creer lo que acaba de decir.

La piso un poco más fuerte por la ofensa que me toca y me levanto. El café tiembla, lo dejo cerca de su cara y me tumbo al otro lado. Ella mira la taza blanca con una frase grabada de *Alicia en el país de las maravillas* y yo solo puedo ver su cabeza llena de champú. Respira lentamente mientras mueve la mano derecha de un lado a otro. Me va a sacar un ojo.

—¿Qué ha pasado, Helena? Venga ya, nada que tu madre haga puede dejarte así.

—Él me ha dejado. Dice que no está enamorado de mí, que no soy lo que él necesita. Por un mensaje, Babia. No ha querido ni siquiera que baje a Madrid para hablar las cosas.

No estoy preparada para asesorar sobre rupturas.

—Vamos a buscar a ese cerdo. —Hago el amago de levantarme y ella me para torpemente.

—¿Sabes lo peor? —Tose y se queja de su aliento—. Que no estaba enamorada de ese chico. Que no me importa nada y aun así me ha destrozado.

—Entonces ¿qué, Helena? ¿Qué es lo que hace que estés así?

—Él era lo único en mi vida que no había escogido mi madre. —Se gira hacia mí. Tiene los ojos rojos, la nariz como un tomate y los labios cortados.

—El primer paso para sobrevivir es que tú escojas tu propio mundo, tus propias normas y quitarte las cuerdas que te atan. —Puedo ver un pequeño brillo en sus ojos, comprendo que está desconcertada pero que alguna luz se ha encendido en su cerebrito.

—Ya, claro. No es tan fácil, ¿vale? ¿Qué hago, mato a mi madre?

—Pues mira, ahora que lo dices…

Helena se ladea y me mira entre cansada y enfadada.

—Vale, vale.

La ayudo a que se incorpore y le acerco el café. Sus pulseras tintinean, reparo en que una de ellas está casi deformada, como si la hubiese intentado arrancar con rabia antes de llegar a mi casa. Saco uno de los pañuelos fosforitos de tía Gloria que se encuentran justo debajo del pequeño armario donde guarda todo lo necesario para sobrevivir en un baño. Le ato las manos con él, mientras ella se ríe sin parar. Miro la hora y me doy cuenta de que en poco tiempo tenemos que estar en la piscina; conociendo la impaciencia del perfecto Daniel Creek, ya estará allí.

—¿Ves esto? —Señalo el pañuelo—. En esta tela están las cuerdas que te impiden no tener que dar explicaciones a nadie. Tu madre, el mundo y tú misma.

Helena parece pensar en algo. Tensa las muñecas.

—Vamos a quitarlas, por favor —responde.

Poco a poco las voy apartando, la desato. Al mismo tiempo que voy repitiendo como un mantra que se está quitando las cuerdas. Pese a que parece absurdo, Helena tiene un gesto relajado al ver el pañuelo a nuestros pies.

—¿Qué tal si terminamos de enjuagarte el pelo, te tomas el café y Gloria te deja unas gafas de sol?

Helena suspira e insiste en meterse en la bañera vestida.

Llamo a Gloria para que me ayude a controlarla, pero mi tía dice que ella no se hace cargo de adolescentes en estado casi de coma etílico. Una exageración.

Creek vuelve a ser el mismo, o eso parece. Igual de insoportable. Pero nos mira con curiosidad, puede ser porque todo mi cuerpo huele a champú o por el aspecto de Amy Winehouse que tiene Helena. Yo he intentado explicarle que a ella su físico le dio en buena parte la fama. ¿Quién dice que no pueda ocurrirle lo mismo a Helena? Está sentada en la mesa roja repleta de dibujos publicitarios que se encuentra al lado de la taquilla, con una botella de agua en la mano, la otra es la encargada de sujetarle la cabeza. Los clientes la miran con ganas de saber más. El gran castigo: tener a una persona justo enfrente que te despierta miles de preguntas y no poder resolverlas. Conozco esa sensación.

Las nubes no impiden que el grupo de niños del primer día vuelvan a la guerra. Salpicar, comprar bobadas al tuntún e impedir que Helena se siente el rato suficiente para descansar. Ella me susurra lo que les haría a esos mocosos maleducados y las torturas satánicas se quedan cortas al lado de lo que ha pensado. Me sorprende su creatividad.

—Jimena, por favor. Ven aquí. —Una señora pegada a un sombrero intenta parar a una niña que entra en la piscina sin esperar en la taquilla a las entradas.

Termino de atender al sombrero y veo cómo Daniel salva a la niña de caer en la piscina sin sus manguitos correspondientes. Se ha quitado la camiseta y la señora lo mira algo embobada; después de bufar como lo haría mi gato, salgo de detrás del mostrador para pedirle a Helena que vaya cargando las bebidas para el día siguiente. Ella no termina de creerse que el congelador pueda enfriarlas en un tiempo récord. Juega a meter una lata y esperar veinte segundos para después comprobar su temperatura. Pese a que cualquiera diría que no hace tiempo de piscina, varias personas ya están metidas en el agua. Incluso el chico oriental, que saca las hojas secas simulando ser un limpiapiscinas más eficaz que un palo largo con una red blanca. Parece estar disfrutando.

Me descalzo e intento acabar con el picor de pies frotándolos contra el suelo de piedra del recinto. Aprovecho para sentarme en el bordillo y meter las piernas en el agua y varios niños llegan buceando como sirenas asesinas para sacar conversación a la chica de la taquilla, aquella que los mira con odio si se acercan más tarde de la hora de cierre. Dos de ellos se marchan asustados y el que queda me mira con burla y termina alejándose; al momento caigo en la cuenta de que las rodillas que están justo a la altura de mi cara son las de Daniel Creek.

Tiene el flequillo despeinado. Me fijo en la cuerda que le rodea el cuello y de la que cuelga una flauta de pan. Pero no puedo evitar volver a reparar en que no lleva camiseta. Se inclina hacia delante, parece que va a sumergirse en el agua pero después de resoplar varias veces comienza una conversación que jamás habría pensado que iba a tener con él.

—Babia, te debo una explicación. —Se rasca la barba incipiente, distraído.

—¿A mí?

—Mi comportamiento quizá no fue el más adecuado, creo que te desconcerté.

—¿Hablas de tu actitud de loco de psiquiátrico?

Su cara se ensombrece. Ahí está otra vez.

—¿Acaso alguien te aguanta a ti, reina de la hamburguesa?

Mi pie choca con sus tobillos sin querer, de forma inocente.

—¿Qué quieres, Creek? ¿Explicarte? ¿En serio? Vamos a pasar el verano aquí, encárgate de los churros de los cursillos de natación o de lo que te venga en gana, pero déjame en paz. Así podremos sobrevivir los dos.

—¿Piensas que quiero compartir aire con una chica como tú? Tengo una lista de mujeres a la que no les hace falta una faja para que les valgan los pantalones.

Aspira. Espira. Aspira. Espira.

—¿Un hilo para limpiarse los dientes se considera ropa interior?

—Es lencería sexy.

—Esa palabra en tu boca suena como un dónut sin chocolate. Sin sentido.

—¿Sabes acaso algo tú sobre personas sexys?

—Sí, yo soy sexy y tú eres un gilipollas. —Justo cuando me voy a levantar, Daniel me agarra del tobillo y me obliga a sentarme.

Nos miramos. Un chico que dicen que es perfecto y una chica que estaría dispuesta a matarlo. Un bonito comienzo para una novela dramática. Pero finalmente me siento y somos Daniel y Babia. Otra vez.

—Siempre caemos en lo mismo. No puedo más y creo que ella nos necesita. —Señala hacia Helena.

Me fijo en que juega a las cartas mientras se pinta las uñas. Creo ver que dedica a cada una de ellas un diseño distinto. Están empapadas de esmalte. Oigo sus pequeños gemidos, está sufriendo por ellas.

—¿Desde cuándo te importan los demás? El chico que se reía de la pobre Martina por llevar gafas, de mí por mi peso, el que dejó plantadas a la mitad de las alumnas del instituto. Una leyenda viva.

—¿Qué le sucede a tu prima?

—¿Una ruptura? Ya sabes, una de esas veces en las que solamente quieres quitarle el hilo a la chica en cuestión y una vez que ya lo tienes en tu caja de «Conquistas», haces que desaparezca de tu vida. ¿Quieres ser el siguiente?

—¿Puedes escucharme un momento? Te pago toda la pasta del mundo si te quedas en silencio unos minutos.

Creo que es una de las primeras veces que veo sonreír a Daniel, los dos hoyuelos aparecen en las comisuras de sus labios.

Me he quedado sin voz. Quiero escuchar y a la vez no quiero parar de hablar. Quiero gritarle, sumergir su cabeza debajo del agua hasta que…

—Tú y yo tenemos que ser amigos.

Si hubiese tenido cualquier tipo de líquido en la boca, lo habría escupido. En cambio mis carcajadas llegan hasta la pequeña niña a la que él mismo ha salvado antes, y ella también empieza a reírse. ¿Verdad que me entiendes? Eres una niña prometedora, la Babia del futuro. El destino de la humanidad está en tus manos.

—Existen las mismas posibilidades de que tú y yo volvamos a ser amigos como de que los alienígenas pisen la Tierra en este mismo momento.

Daniel mira hacia el césped y los dos vemos a la abuela de la niña aplicándose una mascarilla verde en la cara. No se aleja tanto de mi amenaza. Los dos reímos.

—Quizá no sea algo tan descabellado. Solamente durante un verano, una prueba de fuego. Tú no me quieres aguantar. —Pone los ojos en blanco—. Y yo te aseguro que tampoco, pero son todo ventajas.

—Vamos a hablar de las ventajas.

Se lleva las manos a su bañador negro y frota la tela como si de la lámpara maravillosa se tratara. Intento apartar los ojos, me incomoda.

—Creo que puedo ayudar a Helena a superarse. Y tú y yo no tenemos por qué hablar nunca más. Ni siquiera se tiene por qué enterar nadie de esta tregua…

—¿Es porque te interesa Helena?

—¿Cómo? No, no. Aunque no niego que está bastante buena. —Mira hacia ella—. Pero dejé de enrollarme con chicas así.

Ahora soy yo quien observa a mi prima, aunque Daniel parece pensar algo completamente distinto a lo que yo estoy pensando.

—Acepto. No somos amigos, solamente es un verano y no tenemos por qué caernos bien. Sabremos convivir y ya, no pretendas que te dé la mano al salir de clase.

—Perfecto —zanja.

Daniel traga saliva y no puedo apartar los ojos del movimiento de su nuez. Se incorpora y se queda justo detrás de mí, sus rodillas rozan mi espalda y durante un momento quiero lanzarle al agua como si fuera un muñeco hinchable. Se adelanta. Me agarra por debajo de los brazos y no me da tiempo a reaccionar, al segundo siguiente estoy debajo del agua maldiciendo cualquier tipo de arte que tenga que ver con actuar. Sabe hacerlo a la perfección, era todo mentira, un momento de calma para llenar de cerillas la guerra que él ya había empezado.

Soy la gata más tonta de la ciudad. Han logrado meterme en el agua, con engaños, con una cara bonita que parecía decir que todo podría calmarse durante unos meses. Mi pelo se ha convertido en hilos chorreantes por mi cara y lucho por que la ropa no se me pegue demasiado al cuerpo. Consigo llegar hasta las escaleras. Allí está Creek para impedirme el paso.

—Yo quise que todo fuese de otra forma y seguirá así, pero has sido tú la que ha dicho que en realidad no somos amigos. —Me guiña un ojo—. Lo he puesto todo de mi parte, no lo olvides.

—Eres un completo hijo de...

—Ssshhh, no querrás que nos llamen la atención...

—Me importan una mierda los manguitos, los niños y tú. No esperes ni una gota de amabilidad de mi parte. ¿Amigos? Amigos.

Todavía estoy en el agua y él, agarrado a la escalera de

metal, sonríe como nunca. Se despeina en un gesto que pretende ser sexy, pero no llega a conseguirlo. Se aparta de las escaleras y estas se tambalean. Se aleja unos pasos.

—Por cierto, Babia. Pensaba que pesabas más, me equivocaba. Creo que nadar todos los días, como has hecho ahora, puede darte sus frutos.

No me da tiempo a responder. Rodea la piscina como si fuera un depredador, sin perderme de vista, sabe que se la devolveré. Mi caballo de Troya no será de madera, estará creado con fuego y cenizas. Al enemigo se le destrozó desde dentro.

Desde el punto más alejado a la entrada, se pone en posición. Observo cómo sus músculos se tensan y a continuación se sumerge en el agua; antes de que salga a la superficie yo ya estoy fuera de la piscina. De nuevo a salvo, empapada de sus mentiras.

Reconozco que me encanta hacerme la épica; en cambio, cuando entro en casa Gloria no puede aguantar las carcajadas mientras se sujeta el estómago. ¿Qué pasa? Me miro al espejo y compruebo que mi aspecto merece el premio a la mejor cómica muda. La ropa parece haber encogido dos tallas y una hoja seca duerme en mi pelo enredado, o sea que el chico oriental no es tan útil como la red blanca con la que limpian todas las piscinas.

Me tumbo en el sofá y Gloria ni se inmuta. Probablemente piense que ya se secará. La humedad está infravalorada.

En cuestión de semanas he pasado de ser la chica más libre a la más realizada. Dos pactos. Uno que quiero cumplir y otro que sé que me creará más de un dolor de cabeza, pero dicen que después de la tempestad llega la calma. Y yo estoy dispuesta a utilizar las cuerdas que me arranqué cuando era una niña para arrastrar la calma hasta aquí.

Unos zumbidos irrumpen mi falsa tranquilidad. Un mensaje de Helena llega más rápido de lo que debería: «Babia, me he ido de casa. ¿Puedo?». Me levanto más torpemente que un pato en patines y corro hasta la puerta. Allí está, con una bolsa deportiva llena de ropa, y un bote de laca que asoma ansioso.

Su cara no parece traer buenas noticias.

—Mi madre está imparable. Ha buscado chicos por su cuenta, sé que tú no me obligarás a nada, en cambio ella ha empezado a concertar citas a ciegas con todos los chicos del pueblo.

Gloria se asoma, apoyada en el marco de la puerta del salón, y escucha atentamente.

Helena entra en nuestra casa como si estuviese huyendo de un ogro verde que quiere encerrarla en la torre más alta del castillo. No demasiado lejos de la realidad. La instalo en mi habitación por unos días, no sin antes recitarle las reglas que siempre he respetado en mi templo de la felicidad.

1.ª Nada de chicos en la habitación, ni escenas similares a la de Romeo y Julieta en la ventana.

2.ª Se puede comer cuanto quieras, pero no robar comida a la dueña.

3.ª Un calcetín de cada color para enfrentarse al mundo y nada de ser tiquismiquis con los colores.

4.ª Están prohibidas las películas de amor.

5.ª Una mirada, y tus cosas en la puerta si osas llevarme la contraria.

Helena y yo subimos con los postres, justo después de que Gloria nos haya ofrecido una deliciosa cena consistente en pollo con bechamel y queso fundido, mi prima parece haberse despedido de contar calorías. Mi tía y yo la hemos mirado orgullosas mientras se chupaba los dedos en un ataque que nosotras solemos llamar «Ganas de comer más». Aunque no puedo evitar pensar que mientras lo hacía no disfrutaba, era una forma de vengarse de su madre. De romper con ella y con todo lo que le obliga a hacer.

Ahora Helena mira el móvil embobada, esperando una llamada. Yo intento distraerla con varios intentos fallidos. Finalmente logro que sonría y piense que estoy loca cuando me siento a su lado con un cuaderno y comienzo con los preparativos de mi funeral.

—Prohibido el rosa, y no quiero que me traigan flores, quiero comida para los pájaros que me vengan a visitar y un dónut para mí, por si me da por volver a la vida.

—Babia, ¿tienes miedo a la muerte? —me pregunta Helena con la cara escondida en la almohada.

Parece que por las noches se pone profunda.

—Me tiene más miedo ella a mí.

Ella no se ríe, pero yo sí.

Un terremoto en la coronilla

El colegio al que asistía Babia era enorme. Numerosas mujeres con hábitos eran las encargadas de organizarlo todo y algunas de ellas también impartían clases; la niña siempre pensaba en pingüinos cuando la hermana Soledad les mandaba callar entre los cambios de aula. Ese día la pequeña tenía ganas de salir al patio, pero tres de sus compañeras la esperaban en la puerta. Con el arma cargada, un arma que parecía que nadie estaba dispuesto a parar.

«¿Hola? ¿Hooooola?» En la cabeza de Babia los gritos hacían eco. Fuerte y luego despacio. Desaparecían, mientras ella perdía tiempo sacando las cosas de la mochila y volviendo a meterlas. Una manzana descansaba en el bolsillo pequeño.

Perder tiempo era su objetivo. ¿El de ellas? Demostrar que eran más fuertes mientras nadie les dijera lo contrario. Y ahí es cuando volvió a aparecer la profesora del pelo rizado y la mermelada, desalojando los pasillos del centro durante los veinte minutos que duraba el descanso. Babia consiguió bajar todas las escaleras de un soplido, con la manzana en una mano y los nervios en la otra. Y las tres cazadoras estaban esperándola.

«Gorda, gorda, gorda, gorda.» Babia no escuchaba otra cosa, sentía los dedos de las tres niñas en su cuerpo. Una de ellas empezó a reírse de su tía y a reproducir conversaciones que tenían sus padres sobre Gloria. A la gigante pelirroja le gustaban las mujeres y también era una gorda. «Qué asco,

¿no?», decía otra mientras le pegaba un manotazo a Babia. La manzana caía de sus manos y con ella todas las ganas de jugar, y un poco las de vivir. «¿A ti también te gustamos nosotras?» La tercera aún no había hablado y justo cuando abrió la boca, también dejó que sus manos aterrizasen en el pecho de Babia. Derribándola al suelo y empujando las lágrimas que solamente tenían veinte minutos para desaparecer.

A Babia le recordaban a las hienas de *El rey león*. Solamente que ella no era Simba, ni reinaría algún día para poder vengarse de lo que le estaban haciendo.

A veces la suerte nos manda un cascabel. Una persona dispuesta a hacer ruido para ayudarnos y espantar lo que no nos deja avanzar. Y Babia lo primero que vio fue el terremoto en la coronilla. Daniel había crecido mucho en poco tiempo y se encontraba en lo alto de las escaleras del colegio. Con los brazos en jarras y la mirada clavada en las tres niñas, dos cursos más pequeñas que él. Esta vez no llevaba gorro y le había crecido el pelo, un hoyuelo acompañaba a su mejilla derecha. El frío invierno se encargó de despeinarlo.

—Dejadla en paz.

Dos de ellas dieron un paso atrás. La que quedaba miró a Babia con rabia.

—¿Y quién eres tú? —respondió una de las hienas.

—Su familia.

Babia se quedó callada. La única familia que tenía era Gloria. Pero esa respuesta inesperada y Daniel bajando las escaleras hacia ellas bastaron para que las tres se fueran corriendo. Prometiendo volver. La había salvado y Babia no sabía que muchos años después ella podría hacer lo mismo por él.

—¿Puedo serlo?

—¿El qué? —Las lágrimas seguían en la voz de la pequeña.

—Tu familia.

No hubo respuesta. Pero le tendió la mano. Y él la ayudó a levantarse, sin soltársela.

Aquí, ahora o nunca

El olor más dulzón que existe en el planeta Tierra golpea mis fosas nasales. Me doy cuenta de que se debe a la presencia de Helena en mi habitación, a la que aún no me he acostumbrado, y me levanto de la cama. Soy la reencarnación de *La novia cadáver*. Distingo la voz de Daniel justo debajo de mi ventana y todo encaja de una vez por todas. Llevo más de media hora oyendo un incansable ruido. Pequeñas piedras siguen chocando contra el cristal, creando el molesto sonido que me ha despertado. Evito recordar un tiempo en el que Daniel daba golpes en mi ventana. Creo que voy a matar a alguien con el desatascador del baño.

—¿Ya está despierta la princesa? He venido a buscarte.

Me acerco a la ventana. Subo la persiana hasta arriba y estoy a punto de romperla. Veo a Creek con una sonrisa irónica y las manos en los bolsillos.

—¿Sabes lo que hacían las princesas encerradas en las torres?

—Tranquila, vengo en son de paz. Recuerda. —Hace visera con la mano para que el sol no lo ciegue al mirar hacia arriba.

—Tiraban su cabellera para que los príncipes pudiesen subir, pero si no te largas me tiro yo. Y entonces solamente quedará una mancha en el asfalto. Esa será la única huella que dejará tu existencia.

El silencio sella sus labios. Yo estoy a punto de cantar un hurra cuando recuerdo que tengo a mi prima durmiendo en la misma habitación. Parece que el pacto entre Daniel y yo tiembla, existe y a los dos nos conviene, ¿no? Pero hay reglas que aún nos podemos saltar. La venganza se sirve en platos jugosos. Sí, es que lo de frío carece de estilo.

—Eh, ¿no dijiste que las escenas al estilo Romeo y Julieta estaban prohibidas en tu habitación? —dice Helena con voz somnolienta desde la cama.

Después pasa a quejarse de un extraño dolor de cabeza y yo me preocupo más de que vuelva a visitar el retrete que de Daniel y sus intenciones.

—Estoy escuchando a Helena. Vamos, bajad, nos vamos de excursión.

¿De qué? Espero que nadie me pregunte el porqué, pero convenzo a Helena de que es una buena idea, pese a que no estoy nada segura y antes de vestirme aviso a Gloria de que bajo ninguna circunstancia deje pasar a Daniel a mi guarida. Dicen que el demonio es capaz de poseer cualquier lugar o persona y no estoy dispuesta a arriesgarme. Sé que bajo esa apariencia, él sigue ahí.

Gloria sale a ver a Creek con la excusa de tirar la basura y escucho cómo intercambia palabras amables con él. ¿Hola, tía? Él es el ser humano que casi acaba con una de las ventanas de tu hogar. Un cristal de esos que impide que ningún indeseable entre en nuestra cueva. Pese a que cuando entra le pregunto sobre lo que han hablado, ella solamente me saca de dudas con un: «Me parece buena idea que saquéis a Helena por Madrid». Podría haberle aclarado que: 1/ Helena no es un perro, y 2/ No hace falta que me diga que es una buena idea para asegurarse de que voy a ir. Soy una chica de decisiones. Cuando tengo que decidirme entre un cruasán o un pastelito de La Pantera Rosa, no dudo en decantarme por el segundo.

—Estoy bien, chicas. No quiero ser la carga de nadie, acabo de salir de...

—Helena, no se trata de ninguna carga —respondo—. Simplemente tres amigos vamos a pasear en amor y compañía.

Gloria me mira y puedo leerle la orden que me dirige con

el pensamiento: «Acaba con la ironía». Ha conseguido controlarme durante unos segundos.

Nuestra tía le pone dos magdalenas a Helena sobre la mesa. Yo espero las mías, llegan al segundo. Mi prima se queda mirando el desayuno con cara de ¿cuántas calorías harán que me coma?, pero por segunda vez parece no importarle ya que muerde una como si en ella estuviese toda la suerte del mundo. Justo la que yo necesito. Muerdo mi magdalena.

Salir con Daniel Creek no es la mejor forma de estrenar los días libres, pero pese a que *Mousse de chocolate* se ha asomado a la ventana de mi habitación pidiéndome que regresara, no he podido hacerlo. Gloria se ha despedido de nosotros tres como si fuésemos camino del típico campamento de verano que cambia tu vida, que echas de menos al regresar en septiembre y que odias el segundo año porque ya nunca volverá a ser igual. Ni tus amigos, ni la comida, ni siquiera las noches de miedo en las que tu única amiga no podía evitar, según los monitores, hacerse sus cosas en la ropa interior.

Daniel parece querer llegar al centro antes de que salga el sol. Mi prima comienza con las normas que hay que seguir en la moda, creo que lo dice por mi chaleco de pelos rosa y comienzo a arrepentirme de mi elección cuando subimos al autobús que nos lleva a la estación de Moncloa. Me muero de calor. Cuando llegamos a Madrid agradezco el escaso aire acondicionado del metro.

—¿En qué piensas antes de vestirte? —pregunta Daniel intentando mantener el equilibrio.

Todos los asientos están ocupados y una señora se agarra a él como si un tornado hubiese llegado a la ciudad.

—En la prenda más horrible y peluda. Esa que haga que te acerques lo mínimo y que ponga en peligro tus irritantes ojos.

Helena parece haber entrado en trance. Creo que mi opinión inicial sobre ella debe de estar en algún lugar perdido: conocí a un cerebro de mosquito, al día siguiente me sorprendió su decisión de tener un novio que su madre no aprobaba. Y ahora, derrumbada, es cuando más personalidad encuentro a ese recipiente que han rellenado con cosas materiales e ideas que la han llevado hasta la actualidad. Que no van con ella.

Creek me mira y entonces sus ojos no me parecen tan irritantes. Asquerosos, quizás. Sé que quiere decirme algo y a mí me encanta hacerme la tonta, pero empiezo a tararear una canción que oigo en algún rincón del vagón.

—Vamos a hacer una cosa, Helena. Cada uno de nosotros elegirá hoy un sitio que enseñar a los otros dos. —Daniel tensa los brazos y consigue sujetarse a la barra más cercana.

La tela de su camiseta negra grita auxilio, Repulsivocreek parece no haber encontrado la talla adecuada. Creo que eso es lo único que tenemos en común.

—Y después ponemos puntuación. El que gane elige qué hacer el próximo día —intento aportar algo, confirmando el pacto entre Daniel y yo.

—¿Próximo día? —Helena pestañea y junta sus labios, extendiendo un pintalabios inexistente.

—¿Qué pretendes? Yo no pienso quedarme todo el verano metida en casa, que tenga un gato no quiere decir que me conforme con una bobina de lana y una caja de arena.

—Yo he venido aquí a divertirme, ¿eh? —Daniel sonríe—. Quiero los mismos planes, aunque las chicas hayan cambiado.

—No encontrarás unas chicas como nosotras en la vida.

Ahí es cuando Helena y yo nos miramos y reímos. Creek fuerza una carcajada que parece golpear esa conexión que se crea entre dos personas de repente. Y mueve los labios despacio, procurando que le entienda: «Eres la reina de la hamburguesa». Bien, parece que hemos apagado el volumen, pero la guerra continúa.

Tía Gloria dice que en verano Madrid es un abanico de posibilidades, curiosamente ella no sale de la panadería y yo me quedo tumbada debajo de *Mousse* con una tarrina de helado de chocolate en las manos y un ventilador pegado a la oreja. Eh, sigo sin ser una gorda deprimida, pero lo que no saben las estilizadas es que ese tipo de planes son divertidos.

Te levantas por la mañana, desayunas como una reina y tu único objetivo es pasar las próximas horas pegada al sofá, con una gran tarrina en una mano y miles de clínex en la otra. Esto último es simplemente para soportar el drama de las quinientas películas que verás en lo que te queda de día. Pero ahora es cuando me doy cuenta de que la vida también está llena de drama: una chica llora en la estación de metro más cercana, una señora busca con la mirada perdida algo que comer, un hombre pide unos céntimos para coger el próximo autobús a la parada de la autodestrucción. Y en medio de todo esto, nosotros.

—¿Cuál es el sitio que nos enseñarás, Babia? —pregunta Daniel.

—¿Yo? No, no, yo quiero ser la última.

Helena y Daniel se sonríen y deciden que yo seré la primera. Sin pedirme opinión, sin fijarse en mi mirada de cordero degollado.

Unos pasos más adelante de la estación de metro se encuentran dos calles que dan la opción de salir de Sol. Mi favorita es la paralela a la que aloja El museo del jamón (contra todo pronóstico, este no es uno de mis lugares de cabecera), allí está La sonrisa de la banana. Es una de mis primeras paradas en mi Ruta de la Felicidad. Apartado de la plaza y medio escondido, es la opción perfecta para tomar batidos, toda persona que lo pisa por primera vez reconoce que su vida no tenía sentido antes de saber de su existencia. Helena es la primera en pasar, Daniel se queda unos segundos más con las manos a la espalda y observando la banana que preside el letrero de la entrada. Balanceándose, a punto de caer. Sonrío al comprobar que la primera impresión es buena, sé cómo impresionar a la gente, sobre todo con la comida. Ese podría ser mi trabajo de fin de carrera.

—Me siento como si estuviésemos en *Grease*. Es increíble, Babia. —Helena respira el olor de los batidos y yo temo que desaparezcan los sabores que describen mi vida.

Cuatro de los cinco camareros recorren el restaurante sobre unos patines blancos y rosas. Uno de ellos me reconoce desde el principio. Yo a él también. Su pelo a lo afro es inconfundible y siempre lleva unos auriculares enormes que hacen sentir a los clientes que no les está prestando atención. La primera vez que vine, hace milenios, él estaba aquí. Mi teoría es que él es La sonrisa de la banana.

—Eh, bomba de chocolate —se dirige a mí por el nombre de mi batido preferido—. ¿Mesa para tres?

—Sí, por favor. Hoy he decidido compartir uno de mis secretos mejor guardados.

Sus ojos azules brillan y nos acompaña hasta la mesa más cercana a los aseos. Vaya, gracias. No está tan mal, ya que al lado se encuentra la máquina en forma de plátano que te permite escoger las canciones que se irán reproduciendo durante el tiempo que vas a pasar en el local. Alguna vez he tenido que luchar por ganar una batalla campal contra otro cliente que parecía haber decidido que mi música no era adecuada para ser la BSO de su adorado tiempo. ¿Perdona? Si de algo sé es de música, es uno de mis temas estrella. Al menos eso piensa tía Gloria. Aunque puede ser que sea porque a las dos nos guste la misma…

Creo que todos tenemos dos flechazos en nuestra vida, uno es con una persona y el otro con un lugar. Los míos están cubiertos: la comida y este lugar. Aunque la comida no sea una persona, la siento como tal. Al sentarnos, Helena y yo juntas y Creek enfrente, no puedo evitar reparar una vez más en el ambiente a libertad que se respira aquí. El señor que siempre pide tarta de queso mientras lee el periódico está sentado en la barra, la pareja más repelente de novios del mundo mundial juegan a tirarse comida sin importar que justo detrás esté la madre gruñona y su pecosa hija, ellas suelen ir todos los sábados. Justo encima de la barra hay una frase que me es difícil olvidar: «Si quieres entender a una persona, no escuches sus palabras, observa sus comportamientos». Las palabras de Albert Einstein siempre me han hecho pensar que nunca me había preocupado por observar a alguien más allá de lo que me permito yo misma, pero estas primeras semanas de verano esa rutina ha cambiado. Helena es alguien completamente distinto cada día, como si estuviese mudando la piel, y Daniel… Creek me empieza a inquietar.

—¿En qué piensas?
—En Albert Einstein —le contesto señalando la pared principal del palacio de los batidos.
—Oh, sé quién es —interrumpe Helena.
—Pues siento romper tu burbuja, pero no te creo. No estabas pensando en Albert Einstein.
—¿Desde cuándo sabes en lo que pienso?
Necesito que me traigan mi batido para entretenerme con algo.
El pelo afro llega sobre sus patines y me sirve la primera. Mi bomba de chocolate me espera. Daniel está incómodo mientras el camarero tararea una canción que no logro identificar. Helena le pregunta dónde está el baño. Él se ríe al señalarlo justo a nuestro lado. Creek vuelve a mirarme, como si tuviéramos una conversación pendiente.
—Estabas pensando en mí, Babia.
—No me lo recuerdes.
—Entonces ¿lo reconoces?
—Alguien me enseñó que jamás debes reconocer una mentira. —Aprovecho que Helena no está para estirar las piernas en lo que queda de sofá.
Daniel se coloca la pajita entre los labios y me fijo en el movimiento de su nuez al tragar. Es sexy. Oh, Dios, no puedo creer que haya pensado eso.
—¿Y quién te lo enseñó?
Sabe que fue él. Intenté olvidar todo lo que me enseñó o todo lo que hacía para que yo estuviese bien. ¿De qué sirve? Llega esa persona que hace que tu vida dependa de ella y después se marcha. Entonces te derrumbas. Pasan los días, las semanas y los meses. Y llega el día en el que te juras no caer en sus trampas ni aferrarte a alguien de esa forma. Nunca.
—En realidad no lo recuerdo… Hace demasiado tiempo que no creo en los amigos. O en si alguna vez he tenido uno.
—Yo fui tu amigo. —Daniel se lleva las manos al cuello de la camiseta.
Lleva una básica negra, el cuello redondo deja ver parte de sus clavículas. Oh, ¿dónde está la cámara?

—Entonces ¿es verdad? —Helena ha vuelto a la mesa y ninguno de los dos nos hemos enterado.

Ahora me doy cuenta de que tanto mis manos como las de él sujetan con fuerza los batidos. Las mías están heladas.

—¿Existió una preciosa época en la que no parecía que os fuerais a pegar en cualquier momento?

—Helena, no hables de utopías. —Me levanto un poco para dejarla que vuelva a su sitio—. Solamente éramos dos niños, yo le enseñaba cosas que él no entendía y él…, no sé.

—Yo te defendía.

¿Pretendes ponerte tierno, Repulsivocreek?

—No creo que sea algo tan malo. Mira, ahora estamos aquí.

—Helena sonríe. Parece que se le haya olvidado su ruptura.

—Sí, parece que era aquí, ahora o nunca —digo después de beber otro sorbo.

Helena me señala los labios indicándome que tengo manchada la boca de chocolate. No le hago caso.

—Yo no he venido para volver a lo de antes, has sido tú la que nos has metido en todo esto. Vine a ver a mi padre.

Encima de que le organicé una fiesta gratis…

—Ya, Daniel, supongo lo encantador que tiene que ser tu padre. Y fíjate que nosotras hemos hecho que tengas que pasar mucho menos tiempo de lo previsto en casa. —Creo que acabo de dar en el clavo.

Creek mira hacia otro lado, no sin antes dedicarme una de esas ojeadas con las que no parece decirme nada bueno. Una ruidosa canción suena en estas cuatro maravillosas paredes, tendría que haberme entretenido un rato en la máquina de la banana.

—Oh, Dios mío. Esta canción me encanta. —Helena se queda quieta escuchando.

—¿Quieres que bailemos? —Daniel se levanta.

¿Qué? ¿Qué acaba de decir? No, no, no. No quiero escenitas.

Helena sonríe coqueta. Mi prima está obsesionada con los vestidos, hoy ha escogido uno blanco con lunares muy pequeños. Me recuerda a aquella ratoncita presumida. ¿Minnie? Todos los clientes los miran y yo comienzo a conocer la vergüenza por primera vez en mi vida. Daniel la sujeta de una mano y hace que dé un giro para luego recogerla en sus brazos e inclinarla hacia atrás. Creo que voy a vomitar. Nunca he asistido a un baile de fin de curso y lo agradezco, no me gustaría ver cómo todo el mundo se divierte mientras yo tengo que aguantar a todas las chicas del banquillo lamentándose porque nadie las ha escogido. ¿Y qué importa? A mí nunca me han escogido y soy feliz. Porque el trato que te dediquen los demás no es lo que de verdad te define. No lo hace.

—Bomba de chocolate, ¿qué tal si bailamos nosotros también? Sé que pensarás que es extraño que te lo pida, pero si lo hacen ellos, ¿por qué nosotros no? —El camarero me ofrece su mano.

Y yo no sé muy bien qué decisión tomar. ¿Qué me está pasando?

Acepto. Me levanto, aliso la tela de mis pantalones y él sólo me pide que tenga cuidado. No quiere terminar en el suelo debido a los patines. Aunque a los clientes nos encanten, no es un uniforme de trabajo demasiado cómodo.

—No sé bailar, así que no esperes nada sorprendente —confieso.

Nunca me entusiasmó demasiado aprender a moverme. Prefiero dedicarme a otras cosas.

—¿Bromeas? Ya no me sentiré como un bicho raro, yo no tengo ni idea. Pensaba que tú sabrías. —Se rasca la cabeza y su mano desaparece dentro de su voluminoso pelo.

No puedo evitar soltar una carcajada y él empieza a balancearse. Parece que esté ejecutando una danza africana un tanto extraña.

Me fijo un poco de refilón en mis acompañantes. Daniel tropieza con el pie de Helena. Distraído. Yo me sigo riendo con mi pareja de baile y comienzo a imitarle para desagrado o diversión del resto de clientes. La canción termina y el chico vuelve a su trabajo, sumergiéndose en la música que todo el mundo cree que sale de sus grandes auriculares.

Helena nos lleva a comer a un restaurante italiano. Reconozco que me ha sorprendido. Aunque pensaba que de un momento a otro viviría una escena al estilo de *La dama y el vagabundo*, se han comportado. Daniel Creek ha estado más callado de lo normal, mientras Helena y yo compartíamos opiniones sobre nuestros platos. Nunca habría imaginado que mi prima le daría un diez a un plato que supera con creces las calorías de toda su dieta diaria. Tampoco que nos llevaría a un lugar económico, aún no puedo permitirme los lujos para los que estaré preparada en un futuro.

—Ahora me toca a mí, ¿no? —Daniel nos mira expectante después de pagar la comida.

—No, espera. —Me doy la vuelta y finjo hablar con alguien—. ¿Rodolfo? Sí, sí. Este estúpido juego consiste en que tú ahora nos muestres un lugar que crees que nos sorprenderá. ¿Un putiqué? No, Rodolfo, por favor...

—Babia... —murmura Helena.

—No importa, Helena. Vamos. —Daniel la anima a ignorarme.

Se adelantan y volvemos a pasar por la estación de metro a la que llegamos. Toda la calle está plagada de personas que trabajan repartiendo tarjetas de bares para universitarios. Prometen alcohol gratis, cachimbas, una noche inolvidable, y uno de ellos añade a la oferta su número de teléfono para Helena. Caminamos mientras hablamos de las puntuaciones, algo me dice que Daniel no será justo con la nota que me corresponde.

El palacio de Oriente comienza donde termina la calle. Pese a no vivir lejos de Madrid, no he pasado demasiado por aquí, pero comprendo al instante la razón por la que Daniel nos ha traído a este lugar. Tiene algo. Los *skaters* nos dan la bienvenida en las escaleras y el resto del parque está poblado de personas que buscan hacer del sábado algo productivo: vendedores de cuadros, un grupo de amigos sentados en el césped y varios puestos de comida en la zona más cercana al Palacio Real. Helena nos pide ausentarse un momento para buscar un baño y yo le aseguro que no pasaremos lista; es en ese momento cuando todo comienza a caerse. Ahora que no está ella, solo quedamos nosotros y nuestro pacto parece frágil. Estoy dispuesta a darle una tregua a Creek, lo he hecho, pero cada instante que paso con él es un recuerdo de que esto de ahora no debería estar pasando. Otra vez. Es como cuando mezclas dos comidas o salsas que combinan mal, por ejemplo los garbanzos con kétchup.

—¿Nos sentamos? —Daniel mueve nervioso la pulsera de cuero que adorna su muñeca izquierda.

—Si no queda otro remedio...

No me escucha. Va directamente a un banco de piedra en el que cabría una familia numerosa al completo.

—¿Sabes por qué os he traído aquí? Me calma. Mira hacia allí, no apartes la vista.

Creo que es la primera vez que Daniel y yo hablamos tranquilos, olvidando los pactos por unos segundos. Señala hacia un punto del cielo. Reparo en que desde donde estamos sentados se puede ver una extraña mezcla de colores. Malva, naranja, azul... Después de todo, el destino está dispuesto a llevarme la contraria. La puesta de sol es preciosa. El naranja predomina y ahora que empieza a oscurecer y las farolas de Madrid aún no están encendidas, es la única luz que tenemos.

—Solamente he pasado por aquí una vez.

—Pues deberías hacerlo más veces. Puedes venir con tu amigo.

—¿Qué?

—El camarero.

—Oh, descuida. Lo haré.

Se frota los brazos, nervioso. Apoya el codo en su pierna y se lleva la mano a la mandíbula. Barba incipiente, mirada perdida y silencio. Parece que estamos separados por mil kilómetros de aire, solo dispuesto a romperse por el miedo a la ensordecedora soledad. Esa que pienso romper, si no quiero volverme loca.

—Escucha, no sé a qué viene todo esto. Pero este verano será como todos los demás, aunque pasemos tiempo juntos.

—Eh... No... he dicho nada —titubea.

Nuestras cartas salen a la luz.

—A veces me da la impresión de que callas mucho más de lo que dices —ataco.

—¿Esa persona no te enseñó que nunca puedes fiarte de las primeras impresiones? —Sonríe.

Subo las piernas al banco de piedra para abrazarme a

ellas. Simulando un invierno o que estoy al borde de un océano repleto de pirañas.

—Babia...

—Eh, no importa. No digas nada.

Un niño pasa a nuestro lado corriendo, persiguiendo pompas de jabón. Una de ellas finaliza su vida entre las manos de Daniel.

—¿Sabes? Esta puesta de sol... Hubo un tiempo en el que te eché de menos. —Demonios, sapos y culebras ¿Por qué diablos he dicho eso?

Daniel me observa sorprendido. Durante unos segundos interminables no dice nada.

—Yo también —responde.

Y le maldigo cuando se levanta y reduce la distancia entre nosotros. La tensión sigue ahí, pero misteriosamente ha menguado. Y si alguien me preguntara mañana sobre esta escena, la negaré. Guardamos silencio hasta que Helena regresa con un refresco y mil adjetivos asquerosos para los baños públicos del centro de Madrid. Se sienta, justo entre Daniel y yo. Contemplamos los tres juntos la puesta de sol y caigo en que esta es la primera vez que siento formar parte de algo. Y misteriosamente, no me disgusta.

Dicen que el metro de Madrid vuela, nunca le he dado la razón a este maldito eslogan, pero de vuelta a casa el tiempo pasa rapidísimo. Helena comienza a repartir sus notas. Diez para mí y diez para Daniel. A mí me invade un ataque de bondad y les otorgo un nueve a cada uno. Y ahí está Creek, haciendo que todo salga a su favor y aprovechándose de nuestra poca inteligencia en cuanto al orden de votación. Un siete para Helena y un cinco para mí. Él gana, otra vez, como siempre. Él elegirá el próximo plan, pero tengo la sensación de que no será tan malo.

—¿No tenéis la sensación de que los días de verano son interminables? —pregunta Helena.

—Toda la noche fuera y entonces te pasarás el día durmiendo, no te enteras de nada...

—Pero ¿tú alguna vez te enteras de algo? —le pregunto directamente.

—Siempre que quiero, sí.

Helena sonríe distraída y deja pasar la tensión que se ha instalado entre nosotros: las miradas intencionadas, los ataques suaves, como cuando Daniel intenta engañarme con la estación en la que tenemos que bajarnos. Así que me vengo de él.

—¿Señora? —me dirijo a una mujer que sujeta la bolsa de la compra como si de un tesoro se tratara—. Mi amigo quiere su número de teléfono, está harto de probar con jóvenes que no pueden aportarle lo que él busca. ¿Sería tan amable...?

Helena corta mi intervención. La mujer comienza a echarme en cara mi desvergüenza, qué susceptible. Aún quedan personas en el mundo con muy poco humor. Mientras mi prima pide perdón, Daniel apoya la cabeza en las puertas del vagón. Cuidado, Repulsivocreek. Esta es la primera vez que oigo cómo una carcajada proviene de su cuerpo, ese que consideran perfecto y al que yo sigo queriendo odiar. Ese que toco al apartarle de las puertas justo en el momento en el que se abren para dejar salir a todas esas personas que viven la vida más rápido de lo que deberían.

Y es que cuando reparo en lo rápido que nos ponen las cadenas, nos sueltan en el mundo y pretenden que seamos todo lo que otros quieren en un récord de tiempo asombroso..., me asusto. Sí, soy una chica dura, pero hasta los jugadores de baloncesto tienen vértigo, ¿no?

Cuando llegamos, el cielo ya es azul oscuro, casi negro. Los poco afortunados trabajadores salen de su monotonía y aprovechan las pobres rachas de aire frío que el verano está dispuesto a regalarnos. Al salir del metro noto a Helena animada, cómoda, y esta es la primera vez que no sabría definir mi estado de ánimo. Tengo hambre, ganas de ver a mi gato y estoy sorprendida a la vez que asustada por el color que están comenzando a tomar las vacaciones. No me gusta sentir que estoy pisando en falso y que de un momento a otro caeré por la madriguera del conejo blanco, aplastándole en mi caída y llegando a un mundo que desconozco por completo.

Y en el que mi cabeza está en juego. Siempre quise ser yo la Reina de corazones.

—¿Ya estáis aquí? —Gloria está en nuestro pequeño jardín y la vemos asomar la cabeza en cuanto aparecemos por el extremo de la calle.

—¿Nos has visto llegar en una bola de cristal? —dice Helena entre risas.

—No, no. Pero no podía perderme este momento. Nunca podría haber imaginado que iba a suceder algo así. Vosotros tres.

—Tía, por favor... —me quejo.

Daniel nos adelanta y Gloria se apoya en la puerta, con la manguera en una mano.

—Parece que era aquí, ahora o nunca, ¿no? —dice Creek andando hacia atrás.

Por un momento pienso que voy a verlo en el suelo. Habría sido divertido.

Me mira para reconocer que sabe tan bien como yo que esa frase es mía. Y Gloria parece ser partícipe de este extraño instante, ya que cuando Daniel entra en su casa, ella clava sus ojos en mi nuca... Muevo la cabeza de un lado a otro, intento echarla de mis pensamientos. Ese es mi mundo y nadie debe saber lo que ocurre en él.

Helena sube apresuradamente las escaleras, me asombra lo rápido que se está adaptando a nuestra casa. Subo para ver cómo comienza a prepararse para una ducha, después de lo que ella llama un día duro, yo diría que lleno de novedades. Bajo de nuevo para ayudar con la cena y mi tía no deja de mirarme con lo que llamamos «Ojos en alerta».

—¿Qué te he enseñado, Babia?

—¿A tirar de la cadena después de entrar al baño?

Se pone roja, colorada y finalmente un poco verde.

—No, a tener cuidado. Cuidado con el escudo, te lo pueden quitar a mordiscos.

—Yo no soy como tú, tía. —Creo que eso le ha dolido—. Pero tendré cuidado. ¿Te refieres a Creek? Domino la situación.

—No, no. Para nada me refiero al pequeño Creek. —Siempre me ha hecho gracia que ella siga llamándolo así—. Es Claudia. Hoy ha estado aquí. Quiere más información sobre lo que te encargó y no le gusta la idea de que tengamos a Helena aquí.

—A Claudia la tengo comiendo de mi mano.

—No, Babia. No siempre es lo que parece. Ya está moviendo ficha. No la conoces. Es capaz de todo y parece más indefensa y ridícula de lo que pueden llegar a mostrar sus actos. Ha dicho que volverá mañana, temprano, para hablar a solas.

—Tendré cuidado —le prometo—. Mañana me inventaré algo. Somos unas ases en eso, ¿no?

Gloria no está convencida, pero cuando levanto la mano esperando que me la choque con la suya, lo hace.

Los golpes en la ventana

𝒯res golpes en la ventana.
Seis golpes en la ventana.
Nueve golpes en la ventana.
Y entonces Babia consiguió alcanzar la manecilla y abrirla, aún subida a su taburete de los días de nieve. Era de noche y todo estaba en silencio, ni siquiera maullaban los gatos. Por desgracia, ya que a Babia le encantaba dormirse con ese sonido de fondo. El niño de los tres lunares en la nuca tenía la mirada curiosa y nada de sueño en sus párpados.
—No puedo dormir.
Hacía frío y él temblaba.
—Yo iba a intentarlo…
Claro que iba a intentarlo. Pero su tía roncaba tanto que le habría sido imposible…
—Lo siento, pero no puedo invitarte a entrar —dijo Babia con el miedo en los labios.
El niño rio. Era lo único que se oía.
—¿Tu tía es de las que dice que no hay que hablar con desconocidos? No lo parece.
Babia pensó antes de responder.
—No es eso. Es muy de noche.
Daniel soltó un «Ahhh» apenas susurrado, tras un suspiro.
—Además, yo a ti te conozco.
Entonces rio más fuerte y le contó que no podía dormir por la luz de la luna y que necesitaba tener subida la persiana. Babia no le entendió, pero le gustaba no hacerlo.

Mi pequeño sol

Los sonidos que se perciben en una casa hablan de las personas que la habitan. En la nuestra, los domingos la protagonizan los ronroneos de *Mousse*, el concierto del pájaro que vive en la rama del árbol más cercano a mi ventana, los ronquidos de Gloria y ahora las indescifrables palabras que Helena pronuncia mientras duerme. A todo esto se une el timbre, ese horrible pitido que anuncia la llegada de Claudia. Estoy a punto de taparme la cabeza con la almohada, pero renuncio a dos horas más de sueño y bajo las escaleras por la barandilla, bostezando e intentando arreglarme el pelo. Estoy a punto de caerme, eso me pasa por preocuparme por mi estúpido peinado. Abro la puerta.

—Buenos días, Babia. ¿Está Helena despierta? Me interesaría hablar contigo a solas. —Claudia mueve la cabeza de un lado a otro, husmeando.

No me molesto en hablar, niego con la cabeza a su primera pregunta y asiento a la segunda. No estoy segura de que me haya entendido. Se dirige a la cocina y deja una bolsa de cruasanes, bajos en grasa, encima de la mesa. Me pregunto si el lunar que le adorna el labio superior es natural o se molesta en pintárselo cada mañana.

—¿Cómo estás? —Se sienta cuidadosamente en el taburete más cercano al fregadero.

Intuyo que es para lavarse las manos en un ataque impulsivo e higiénico.

—Vamos a dejarnos de formalismos. ¿Qué quieres saber?

—Tranquila, querida, vamos por partes.

Ya estamos con el «querida»... Saca de su bolso un sobre que me tiende con falsa amabilidad.

—Te he metido un poco más, supera lo acordado. Por las molestias.

Pensé que, pese a todo, Helena nunca sería una molestia para ella.

—Bueno, con ella aquí el trabajo es más fácil.

—¿Qué relación tiene con Daniel Creek?

—Se llevan bien, o eso creo.

—No, no. —Hace un sonido extraño con la lengua—. No quiero que solamente se lleven bien.

—Ni siquiera Roma se conquistó tan rápido, querida. Aunque me he enterado de que tú comienzas a buscar chicos por otro lado —contraataco.

—Sabes bien cuál es tu trabajo, ¿verdad? Pensaba que no eras tan inútil, pero he tenido que mover ficha si quiero que esto salga bien.

Me está sacando de mis casillas.

—Sé cuál es mi trabajo, mucho mejor de lo que tú conoces a tu hija.

—Al menos ella tiene a alguien que la ha criado. Unos padres. No una tía loca que en lo único que piensa es en...

Dejo de escucharla. No sé bien si es por lo primero o por lo segundo, o por las dos cosas, pero exploto. Exactamente igual que alguien que lleva viviendo toda su vida con un sueño en la cabeza y se lo rompen, entonces ya no piensa y lo único que tiene en la cabeza es lograrlo. Lo único que yo tengo ahora en mi mente es una imagen mía estrangulando a Claudia, lenta y cruelmente.

—Yo tengo una familia, y tú y tu hija nunca tendríais que haber entrado en ella. Simplemente para molestar, para estropear lo que ya estaba arreglado. Estoy deseando que termine el verano para perderos de vista, ya hemos conseguido que Helena esté soltera, sola. ¿Qué más quieres? ¿Un novio? Lo tendrás. Pero jamás vuelvas a nombrar a mis padres o a mi tía, porque jamás llegarías a entender de lo que soy capaz. De cosas de las que tú y tu perfecta creación nunca disfrutaréis. Solamente sois dos piezas sobrantes, Claudia, ¿me has escuchado?

He alzado demasiado la voz. Y ahora me doy cuenta de que podría haber despertado al resto de la casa. Ella sonríe. Creo que me arrepiento de lo que he dicho, que no pienso así. Pero ya es tarde, Gloria está en la puerta. Con las legañas en los ojos y el pelo más pelirrojo que nunca.

—¿Qué está pasando aquí?

Se sorprende al verme. Tan roja. Con los puños apretados. A punto de abalanzarme sobre su hermana. Me aparta y es ella la que me sustituye para continuar mi trabajo.

—Claudia, ¿qué narices quieres? Helena está bien y eso es todo lo que tienes que saber. Regresará a tu nido.

—Quería hablar con Babia y creo que ya está todo aclarado, ¿no? —Se coloca el pelo detrás de las orejas.

—No quiero que vuelvas a entrar en mi casa. Lo que tengas que hablar con Babia, si ella quiere, será fuera.

—No quiero volver a hablar con ella —susurro.

Adiós. Hasta nunca, viaje, guitarra, libertad y reliquia. Creo que nunca tendría que haberme metido en algo así. No todo sale como nuestros pensamientos lo proyectan.

—¿Qué quieres decir, niña? ¿No estarás hablando de dejar lo pactado? —Se quita la fría máscara de cordialidad que lleva demasiado tiempo puesta.

—Sí, estoy hablando justamente de eso.

Gloria me sonríe. Claudia no lo hace, parece que su cuerpo va a comenzar a retorcerse hasta tomar la forma de un feroz dragón o de Maléfica.

—Ya la has oído, salchicha de tofu. Fuera de aquí. Puedes llevarte tu dinero.

—No, no lo haré. —Viene hacia mí—. Babia, piénsalo mejor, espero tu respuesta. Pero piénsalo mucho mejor. —Me agarra de la manga del pijama.

Me está haciendo daño.

—Ya lo he pensado.

Claudia parece absorta en pensamientos que ni Gloria ni yo llegamos a intuir. Lo último que veo es su esquelético cuerpo saliendo de la cocina, con rabia, y a continuación escuchamos un portazo. Ese tendría que ser el sonido que definiese mi tranquilidad.

—Muy bien, Babia.

No necesito la aprobación de mi tía, pero respiro aliviada. Como si me hubiese quitado un peso de encima.

Los domingos los inauguramos como «El día de hacer el vago». Por eso muchos de ellos, los que no paso con *Mousse de chocolate*, Gloria y yo nos vamos al río. Cogemos el autobús que nos lleva directamente hasta la ribera y volvemos a última hora, con el cuerpo relajado y los pensamientos pasados por agua. Ya no recuerdo la primera vez que fui allí, pero nunca olvidaré las tardes al sol, las conversaciones que en otro lugar no tienen importancia y el silencio. Es como si el agua se encargase de eliminar todos los murmullos, dejando solamente los que son agradables para los oídos. Te aleja de la vida real. Eso sí, tía Gloria y yo siempre llevamos un cargamento de comida, música en algunos casos y a veces juegos de mesa. Esta vez nos llevamos a Helena.

Después de la marcha de Claudia, Gloria y yo nos quedamos solas y más tarde aparece mi prima con la cara repleta de marcas. ¿Qué habrá estado haciendo esta noche? No quiero pensarlo, pero Gloria bromea con la idea de que algún chico haya subido por la ventana. No. No. No. Intento apartar de mi cabeza las imágenes.

—¿Vamos a llevar tantas cosas para un día? —pregunta Helena. Solamente lleva un vestido playero que no deja lugar a la imaginación.

—Sí, y con Gloria no hay opción a réplicas —aclaro, aunque en realidad es conmigo con la que no hay opción de negociar el cargamento.

Mi tía sale de la cocina con las manos llenas de túpers, cremas protectoras y toallas colgadas de los brazos. También lleva una mochila a la espalda.

Helena ofrece su ayuda, yo voy a la cocina a recoger lo que nos queda.

Siempre me he preguntado por qué la gente se para a mirarte por la calle, en el autobús o al salir de tu casa si te ven más cargado de la cuenta o con una vestimenta que ellos consideran extraña. En ese momento dejan de tener vida para contemplar descaradamente la de los demás.

Gloria, Helena y yo llegamos hasta la estación cargadas y durante el viaje mi tía se levanta varias veces para pedirle al conductor que suba la música cuando una canción que le gusta se reproduce en los altavoces que custodian cada esquina del transporte público. Helena y yo reímos una vez que está a punto de caerse en el pasillo con tanto ajetreo de ida y vuelta; los demás pasajeros la miran y nosotras pensamos en jugar al ahorcado para matar el aburrimiento. Helena prefiere hablar de la última serie de moda que han anunciado en televisión. No veo *Hormonas adolescentes al límite*.

Cuando el autobús nos deja cerca del río, solo bajan dos señoras más con nosotras. Una de ellas parece perdida, desorientada busca el cartel más cercano que le indique dónde se encuentra. A Gloria no le hace falta, nadie conoce tan a la perfección este lugar, se dirige a un bar que simula ser una cabaña de madera. Es una parada obligatoria, el dueño es amigo íntimo de mi tía y siempre nos da provisiones para pasar el día. Aunque no nos hagan falta.

—En marcha, abejitas. Ya tenemos todo lo necesario para pasar el día. Carlos me ha dejado una linterna, por si se nos hace tarde...

Carlos es el simpático cubano que regenta el bar, un hombre que a mis ojos siempre ha visto a Gloria como algo más que una amiga y clienta.

—¿Te ha dicho algo más Carlos? —pregunto con picardía.

—Babia, sabes que en estos juegos puedes salir perdiendo. No quiero tener que hacer que te tragues tus palabras.

Lleva razón. Avanza, sudando e indicando a Helena cuál es nuestro sitio preferido.

Detrás de la cabaña de Carlos, hay dos más (los aseos públicos) y pasadas estas ya estamos cerca del río. Más grande de lo que nadie podría llegar a imaginar. No hay demasiada gente, pero sí la suficiente como para ser similar a un domingo de playa. Me acerco corriendo al lugar donde siempre nos ponemos, el más cercano al agua. Aunque los demás parecen huir de allí, no recuerdo un día en el que Gloria y yo hayamos escogido otro.

Desde aquí podemos escuchar los primeros acordes de una música country, una chica que veo a lo lejos baila al ritmo de la melodía. Parece contagiarnos su vitalidad. Helena se sienta con cuidado y mira a su alrededor, intuyo que se está adaptando a la vida rural. Sin centros comerciales, compras y amigos de su mismo nivel. Aquí solamente está la vida, el viento y los demás. Entrecierra los ojos, molesta por el sol.

—¿Estás bien, Helena?

Ella me mira sorprendida, es la primera vez que me preocupo, ¿no? Llamémosle cargo de conciencia o de mil formas más, pero la situación con su madre se repite una y otra vez en mi cabeza. Mis palabras, las suyas y la marioneta de Helena maltratada, cansada de que los hilos que la sujetan de brazos y piernas los maneje cualquiera menos ella. Siento que esta vez tengo parte de culpa por el papel adjudicado a mi prima en la conversación. La he tratado como una muñeca de trapo, igual que el resto.

—Todo bien, Babia. Gracias. —Dibuja una pequeña sonrisa muy parecida a la de Amelie—. Solo me siento algo fuera de lugar.

—Eh, esas frases no valen aquí. En el templo de Gloria. —Mi tía ríe mientras saca varias toallas y comienza a quitarse la ropa para quedarse en bañador.

Es rojo, hace juego con su pelo. Y el tatuaje que lleva en el pecho se ve más que nunca. Un señor que juega al ajedrez con su mujer deja de hacerlo. Para mirarla.

—Vale, vale. Lo capto. —Helena hace como si se estuviese abrochando la boca con una cremallera.

—¿Qué tal si nos bañamos? —digo quitándome la ropa también.

Dejo a la vista un bañador exactamente igual que el de Gloria, que no hace el mismo efecto con mi pelo, un poco más oscuro, pero me gusta.

A las dos les parece bien, dejamos nuestras cosas a la vista y nos metemos en el río. El agua está helada, como si mil cristales tuviesen el único objetivo de pinchar mi cuerpo. No puedo parar de reír al escuchar las maldiciones de Gloria fusionadas con los gemidos de dolor de Helena, tampoco puedo evitar imaginarme una melodía a la guitarra que pusiese música a este momento. A veces pienso que podría componer una canción para cada instante de mi vida.

Helena me salpica al ver que me lo estoy pasando bien a su costa. Me defiendo. Gloria no se queda parada y me hace una aguadilla, estoy a punto de morir ahogada. Pero mi tía me llama exagerada mientras hiperventila por la risa. Ahí estamos las tres en un bucle de salpicarnos, reírnos, ahogarnos las unas a las otras y rascarnos la piel al ver que el sol pica más de lo que parece. Reparamos en que se nos ha olvidado echarnos la crema protectora.

Veo a mi prima llena de vida, despeinada, con las mejillas llenas de color y la sonrisa abrochada a la boca. Gloria está radiante y yo me sumerjo en el agua para bucear. Y en esa pequeña burbuja que se crea allí abajo pienso: «No quiero que se termine el verano».

Después de comer, Gloria insiste en que tenemos que esperar dos horas antes de meternos de nuevo en el agua; aunque estoy convencida de que eso es un mito, termino haciendo caso a mi tía. Pasan las dos horas y ninguna de las tres nos llegamos a animar a bañarnos otra vez. El reloj parece correr cada vez más deprisa y jugamos durante unas horas a juegos inventados que acaban con el enfado de Gloria. Es muy competitiva. Terminamos observando nuestro alrededor cada una tumbada en su toalla, atrapando los pocos rayos de sol que ha dejado la mañana. Las personas que nos rodean se entretienen jugando a las cartas, hablando de la última película que han visto, incluso oigo a un grupo de amigos tarareando distintas canciones con una guitarra en mano. La chica que encabeza el grupo con su instrumento comienza a cantar una canción que habla sobre la libertad, el país de Nessie y la comparación de los hombres con el dolor que crean los zapatos de tacón. Mezcla letras y ritmos hasta llenar mi cuerpo de un positivismo que hace que cierre los ojos durante unos minutos. Tengo la impresión de que me voy a quedar dormida. Tengo a Gloria y Helena, una a cada lado, incorporadas mirando los pájaros que se acercan hasta el agua con la única intención de mojarse las patitas y continuar con su camino.

A veces habría que tomarse la vida así, te mojas un poco y continúas. Sin empaparte del todo.

Caigo en la cuenta de que las dos piensan que me he quedado dormida cuando empiezan a hablar de mí. Noto la respiración sosegada de Helena, el tintinear de sus pulseras. Entreabro los ojos y veo cómo Gloria estruja su pelo para dejar caer el agua que le sobra. Los vuelvo a cerrar. Quiero escuchar.

—Cuando era pequeña me encantaba observarla mientras dormía.

—¿Por qué? —La voz de Helena es apenas un susurro. Tiene miedo de despertarme. A mí y a mi ira.

—Siempre está tan llena de vida... Me gusta verla tranquila, es relajante.

Helena ríe, siento cómo se tapa la boca con la mano para callarse a sí misma.

—¿Siempre ha sido así? Es como si hubiese nacido preparada.

—Jamás le digas que hemos tenido esta conversación —amenaza Gloria—, pero no, no siempre fue así. A veces creo que le enseñé bien, a protegerse, otras pienso que quizás hice que se pusiese a la defensiva demasiado pronto. ¿Sabes? Un día se marchará y ya no podré mirarla mientras duerme, te parecerá extraño, pero aún sigo haciéndolo.

—¿Es eso lo que te preocupa?

—Y no poder protegerla. Vaya, ni siquiera puedo hacerlo conmigo misma, pero con ella es distinto...

Se oye el chapoteo de alguien en el río.

—Babia sabe defenderse sola, te lo aseguro. Me gustaría ser como ella.

Las últimas palabras de Helena no me parecen reales. Suenan extrañas.

—Creo que está comenzando a enfrentarse a sus recuerdos y a ella misma, que aparcó demasiadas cosas de su interior. Ha llegado la hora de reencontrarse.

—¿Es por Daniel? Sé que de pequeños fueron amigos...

—El pequeño Creek es lo que menos me preocupa. Él nunca le haría daño, estoy segura.

No opino lo mismo. Sé que Helena intuye el nombre que Gloria tiene en la cabeza: Claudia, su madre.

—Y entonces ¿por qué esa guerra por el objeto de sus padres?

—Helena, eso es solamente una excusa. Babia pretende engañarnos, siempre se ha empeñado en hacerle creer al mundo que esa reliquia no es una simple excusa para acercarse a Daniel.

—Pero ellos... parecen matarse con la mirada. Cuando están cerca no se aguantan y, aunque ahora parecen llevarse mejor que el día en el que Daniel llegó, es como si se estuviesen perdonando la vida continuamente.

—Tienen que volver a conocerse y aceptar que en realidad no existe nada tan grande que les impida volver a ser amigos. Pero existe cariño, Helena, eso no desaparece.

Tía, creo que no voy a cenar contigo en lo que queda de semana.

—¿Por qué estás tan segura?

—Daniel tenía poco más de once años cuando su madre los abandonó, a él y a su padre. Recuerdo que fue la misma época en la que Babia y él dejaron de hablar. Comenzaron a odiarse, en teoría. Él llamó un día a la puerta, era tarde y cuando abrí, ¿sabes lo que me encontré?

—¿El qué?

Las manos de Helena están en mi toalla, cada vez más cerca de mí.

—Daniel estaba llorando, su cuerpo no paraba de temblar. Era solo un niño con un peso demasiado grande en sus hombros, en ese momento comprendí que lo que comentaban en el barrio no eran más que habladurías. Él no paraba de repetir que la echaba de menos, que necesitaba contarle la verdad. Preguntaba por Babia.

—Pero ¿dónde estaba ella? ¿Por qué no bajó? —Helena parece sumergida en una telenovela venezolana.

—Dormida, Babia llevaba días acostándose a la hora adecuada para una niña de su edad. Llevé al pequeño Creek hasta la cocina y le preparé un vaso de leche, conseguí tranquilizarlo. Le dije que volviese al día siguiente, pero no lo hizo.

—¿Y no se lo contaste? ¡Gloria, podrías haber acabado con esta absurda guerra!

—Helena, solo eran niños, pensé que se acabaría con el tiempo. Aun así, intenté contárselo varias veces, pero luego creí que no era lo más adecuado. ¿Te parece que me habría creído?

Yo siempre he creído a Gloria, siempre. Lo habría hecho.

—Entonces están viviendo en una mentira y se han perdido años de amistad. A él le importa, era su amiga.

—Nadie debe meterse ahí, ¿me has entendido, jovencita? —Gloria alza un poco la voz.

—Entendido, mi general. —Helena deja de invadir mi espacio personal y vuelve a su toalla.

No creo en esos momentos antes de la muerte en los que dicen que tu vida pasa por delante de tus ojos, mientras tú solo puedes admirar los buenos ratos y odiar una vez más los malos. Pero esta vez parte de mi infancia corre justo delante de mí, esperando que la alcance, revelándome una parte de ella que desconocía. Y que en el fondo sé que lo cambia todo. Me siento extraña, exactamente igual que cuando como comida china y no me sienta bien.

Dos gotas de sudor resbalan por mi frente, he hecho un gran esfuerzo por no destapar mi falsa siesta, ni gritar en un punto de la conversación, ni hacerle mil preguntas a Gloria y que me explicase punto por punto todo lo que pasó. Pero en realidad, no quiero que Gloria sepa que ahora lo sé y, pese a que por mi cabeza pasa la idea de intentar que todo vuelva a su cauce, aún necesito saber más.

Dejo unos minutos de margen para fingir que me despierto; Gloria y Helena cambian de tema y mi tía parece darse cuenta demasiado tarde de que yo podría estar al acecho.

—Vamos a hablar de otras cosas, Babia tiene un sueño ligero.

Sí, tía, un sueño ligero, es lo único con ese adjetivo que quiero en mi vida. Me asombra la capacidad que las dos tienen para crear una nueva conversación y justo cuando simulo que me despierto están hablando de la importancia de los días de relax. No soy capaz de decir ni una palabra para interrumpir su cháchara.

Este es ese lugar donde venimos los domingos, especial, relajante, ese donde ocurren cosas que parecen no llegar a suceder en ningún otro sitio. Y hoy se ha cumplido. El río, las tres cabañas que nos guardan las espaldas y las numerosas personas que ya comienzan a recoger sus cosas para meterlas en el maletero han sido testigos de que cuando menos te lo esperas la vida te obliga. Te regala momentos o información que te hacen quedar como una estúpida en el pasado, y finalmente hace que te levantes y participes. Aunque no estés preparada.

Cuando están a punto de ser las ocho se levanta un viento fuerte que intenta luchar con el sofocante bochorno y se cuela entre las ramas de los árboles mientras Gloria y Helena se visten. Yo sigo sentada. Y el viento parece gritarme: «¡Eh, deja de sobrevivir y comienza a vivir!».

En el camino de vuelta no paro de insistirle a Gloria que estoy cansada, ya que no para de preguntarme por qué no hablo desde que salimos del río. Helena parece ensimismada en el paisaje. Ellas tampoco hablan, las noto inquietas. Cuando estamos en el pequeño jardín que Gloria se esmera en cuidar, hago una broma sobre la cena para que se convenzan de que todo está bien. Parecen relajarse.

—Bueno, abejitas, ¿qué suculento plato queréis que os prepare esta noche? —pregunta tía Gloria dejando todo lo que traemos de vuelta en la entrada.

Yo pido dos de mis platos preferidos y ella quiere escuchar el ofrecimiento de Helena.

—Arroz con queso —dice entusiasmada.

—¿Arroz con queso?

Es la primera vez que mi tía contesta a un plato de comida

con una pregunta que contiene el nombre del mismo plato. Al final la convence, después de explicarle la receta. Mientras Helena y yo nos duchamos, ella prepara la cena. Esquivo a mi prima y entro yo antes en el baño; cuando salgo ella prefiere no hacerme la pregunta que veo en sus ojos: «¿Qué le pasa ahora?». Tengo preguntas, tengo dudas, tengo rabia contenida porque ese edificio que creé con paciencia durante más de dos años hoy ha sido derribado. No lo sé todo, es como si las piezas del puzle se hubieran perdido de repente. Una de ellas no encajaba, era errónea y ahora ha aparecido. Él no quería hacerlo. No quería cambiar. Desaparecer.

Helena baja con el pelo empapado y yo termino de poner la mesa. Tres platos rebosantes de una inmensa variedad de quesos y arroz blanco nos instan a sentarnos inmediatamente. Aunque Gloria intenta iniciar una conversación, pongo el último capítulo de una de mis series policíacas preferidas y comienzo a jugar con el tenedor. Aun así hablamos, pero no dejo de pensar en una persona que se marchó de mis pensamientos hace mucho tiempo, y me sorprende hacerlo de otras formas que no coinciden con la de mi acérrimo enemigo. Mentira. Daniel Creek. Mentira. Daniel Creek no deja de golpear las paredes que protegen mi cerebro como imagino que golpeó la puerta aquella noche.

A las diez de la noche Gloria recoge la mesa más rápido de lo normal para ducharse antes de hacer la digestión. Helena y yo procuramos hacerle entender que no le pasará nada. Antes de subir corriendo las escaleras dice que se niega a morir en el baño, no es una muerte digna para una mujer como ella. Hago un esfuerzo por verla como la culpable de todo, odiarla por haberme ocultado una información tan valiosa para mí, pero es imposible. Gloria solamente quería protegerme y yo en cambio…, yo nunca podré devolverle todo lo que ha hecho por mí.

Intento esconderme en mi encrespado cabello, aún sigue húmedo, pero Helena consigue encontrar mis ojos cuando menos me lo espero. Ella se niega a sacar la basura en pijama, por lo que termino de limpiar el cajón de arena de *Mousse de chocolate* y salgo con dos bolsas en cada mano.

Dejo la puerta entreabierta y me froto los brazos al comprobar cuánto ha bajado la temperatura. Echo de menos el chaleco de pelo rosa. Camino hasta los cubos de basura y me fijo en la fila de coches aparcados enfrente de nuestra casa. Entre los dos primeros hay un chico sentado, en el bordillo. Lleva una sudadera gris. Me acerco un poco más y lo reconozco. Me entra un ataque de pánico, quiero volver dentro, refugiarme en la casa de la que nunca debí salir este verano. Pero finalmente carraspeo, llamando su atención. Él gira la cabeza y compruebo que tiene la cara enrojecida, tensa la espalda de repente y se incorpora, deja de abrazarse las rodillas. Intentaba pasar desapercibido. Lo siento, Creek.

—¿Estás bien? —le pregunto.

Me siento incómoda y lo nota. Me estoy preocupando por él. Estoy aquí fuera con él. Con él.

—Mmmmm... Sí..., sí —contesta con voz ronca.

Se aclara la garganta mientras se baja la capucha, dejando a la luz un pelo completamente despeinado. Hacía demasiado tiempo que no lo veía de esta forma. Me siento a su lado y él se aparta para dejarme un hueco.

—Nadie creía que este verano íbamos a tener noches frías.

—¿Qué quieres, Babia?

—¿Qué pasa con él? ¿Otra vez...?

—Dos preguntas importantes. Si pretendes que te responda, deberás explicarme por qué dijiste «Hubo un tiempo en el que te eché de menos».

Nunca dudé de su inteligencia. Al momento me viene a la mente la conversación de esta tarde entre Gloria y Helena.

—Tú primero —respondo.

Se queda en silencio y una ráfaga de aire le despeina aún más, si es posible.

—Pues sí, otra vez. Y lo único que te puedo decir es que es un hijo de puta. Aunque creo que ya lo sabes...

Muevo la mano ligeramente, la tengo encima de mi rodilla. No puedo acercarla más. No puedo.

—No lo recuerdo —contesto y miento. Miento y contesto.

Nunca pensé en quedarme sin palabras. Pero veo difícil

que mis pensamientos desaparezcan. Así como los recuerdos que ahora me golpean. Veo a su padre mirándome al entrar en su casa, directo a su habitación. A la madre de Daniel dándome las sobras de la cena para Gloria y para mí. Recuerdo los nervios de Daniel cuando su madre le pedía por favor que no hiciésemos ruido, su padre estaba ocupado. ¿Su hijo quería decirle algo? No podía atenderlo. ¿Le había pasado algo? Volvía a estar ocupado.

—Babia, no sé si quiero volver aquí… —Se lleva la mano al cuello y aprieta—. No trae nada bueno y, a pesar de todo, lo siento como una obligación.

Finalmente traslado mi mano a su rodilla. Se sorprende. Y cuando rompo mi silencio, más.

—No entendía lo que estaba pasando. Casi no lo recuerdo, pero lloré. Te eché de menos, me preguntaba una y otra vez por qué precisamente tú empezaste a comportarte como los demás.

Babia, estás hablando demasiado. No lo hagas.

—Y después lo borramos. —Traga saliva—. Les hicimos creer a todos que siempre nos hemos odiado.

—¿Por qué, Daniel?

—Era un niño. —Agacha la cabeza—. Simplemente me equivoqué, ¿vale?

—¿Volviste? ¿Volviste a llamar a mi casa?

Su cara se ensombrece, mira hacia un lado y apoya la mano en la parte trasera del coche más cercano.

—Sí, lo hice.

Daniel dice la verdad. No está mintiendo. Es justo lo que he escuchado esta tarde en boca de Gloria.

—¿Por qué? —Vuelvo a repetirme, tengo una constante sensación de *déjà vu*.

—También te echaba de menos.

Le tiembla la voz y deja de mirarme. Los dos posicionamos nuestros cuerpos al frente, tensos. Ni siquiera nos rozamos. Pienso en levantarme y volver a entrar, olvidar todo lo que ha pasado hoy, pero algo me dice que es imposible.

Él levanta la cabeza y vuelve a ponerse la capucha. Quiere esconderse y no repara en que ya no puede hacerlo.

Le doy un beso. Me arden las mejillas, sus labios están húmedos. No se mueve. Está paralizado. Capturo un segundo perfecto.

—Gracias por volver —susurro.

Cuando quiero darme cuenta la puerta que separa el jardín de la calle está cerrada. Yo estoy dentro y él fuera. Nos separan miles de pensamientos y un momento irreal. Aún tengo los labios mojados.

No. Acabo. De. Hacer. Eso.

Mousse de chocolate

Daniel y Babia corrían intentando alcanzar el primer verano que pasarían juntos. Descubrían miradas curiosas a su paso, hojas caídas de los árboles que buscaban un nuevo hogar y a un hombre que los miraba malhumorado desde la puerta. El padre del pequeño Creek.

—Daniel, tu madre dice que podéis entrar a jugar al jardín. Entra, a ver si es posible que me dejéis tranquilo por una vez en la vida.

Babia lo miraba con temor. Ese que se fue disipando con el tiempo. Pero los ojos de Daniel reflejaban un miedo completamente distinto, incluso rabia. Esa fue la primera vez que Babia le cogió de la mano, con firmeza, devolviéndole todas las fuerzas que él le había prestado en otras ocasiones. Y entraron.

El jardín era exactamente igual que el de la casa de Babia, en cambio parecían dos mundos muy diferentes. El de ellas estaba descuidado, desordenado, pero al fin y al cabo lleno de vida. El de los Creek estaba impoluto, solamente había una cosa fuera de lo normal. Un gatito maullaba atrapado entre las ramas del único árbol de aquel pequeño cuadrado del exterior.

—¿Lo ves? Está allí arriba. —Daniel intentaba enseñarle a su amiga justo el lugar donde se encontraba el gato.

Podía llegar a ver que era negro.

—Tenemos que bajarlo de ahí…

—Pero somos bajitos.

Y a Daniel se le ocurrió llamar a su padre. Otra vez. Interrumpir la tranquilidad de un hombre que no estaba dispuesto a perder un segundo más en su familia. Salió de la casa enfadado, entonces Babia sí estaba asustada. Más cuando, subido a una escalera, comenzó a golpear al animal con el palo de una escoba para que cayera al suelo. Babia esperaba debajo, con el jersey estirado, como si le fueran a caer encima las gominolas de una piñata. Ella nunca se había creído aquello de que los gatos tenían siete vidas, tampoco lo de que los gatitos negros daban mala suerte.

Cayó.
Dos segundos.
Tres segundos.

Antes del cuarto Daniel y Babia se miraron, de fondo un grito del señor Creek.

Y el gatito ya estaba en el jersey de la pequeña Babia. Enganchando sus uñas a la lana del color de la lombarda.

—No quiero ni una de las zarpas de ese demonio dentro de casa, ¿has oído?

A Babia no le gustaba cómo aquel hombre hablaba a su amigo, pero él decía que tenía un mal día. Como si eso sirviese de excusa.

Cuando el silencio ya los acompañaba, comenzaron a cuidarlo. A hablar de los nombres. Hicieron de ese rescate algo suyo, Babia insistió en que esa noche se lo quedase él, que lo cuidase. La pequeña volvió a casa con mil historias que contarle a Gloria y esta las escuchó con una humeante taza de chocolate entre las manos. «Puedes traerlo a casa», le dijo su tía.

Y como si la hubiera oído, Daniel estaba al día siguiente en la puerta de su casa, arropando al gato con una mantita blanca. El contraste era precioso, a Babia le recordaba cuando veía caer la nieve por la noche. Lo quería. Y él quería que ella se quedase con él, le dijo que era «un trozo de buena suerte».

—¿Cómo lo vas a llamar? —preguntó Daniel Creek.

—¿Cuál es tu postre favorito? —A Babia se le llenaron los mofletes.

—La mousse de chocolate —respondió él cabizbajo.

Su trozo de la buena suerte se llamaría *Mousse de chocolate*.

Las chicas grandes no lloran

Mi nombre es Babia y soy una mentirosa.
La piel tiene tres tejidos. En el primero todo resbala. En el segundo duele un poco. Si algo te llega al tercero, tienes la sensación de que el mundo está a punto de acabar. La primera vez que Daniel desapareció de mi vida llegó al segundo. El otro día el tercer tejido fue derrumbado. Y mi único empeño era que todo esto no me explotase en las manos. Mantener ese escudo que la vida me ayudó a crear, a fortalecer para que nada pudiera derrumbarlo.
 Las ganas y un beso han descubierto todos mis errores.
 Todos los años en los que he sido la víctima.
 Y me doy cuenta de que estaba equivocada.
 Daniel Creek vino a buscarme. ¿Y todo lo que vino después? Era una farsa.
 Recuerdo todas las miradas que lanzaban reproches, las noches de verano en las que él volvía a pasar cerca de mi ventana. Pero no se paraba. El cambio de la infancia a la adolescencia, en la primera le dejaba a él. Y en la segunda solamente me tenía a mí. La huérfana de acero, que se sentaba en las escaleras del instituto con una guitarra y un bocadillo preparado con mimo por su tía. Y ahí es cuando pasaba el chico perfecto, de sonrisa eterna y cazadora de cuero. Todas lo miraban, mientras yo bajaba la cabeza y notaba dos ojos marrones taladrándome la coronilla. Siempre tuve la sensación de que podía prenderme fuego al pelo con solo una mirada. Y aunque al principio guardaba silencio, después me di

cuenta de que era mejor odiarlo. Inventar una guerra sin fin que me ayudara, las noches ya no arañarían tanto si conseguía odiarlo. En cambio, las ganas de volver a verlo cada vez que estaba cerca me llevaron a sumergirme en la búsqueda de una reliquia que nunca tuvo tal importancia. No me podía permitir echarle de menos. Pues él no lo hacía.

Primer error: «También te echaba de menos».

A veces nos empeñamos en cubrir algo que lleva toda la vida queriendo salir. No siempre es el momento adecuado, pero es nuestro momento. Cuando el cuerpo comienza a reaccionar y ya es una tortura seguir ocultando que en determinadas ocasiones no es lo que parece. Yo nunca he odiado a Daniel, él vino a buscarme, el otro día quería besarlo desde el momento en el que se quitó la capucha. En verano no cruzábamos una palabra desde que dejamos de hablarnos, aunque basta que recuerdes haber querido de una forma especial a alguien, sin importar la edad ni el momento, para aferrarte a un pequeño instante en el que parece que todo volverá a ser como antes. Dejé de hacerlo, intenté no pensar en que cuando me miraba de reojo o andaba más despacio era lo que creía que era. Que intentaba volver a hablar conmigo, prefería pensar que el pasado nunca existió. Que una simple amistad de niños no es más que eso. Pero después comenzaba a recordar cada segundo y el miedo a aferrarme era similar al de verme colgada de un acantilado. Sí, nunca lo he probado, pero tengo la imaginación más desarrollada de lo que debería. Las películas de miedo y *Mousse de chocolate* son testigos.

He fingido ser una persona que no soy. He fingido odiar a alguien a quien echaba de menos, aún sigo valorando si sigo haciéndolo. Maté todas las palabras que habría dicho la Babia de verdad, las de Gloria, y reprimí mis ganas de conocer más. De volver a despedirme. De volver a vivir dependiendo de alguien. Nos conocemos, comienzas a ser importante para mí, te marchas y mi vida acaba. No me puedo permitir arder por la ausencia de alguien que no quiere estar.

Y entonces aferrarse es el menor de los problemas cuando regresa de verdad. Cuando no es un simulacro, cuando no son simplemente dos pasos más despacio o una mirada huidiza.

Nunca he tenido una amiga que me confíe sus problemas con los chicos. Pero si la hubiese tenido, lo ocurrido esta semana me lo habría contado de la siguiente forma. Habría llegado a mi casa, malhumorada, mirando a todos lados por si él estaba cerca. Y una vez dentro no me habría dicho nada bonito: «Nos hemos esquivado, lo besé y él no es capaz de decir nada. Solamente fuimos amigos, pero quizás exageré la situación. No sé si es verdad esto que siento o simplemente lo odio tanto que lo besé para morderlo y ver cómo sangraba». Y a continuación a la piscina, justo donde estoy en estos momentos, a continuar con la que en realidad es mi semana y no la de ninguna amiga imaginaria. Aunque me gustaría que fuese de cualquier persona menos mía.

Lunes, martes y miércoles se dividen entre pasarme el día limpiando los baños, porque el sol me quema tanto como a cualquier vampiro clásico y no los que montan en Ferrari, y tomar a Helena como mi refugio cuando Daniel está cerca. No nos miramos en ningún momento, los tres primeros días de la semana él viene a trabajar con la misma sudadera gris. Aferrándose a los bolsillos delanteros de su pantalón. Y hoy estoy sola frente al peligro. Esta mañana Helena se ha levantado encogida, asegurando que su estómago se iba a desprender de ella de un momento a otro, no he tenido otro remedio que dejarla en casa. Pese a que al principio le he asegurado que eran alucinaciones y he intentado convencer a Gloria de que la obligase a venir a la piscina. NO PODÍA VENIR SOLA, TIENE QUE COMPRENDERME. Después me he sentido tan mal que le he subido un vaso de leche con azúcar y algún medicamento extraño que Gloria ha puesto en la bandeja cuando no miraba. Estoy en contra de la química sanadora.

Menos mal que hoy hay tanto trabajo que me es imposible dedicarme a pensar en lo que hace Creek mientras yo me muero de vergüenza o de arrepentimiento. Es imposible no arrepentirse cuando algo así no ha traído nada nuevo. El tiempo parece haberse parado para nosotros. Es como cuando ese niño de tu clase te manda una notita mientras la profesora os enseña a multiplicar y en ese trocito de papel te declara su amor. Probablemente ese niño aún esté arrepintiéndose, llorando por las esquinas o liándose con cuantas chicas pueda para intentar dejar de ser uno de esos pringadillos a los que rechazaban en la escuela primaria. En estos momentos yo soy ese niño.

Y Daniel es el chico de la piscina que se encarga de ayudar al socorrista a limpiarla, como colegas. Me están mirando, los dos. Esos dos están mirando hacia mí. Les doy la espalda. Así sí puedo trabajar tranquila.

La Trunchbull pasa por la taquilla para asegurarse de que lo cerramos todo bien. Y lo dejamos todo listo para que los que se encargan de la piscina los fines de semana no encuentren ningún contratiempo. Termino de cuadrar la caja y me escondo de nuevo en los vestuarios. Oigo la voz de Daniel y de su amigo el socorrista sospechosamente cerca. Abro el grifo para escucharlos lo menos posible, creo que estoy rozando la esquizofrenia. Tres grifos abiertos y les sigo oyendo. Los cierro y me arrepiento al momento.

El carraspeo de Daniel. Dos pasos. Y entra en el vestuario femenino.

—¿Babia?

—No estoy.

—Venga, va. Acabas de contestarme. Sal, por favor.

—Déjame en paz. —Me siento en un banco de madera y me abrazo las rodillas. Quiero ocupar lo menos posible, intentar que no me vea.

—Voy a entrar.

Y noto cómo cada vez está más cerca. No, no, no, no, solamente tenía que sobrevivir un día más de la semana. Y no lo he conseguido.

—¿De verdad he tenido que entrar a buscarte?

Tengo los ojos cerrados. Él está en la puerta y puedo intuir su sonrisa burlona. Cuando los abro, lo confirmo. Daniel está apoyado en el quicio de la puerta. Mira atentamente cómo me abrazo las rodillas y deseo por milésima vez romper el silencio.

—Si la regla de «Dentro y fuera» no se equivoca, sí. Parece que estás dentro.

—Vamos, tengo que enseñarte algo.

—Oh, Dios, otra vez no.

—Gané yo, me toca a mí. Helena estará enferma, pero quedas tú. Un trato es un trato.

Y la vida es la vida y no todo el mundo sabe vivirla, Daniel Creek.

Pasan unos minutos de silencio antes de que me levante y repare en que tengo los cordones desabrochados. Una excusa más para no mirarle a los ojos.

El silencio se arropa con las hojas caídas de los árboles. Parece que ahora no va a despertar. Salimos de la piscina y cerramos la puerta trasera, confiando en que nuestra «jefa» se encargue de cerrarla para que los vecinos de alrededor no se aprovechen de nuestras comodidades. Qué egoísmo, de verdad. Daniel camina delante de mí, con la espalda tensa y las manos en los bolsillos. Busca las llaves del coche. Dejo de preguntarme adónde me va a llevar cuando sus modales salen a relucir y me abre la puerta del copiloto. Gracias, Caballerocreek. El coche huele a esos ambientadores de pino que su padre solía utilizar, aún lo recuerdo… Respiro despacio y por raro que pueda parecerme me siento como en casa. Como si en algún momento hubiese identificado ese olor como seguro.

Daniel se pone al volante, arranca y gira la cabeza hacia mí antes de empezar a conducir.

—¿Cómo está Gloria? —carraspea aclarándose la garganta.

—¿Te preocupa cómo está mi tía, de verdad? —Miro al frente, no muevo la cabeza ni lo más mínimo.

Ya hemos salido del pueblo. El ruido de la carretera no nos molesta, no traspasa los cristales.

—Me he perdido cosas. —Suelta una de las manos del volante y enciende la radio.

—Ahora soy modelo, tía Gloria se dedica al mundo de la música, es productora. Estamos forradas.

Subo la mirada al espejo y le veo sonreír. Me-gus-ta-su-son-ri-sa.
—Veo que han cambiado mucho las cosas.
—Sí, es lo que tiene cuando uno se pierde cosas...
—Pero puede volver, ¿no?
Estoy comenzando a sentir claustrofobia. Quiero salir de este coche.
—Depende.
—¿De qué depende?
—De si va a volver a marcharse —contesto.
—¿Y si quiere quedarse?
—Las cosas no son tan sencillas.
Y se calla. Y hace un gesto extraño con la boca. Como de arrepentimiento. Cierro los ojos, fuerte.

Daniel aparca por el centro de la capital para ir andando hasta el lugar al que quiere llevarme. Pese a que no hace ni frío, ni calor, se pone la chaqueta de cuero. Esa chaqueta de cuero. Y ahora soy una de esas chicas que lo acompaña mientras la lleva puesta, que lo mira desde la espalda dispuesta a que se gire. Como lo hacía de pequeño, con inocencia, antes de marcharse. Porque para que alguien se vaya no hace falta que sea físicamente.

Entonces se gira y yo tropiezo. Después de cinco minutos y tres torpes tropezones más llegamos a la plaza de Santa Ana, bulliciosa, mágica. Una de las terrazas de los restaurantes está llena de velas, compitiendo con dos mendigos que cantan suave. Para que las palomas los escuchen.

Y allí está donde quiere llevarme. Lo sé porque señala un cartel negro, con forma de nube, que reza: «No dejes de soñar».
—Aquí está. Babia, este es El jardín del ángel.

El jardín del ángel está escondido, como los sueños. No sabría decir si está detrás de la plaza de Santa Ana, al lado o dentro. Si tienes que encontrarlo, lo encontrarás. Nos da la bienvenida un arco, el suelo es de piedra y venden flores naturales y artificiales. También pañuelos, té y, cuando entramos en el interior, hay una especie de casa de cristal, donde encontramos un libro de firmas. Donde todas las personas que visitan este lugar dejan su huella.

—Fuera también tenéis post-it, ahí podéis dejar el mensaje que queráis.

Los dos asentimos a la mujer del pelo blanco y flores en la mano. Nunca he creído en ellas, pero me recuerda a un hada madrina.

—¿Te gusta? —me susurra Daniel detrás de una sonrisa.

Asiento. Sé por qué me ha traído aquí. Quiere decirme algo, pero va más allá. Recuerdo que de pequeños él me decía que mis padres eran ángeles y pasé varias semanas pensando en que podría hablarles o escribirles. Si seguían vivos, aunque fuese como ángeles, me escucharían o leerían. Él me decía que su madre una vez le contó que para hablar con personas que ya no estaban tenías que ir al lugar correcto. Y este es ese lugar, pero ya no soy una niña, creo que ya jamás podría mandar ese mensaje.

¿Y él? Daniel sale al exterior y compruebo cómo toda la pared de piedra está repleta de plantas y enredaderas, y entre ellas descubro decenas de mensajes. De colores, de todo tipo de colores. Coge un post-it de una mesa de hierro blanco que se encuentra en el centro del jardín. Y yo mientras me entretengo tocando las flores o subiendo y bajando un pequeño escalón que separa el muro de mensajes del camino de piedra que lleva hasta la tienda. Entonces lo veo, en ese pequeño desnivel de piedra que ahora nos separa, con pintura verde está escrito lo que necesitaba leer en estos momentos: «La distancia más corta entre nosotros es una sonrisa».

Los ojos de Daniel me encuentran justo cuando me abrazo a mí misma, aunque no hace frío. Y es que en este lugar sí lo hace, como si estuviese demasiado lejos de la tierra. La mujer del pelo blanco nos sonríe, veo cómo recorre la tienda constantemente, sin poner un pie fuera de ella. Como si el exterior de su mundo quemase.

Doy la espalda a Creek, no sé qué me está pasando. Es como si algo dentro de mí no estuviese bien y deja de estarlo cuando la mujer posa su mano en mi hombro. Me asusto y bajo la mirada.

—Las chicas grandes no lloran, muchacha —me dice.

—Señora, no estoy llorando —jamás mi voz había sonado tan susurrada, para que él no me oiga.

—A veces no hace falta hacerlo con lágrimas para estar llorando por dentro.

Y se va, con la vida en los ojos. Como la frase, como esas personas que lanzan la flecha y no vuelven jamás. Como un cascabel que hace ruido para ayudarnos y más tarde nos deja en silencio.

Dejo pasar unos minutos. Me pierdo.

Pese a que El jardín del ángel no es demasiado grande no nos encontramos durante un rato. Como si estuviésemos en dos tiendas distintas. Y entonces veo la chaqueta de cuero entrando en la tienda y yo me dirijo rápida al muro. Todos tenemos una cotilla interior muy en el fondo. Las enredaderas parecen esconder su mensaje para que no lo encuentre, podría ser cualquiera. Pero entonces recuerdo que su color favorito era el verde y misteriosamente es el único post-it verde que hay en la parte del muro donde él se encontraba. Me gusta confirmar que ese sigue siendo su color. Y que pese a que todo el mundo puede ver su apariencia perfecta, yo encuentro su letra desordenada en una pared repleta de todo tipo de letras.

«Lo siento», es lo único que pone. Y me basta. En una de las esquinas del papel, casi en cursiva y escondido se encuentra mi nombre en pequeñito.

Y es que él se ha encargado de que esa disculpa sea mía. Solamente para mí.

—¿Nos vamos? —me interrumpe su voz.

Media vuelta y una sonrisa. Ahora sí, por primera vez esta semana miro a mis ojos marrones favoritos en el mundo.

—Vámonos, parece que llevemos aquí una eternidad.

—Intuyo con eso que te ha gustado entonces...

—Me ha gustado.

Recorremos el camino de piedra y le lanzo una última mirada a la mujer del pelo blanco. Llegamos al arco de la entrada y los dos nos esquivamos por un momento, hasta que chocamos, la tienda está tan escondida que ninguno de los dos sabe por qué calle volver. Si es que queremos volver. Estamos muy cerca y lleva su mano a mi brazo. Me quema.

—¿Puedes...? —se calla.

—¿Qué?

—¿Abrazarme? —su voz es dura, como si ocultase las emociones.

«Ni se te ocurra hacer eso, estúpida», dice la Babia de hace unos días. En cambio lo abrazo y él no se relaja. Aunque lleva sus manos a mi espalda, cada vez tengo más fuego desprendido por el cuerpo. Dos personas salen de la tienda y nos rodean para escapar. Madrid, la plaza de Santa Ana, los camareros del delantal negro, la voz rota de los mendigos y nosotros. Nosotros. Prendidos el uno al otro. Como hace años...

—Esta no es la distancia más corta entre nosotros —me dice llevando sus labios al lóbulo de mi oreja.

Y los dos esperamos un segundo beso que no llega. Que se pierde.

Tampoco sus ojos, siempre buscaba.

Ella siempre esperaba que alguien viniera a buscarla. Una persona o un pensamiento. Era la niña que esperaba que alguien viniera a buscarla. ¿Y mientras? Pensaba...

LA NIÑA QUE ESPERABA QUE ALGUIEN VINIERA A BUSCARLA

Una cabeza es un volcán. Los pensamientos, las ideas, los recuerdos y el hueco que queda para los sueños. Si alguien abriese una, primero sonaría un *crack* y después saldrían disparadas todas estas cosas. Porque cuando ven una salida, lo hacen, escapan. La cabeza de la pequeña Babia siempre había tenido más actividad de la normal, a veces blanca y otras negra. A veces con un final feliz y otras sin final. Pero siempre con ese algo que no la dejaba descansar.

Tampoco sus ojos, siempre buscaba.

Ella siempre esperaba que alguien viniera a buscarla. Una persona o un pensamiento. Era la niña que esperaba que alguien viniera a buscarla. ¿Y mientras? Pensaba...

«Me encanta la tarta de manzana, creo que debería de coger ese trozo.»

«Yo nunca tendré unos padres.»

«¿Adónde irá la gente que ya tiene los ojos cerrados para siempre?»

«Me están mirando...»

«Daniel, tu papá quiere decirte algo, pero espera, que yo también.»

«Corre, Babia, corre...»

«¿La del espejo soy yo? ¿Cómo lo habrán hecho? ¿Cómo me han metido ahí?»

Y es que la niña que siempre esperaba que alguien viniera a buscarla deseaba tener a alguien más que a la gigante pelirroja. Un compañero. Y esto también era un pensamiento que la acompañaba subida al taburete, jugando en el jardín... Y apareció. Pero eh, no solo él. *Mousse de chocolate* era un buen amigo, y también todas esas muñecas tristes que ahora ya descansaban en el desván. De momento, no le harían falta. No es fácil sonreír a un plástico cuando te rodean personas de carne y hueso.

De color del zorro

—¿Qué? No, no, es una maldita broma.

Helena está sentada encima de mi cama. Ahora mi habitación siempre está desordenada. Antes también. Su maleta descansa cerca de la puerta, miles de prendas de ropa por el suelo y luego mis cosas, todas en un perfecto orden. Sí, uno que solamente yo entiendo. Coge un cojín entre las manos y lo aprieta fuerte, acabo de contarle mi escena con Daniel.

—¿Qué narices ha pasado? ¿Hace días no os podíais ni ver y ahora todo ha cambiado?

—Era mentira y también escuché...

Abre los ojos como platos.

—Nos escuchaste hablar a Gloria y a mí en el río —interrumpe y mueve tanto los brazos que sus pulseras caen y bailan por toda la habitación.

—Sí, lo escuché absolutamente todo.

Entonces me sostiene la mirada y sonríe. Eso me tranquiliza.

—Necesitabas saberlo. Yo se lo dije a tu tía, joder, se lo dije.

El «joder» saliendo de la boca de Helena es casi tan raro como haber imaginado días antes que las dos podríamos estar aquí hablando de esto. De mí.

—Yo también te lo dijeeeeee —se oye la voz de Gloria en el pasillo, mientras emite un sonido extraño a la par que victorioso.

Helena le grita algo que solamente parecen entender

ellas. Me tumbo en la cama de golpe, derrumbada y con tres gotas de felicidad. Mi prima sigue cavilando y preguntando, mientras pienso en que Gloria es la primera persona que sabía que este momento llegaría algún día. Ya no es el pasado, existe el presente.

Los sábados de julio tía Gloria está acostumbrada a hacer tartas de manzana. Una costumbre extraña que mi estómago le agradecerá eternamente. Ella es la mejor cocinera de tartas de manzana de todo el planeta, estoy segura. Me gusta observarla mientras corta, bate y mezcla. Le da un toque que nadie, jamás, ha sabido darle. Helena y yo bajamos a la cocina y nos quedamos embobadas. Lleva puesto un delantal de cuadros y sujeta una cuchara de madera, su favorita. Las dos bromean varios minutos más sobre el rumbo que han tomado las cosas con Daniel, al menos sobre lo poco que les he contado. Me sorprende ver que a ninguna de las dos les extraña el acercamiento, en el fondo.

Gloria y yo comprobamos que Helena también tiene costumbres y le cuesta perderlas. Pese a que ya hace unas semanas que su madre no está cerca de ella. Comienza a leer todos los ingredientes de los alimentos que usa mi tía para hacer la tarta, aunque en ningún momento dice que no pueda comer ninguno de ellos. En la radio suena una de esas canciones que se agarran a la lengua y no puedes parar de cantar, a Gloria se le pega al cuerpo, al momento Helena y yo nos divertimos viéndola bailar.

—Mira, este es mi paso favorito: la pata caliente.

Me duele el estómago, no puedo parar, hasta que suenan tres golpes en el cristal. Tres golpes en la ventana que da al jardín, la de la cocina.

Gloria aparta un poco la cortina y Daniel nos observa divertido. Pidiéndole a mi tía mediante señas que lo invite a entrar. Ella lo hace, por supuesto.

La puerta está abierta. Desde la muerte de mis padres, el día del incendio, mi tía jamás la cierra con llave. Mientras ella esté dentro y sea por el día, claro. Siempre dice que prefiere enfrentarse a los cuarenta ladrones de Alí Babá que al fuego.

Al verlo, me decepciona que no lleve puesta su chaqueta de cuero. Aunque quizás el tiempo tenga algo que ver. Daniel nos sonríe a las tres y, sin preguntarle nada, Gloria le ofrece tarta. Para cuando esté terminada, claro. Salgo de la cocina y subo las escaleras como alma que lleva el diablo, Helena hace lo mismo. Vamos a salir. Y mi prima dice encontrarse muchísimo mejor. Vaya, hombre, cuando no tendría ningún problema en montarme otra vez en ese coche ella decide que su estómago está preparado para la vida exterior. Nos despedimos de Gloria, que grita a la pequeña televisión que tenemos en la cocina para que se encienda.

Aunque hace calor, Helena lleva una chaqueta fina en el brazo por si refresca por la noche. En cambio, yo siempre prefiero llevar una sudadera, aunque decido quitármela cuando nos dirigimos al autobús que nos deja en Moncloa. Me niego a achicharrarme en el metro. No somos tan importantes para los señores del metro de Madrid como para que nos dediquen su aire acondicionado en pleno verano.

—Mis amigos nos esperan en Tribunal. —Daniel nos mira a Helena y a mí esperando una queja o una confirmación de que nos apetece.

Por alguna extraña razón se hace el silencio más largo de la línea uno.

—Si os apetece, claro…

—Claro que nos apetece —contesto.

Entonces Helena me pone morritos. Simulando que me va a dar un beso. Entiendo sus burlas y decido no compartir el mismo aire que ella.

Me siento en uno de los asientos que se acaba de quedar libre y apoyo la cabeza en la barra naranja que tengo al lado. Daniel viene hacia mí, cierro los ojos y finjo que me he quedado dormida.

—No mientas, reina de la hamburguesa.

—Si fuera la reina de algo, prohibiría tu entrada a todos los lugares en los que me encontrase.

—Prometimos no seguir mintiendo.

Subo la mirada y él me la recoge.

—Lo hicimos —contesto.

Es ahí cuando deja caer su mano hasta que reposa en mi cabeza durante el resto del trayecto. Cuando la mecanizada voz de la mujer del metro dice «Próxima parada, Tribunal. Tengan cuidado al salir para no introducir el pie entre coche y andén», no tengo ganas de levantarme.

Cuando llegamos nos está esperando un grupo de unas diez personas. Entre ellos consigo distinguir al chico de las rastas al que invité a la fiesta más sonada del año; esta vez las lleva recogidas en una especie de moño. Me dedica una pícara sonrisa nada más verme, me muero de vergüenza al recordar cómo me miraba mientras yo estaba atascada en la ventana. Supongo que Daniel le puso al tanto de todo lo que pasó a continuación.

—Uaaaaaahla. ¿Esta es tu prima? No la recordaba del día de la fiesta, está cañón. —Le tiende una mano a Helena, pero ella la aparta.

Helena está aprendiendo el primer paso para sobrevivir: no le muestres a nadie que en pocos días o meses puede tenerte comiendo de la palma de su mano. Comienzan a saludarnos varios chicos y chicas. Una de ellas se cuelga del cuello de Daniel y oigo que él le dice: «Eeehhh, echaba de menos a mi pequeño mono». Es más pequeña de lo que nunca podría haber imaginado de nadie, lleva las puntas del pelo salpicadas de color y viste como si se hubiese puesto lo primero que ha encontrado en el armario. Daniel comienza a hacerle cosquillas y su sonrisa es gigante, reparo en que tiene las paletas un poco separadas. Esto le aporta algo que hace que no deje de mirarla y entonces ella se da cuenta de que estoy aquí. Le dice algo al oído a Daniel, jamás sabré de lo que se trata. Él se gira hacia mí.

—Babia, ven. Ella es Andy, mi hermana.

Andy sonríe. Yo respiro aliviada. Y sé que Creek no tiene hermanas, pero descubro por primera vez en la vida que no me gustaría que él se dirigiese a mí de esa forma.

—Me alegro de conocerte, Andy. —Y es verdad—. Nunca había oído hablar de ti.

Ella se sonroja, pero no para de sonreír. Intuyo que debe de tener mi edad o un año menos.

—Bueno, tampoco es que haya tenido tiempo para hablarte de Andy durante todos estos años...

Llevas razón, llevas razón, llevas razón.

—Fíjate qué curioso, Babia. En cambio yo si he oído hablar mucho de ti.

Comienzo a tener mucho calor de repente, la voz de Andy se me clava en la cabeza.

El barullo nos salva. A los dos. Me fijo en otra de las chicas. Las piernas más largas del mundo, el cuerpo más parecido al de cualquier modelo que se te ocurra y el pelo de color del zorro. Oigo que alguien la llama: «Julia, ¿dónde cenamos entonces?», mientras ella mira absorta a Daniel. Helena me distrae y yo aprovecho para repasar a los demás. Un chico bajito y con un gorro de lana le pone a Andy un pequeño perro carlino en los brazos y ella lo abraza como si se tratase de un peluche. Me pregunto por qué ella está en un grupo donde las demás chicas ni siquiera se le acercan, intuyo que por Daniel y mi amigo de las rastas, que sigue a Helena a todos lados, mientras ella le dice que jamás le habían perseguido tantas serpientes al mismo tiempo. Y grita cuando este le promete que son de verdad. Los chicos se quedan con Andy a un lado, nosotras cerca de ellos y el resto de las chicas caminan por delante con parsimonia. Llegamos a un restaurante de comida rápida mexicana, pegado a un parque infantil que a media tarde está desierto. Sin vida. El grupo decide que este es el lugar perfecto para cenar.

Entramos divididos, y después de pedir tacos, quesadillas y todo tipo de comida picante terminamos sentados en el suelo de goma del parque. Nunca entendí por qué comenzaron a aparecer estos y a desaparecer los de arena, adiós a los castillos y montañas. Helena se sienta a mi lado y nos repartimos la comida, mayor ración para mí y menor para ella, esta es una de las ventajas de ser Babia. Omar continúa convenciendo a Helena de que él es una buena opción para la noche del sábado. Justo después de que mi prima ponga los ojos en blanco, siento cómo Daniel y Andy se sientan a nuestro lado.

—Esta es *Giselle*, mi perrita.

La pequeña carlino viene hacia mí, bajo la cabeza para saludarla y me lame la cara en un gesto simpático.

Los tres reímos. Julia también, justo delante de mí. Está sentada con las piernas cruzadas y el pelo hacia un lado, les dice algo a sus amigas y las otras se unen al coro, aunque en sus caras se puede leer que no han entendido lo que su abeja reina acaba de decirles.

—Entonces, ¿tú eres su amiga de la infancia? —me pregunta Julia directamente.

—Soy Babia.

—Qué nombre tan absurdo —susurra a sus amigas fingiendo que no quiere que la oiga. Elegancia en las pestañas, veneno en el corazón.

—¿Y tú, Julia? —Daniel carraspea y me mira—. ¿Es natural? El pelo, digo...

—Pues claro —dice con un sonido de indignación en la garganta.

—Es del mismo color que el pelaje del zorro, me gusta. —Sonríe fugazmente—. Al ser una chica, se podría decir que tienes el mismo color de pelo que las zorras.

Helena escupe la Coca-Cola que estaba bebiendo, Daniel se atraganta con un taco y los demás rompen a reír. Esto no parece sentarle nada bien a la chica del pelo color del zorro, que manda callar a sus amigas. Omar rompe la tensión y comienza a hablar del último dibujo que ha hecho en uno de los puentes de la M-30.

—Eh, ¿vas a venir más? —me dice Andy cuando Daniel nos deja a las dos solas para hablar con el resto de los chicos.

—Pues no lo sé...

—Me caes bien —murmura mientras tiene metidos los dientes de ratón en una quesadilla.

—¿Y ellas? —pregunto señalando disimuladamente al grupo de arpías.

—¿Esas tres? Ni de coña, son malas, pero muy amigas de los amigos de Daniel... Las otras dos son las novias de Javi y Adrián. —Me indica con la barbilla a los dos chicos que hablan ahora con Creek—. Y Julia es amiga de ellas, por eso la han metido en el grupo.

—¿Y os veis muy a menudo?

—No siempre con ellas, pero sí. Este es el mundo de Daniel.

Y entonces, él se ríe de algo que dicen los otros dos chicos. Bruno se lanza por detrás y frota el puño contra su cabeza. Le brillan los ojos, despeinado, simulando darle un puñetazo al chico de las rastas mientras los otros se unen a la «pelea». Las tres chicas no tardan en meterse en el juego que han iniciado sus novios y amigos, subiéndose algunas de ellas a caballito en las espaldas de los chicos. Julia busca a Daniel y finalmente consigue subir sobre él, luego apoya la cabeza en uno de sus hombros y sonríe. Parecen formar parte de algo que el resto no podremos llegar a entender, pero cuando miro a Andy veo que ella sí lo comprende.

—Eh, vamos. ¿Y yo qué? Baja de ahí, Julia —grita el ratoncito.

No puedo disimular haberle cogido un aprecio rápido que jamás se ganarían otras personas.

Antes de decidir movernos, Andy, Helena y yo entramos en el baño del mexicano. Hay justo tres retretes, y cuando las tres estamos metidas en nuestros respectivos cubículos, Helena comienza a quejarse de la suciedad y a gritar como si se hubiese encontrado un ogro. Andy y yo no podemos parar de reírnos mientras ella nos pide ayuda desesperadamente. En ese momento oímos el sonido de la puerta y las tres nos callamos. He visto esta escena miles de veces en todo tipo de comedias americanas, pero jamás había asistido a ella. Reparo en que la voz que oigo es la de Julia y las otras dos chicas.

—¿En serio? —Su tono es de rabia—. ¿Una gorda con gracia? No me lo puedo creer. Menos mal que no ha sido ella la que le ha pedido que la subiera a caballo.

—Los chicos no nos han dicho que sea más que una amiga, tía. No te comas la cabeza —le contesta una de ellas, no logro distinguir cuál de las dos.

—No la mira como a una amiga. Vamos, ¿has visto cómo trata a Andy? No tiene nada que ver, a ella la mira con necesidad…

—¿De desinflarla? —dice riéndose la otra.

—Desde luego, eso sí que sería el fin del mundo, lleva la cuarenta y dos mínimo... Dios, creo que voy a vomitar solo de pensarlo.

Escucho cómo simulan que les están entrando arcadas. Y después rompen en carcajadas.

Expectativas: Abro la puerta y me lanzo directamente contra ella mientras sus amigas intentan protegerla sin éxito. Helena y Andy las sujetan. Le arranco mechones de pelo, las pestañas postizas, la base del maquillaje y el sujetador. Cuando deje de ser lo que era hace un momento, respiro tranquila y continúo. Soy la reina de la selva y ella es una individua en mis tierras. La estoy destrozando, está agonizando entre mis garras.

La realidad: Quiero salir, quiero salir, quiero salir. Pero me quedo sentada, porque me ha golpeado. Porque aunque la Babia que era hace unos días o la de hace un rato en el parque habría salido y se las habría comido pedazo a pedazo, me encuentro sin fuerzas. Y me quedo sentada oyendo cómo sus voces y las risas se alejan.

Un baño no es el mejor sitio para morir, menos si Helena y Andy son las que abren la puerta justo después de que las otras chicas se marchen. Me encuentran sentada, agarrada a mis rodillas y con la cabeza metida entre las piernas. Hablan durante unos minutos, pero no oigo nada. Tengo sus palabras en mi cabeza, su imagen rodeando el cuello de Daniel Creek con sus brazos, a él repleto de vida mientras se divertía con sus amigos. No lo conocía.

—Se van a cagar esas zorras —dice Helena.

Se está volviendo una mal hablada. Me siento orgullosa.

Y es que justo cuando yo comienzo a ser la débil, ella es la fuerte.

Ya de vuelta, todos están hablando entre ellos y las tres reinas de la moda acaban de llegar. Daniel mira en nuestra dirección en cuanto nos ve aparecer. Se da cuenta. Helena y Andy vienen detrás de mí instándome a que me pare un momento. No puedo hacerlo. Un único pensamiento, que creía olvidado, se encuentra en mi cabeza: «Corre, Babia, corre».

Otro banco del parque ha sido ocupado por otro grupo de amigos, a lo mejor ese es mi sitio y aún no lo he averiguado. Corro, me alejo todo lo que puedo del parque y llego a la calle principal por la que vinimos. Los escaparates aún conservan sus luces y tengo que esquivar a todas las personas que se interponen en mi camino a la salida. La salida de un mundo creado para mi destrucción. Necesito respirar, necesito no escuchar. Necesito salir del agua para no ahogarme. Escapar de aquí.

Madrid decide no regalarme la lluvia, ni siquiera hoy. Que la necesito. Lo único que tengo es un calor sofocante, una sudadera que no dudo en ponerme para sentirme protegida y sus gritos. Escucho a Daniel llamarme mientras corre detrás de mí, cuando giro la cabeza le veo empujando a todo el que le corta el paso y repitiendo mi nombre cada vez que da una nueva zancada. Cuando está cerca, intento hacerme la fuerte.

—Estoy bien —me hago escuchar.

—Dijimos que dejaríamos de mentirnos y no paras de hacerlo.

Una señora se queja cuando Daniel choca con ella.

—Siempre decimos que haremos cosas que luego no cumplimos.

—¿Qué ha pasado?

No contesto. Por qué no puedo hacerlo, porque hay algo que me impide abrir la boca. Sigo caminando y él llega a mi altura, continúa a mi lado durante unos minutos y me aparto. Decido adelantarlo cogiendo una nueva calle en la que hay congregado un grupo de personas manifestándose por la extinción de las ballenas. Irónico. Irónico. Irónico. Y entonces me doy cuenta de que a veces duele...

—Ya estoy haciendo algo por ti que jamás he hecho por ninguna otra chica. —Oig su voz cerca, como si me lo estuviera susurrando solo a mí, sin parar de andar ni siquiera un segundo.

—¿El qué? —musito pensando que no me oirá.

—Llevo diez minutos mirando cómo andas, detrás de ti como un perro.

—Nadie te está obligando a hacer nada —le digo, esta vez más alto.

—Esa es la clave de todo. No me lo has pedido y no puedo parar de hacerlo... —Tose y el sonido en esta época suena extraño.

Se lo lleva el viento, como cada palabra que intenta clavarse en mi cabeza para convencerme. No lo consiguen.

Me quedo quieta durante unos instantes. Y siento cómo él hace lo mismo justo detrás de mí. No quiero vivir algo que siento que no saldrá bien, por mí y por todo lo que hay alrededor.

—No quiero seguir. —Se me rompe la voz.

Sé que él sabe a lo que me refiero. A nosotros, a lo que sea.

—¿Por Julia? Vamos, ella solamente es una de esas...

—Por todo.

—Pensé que estabas muy por encima de todo esto.

Me giro y me encuentro con dolor en su mirada. Con una espada clavada en sus pupilas. ¿Lo he hecho yo?

—Daniel, ¿en qué estábamos pensando? ¿Que ahora sí? ¿Que ahora es el momento? Te marchas sin decir nada y ahora podemos volver a ser amigos. Que ahora sí puedes ser amigo de la chica gorda a la que la gente intenta hundir en la mierda. No es así, es imposible.

—Babia, no hables así. —Tensa la mandíbula, aprieta los dientes.

—Creo que la vida no entiende de ti y de mí.

—¿Qué demonios estás diciendo? ¿En serio? —Intenta sonreír.

Y cuando lo hace me mata lo mucho que me gusta.

—Pertenecemos a mundos muy distintos.

—Joder, Babia. Esa chica está acostumbrada a acostarse con todo el que le pone una mano encima, ya está. Y yo no quiero hacerlo. ¿Cuál es el problema?

—Quizás deberías hacerlo.

Los dos terminamos subiendo la voz al cielo, un poco más alto de la altura a la que vuelan las golondrinas. La gente que pasa a nuestro alrededor nos mira.

Me meto la mano en el bolsillo y saco cinco euros que nos han sobrado a Helena y a mí de la cena. Me acerco a él, le abro la mano y me quema. Después de quedarme en silencio unos segundos, dejo caer el dinero.

—Toma, vuelve, vete e invítala a algo. Regresa a tu mundo. —No lo miro y no me creo ni una palabra de lo que le estoy diciendo.

—Te estás comportando como una verdadera gilipollas. —Gira la cabeza hacia un lado y parece que va a escupir de un momento a otro.

Todo lo que quiere decirme, lo que quizás como yo... no se atreva.

Y aunque sé que lleva razón, sigo haciéndolo. Observo cómo él deja caer el dinero en el suelo y no lo recojo, espero a que lo haga él. Y me marcho.

La primera lágrima es por no atreverme.

La segunda porque cada vez se alejan más esos tres lunares en la nuca.

La tercera porque la última vez que me giro, él ya no está.

La cuarta porque quizás esté cometiendo un error.

La quinta por el dolor.

Y para el resto ya no encuentro una explicación...

Bajo un paraguas rojo

*L*os inviernos eran largos hasta que Daniel llegó a la vida de Babia. Y fríos hasta que ella aterrizó en su mundo. Las noches eran mucho más cortas, el taburete ya no le hacía tanta falta y, aunque Gloria no dejaba que se acostase demasiado tarde, los últimos días se los encontraba en las escaleras de la entrada hablando de la última película que habían visto o comiendo. Hasta tarde. Daniel intentaba sorprender a la pequeña cada día con un postre diferente.

Tarta de mermelada de frambuesa. Y entonces ella estaba feliz. Galletas de chocolate, de canela, ensaimadas. Cada día se presentaba en la puerta de la casa de la gigante pelirroja y su sobrina con un nuevo manjar... Hasta que consiguió que aquello se convirtiese en una tradición, como el pavo en Navidad o las torrijas en Semana Santa, y son esas tradiciones que aprendes a querer y que deseas repetirlas durante el año, aunque no sea la fecha en la que nacieron.

—Hoy es imposible salir, no para de llover —dijo el pequeño con el pelo empapado.

Y así es como también se convirtieron en tradición los días bajo el paraguas rojo.

Con botas de agua, el pelo más rizado que nunca y los labios cortados, esa fue la primera vez que Babia le presentó el paraguas. Gloria intentaba convencerles de que entrasen, si la madre del niño se enteraba de que estaban en la calle podría enfadarse.

—Venga, tía, solamente un ratito. Te lo prometo. —La

pequeña Babia entrelazaba su dedo meñique con el de su tía en señal de promesa.

Y siempre las cumplía.

Menos a partir de ese día y cuando se trataba de salir con su amigo. ¿Ves? Volvemos a hablar de tradiciones…

Daniel Creek se metió la mano en el bolsillo y sacó una cámara desechable. Diez momentos y le quedaba uno. Capturó el segundo perfecto y entró.

Ahora los dos estaban bajo el mismo paraguas rojo. En el mismo mundo.

—Me encanta el invierno —dijo la niña a media voz.

—¿Por qué?

—Los gorros, los paraguas, las botas de agua, las bufandas…

—A mí también me gusta a partir de ahora —le respondió el niño.

—No te tiene que gustar lo mismo que a mí.

—Pero… si me gustas tú, debe de gustarme lo que te guste a ti.

La inocencia de Babia nunca llegaría a entender lo que acababa de decirle.

—No, eso no es verdad.

Los niños andaban mientras hablaban y justo en ese momento los dos pisaron un charco. Se divertían. Comenzaron a jugar a que cada charco era un país distinto, en el que habitaban todo tipo de criaturas extrañas… Y aunque estaban entretenidos, el pequeño Creek no dejaba de pensar en las últimas palabras de la niña y en lo que había soñado días anteriores. Los sueños de los niños a veces son más importantes que los de los adultos.

—¿Crees en que los sueños se hacen realidad?

—Mi tía dice que reflejamos en los sueños lo que nos gustaría vivir en la realidad. —A la niña se le llenaron los mofletes al repetir una de todas esas frases que le decía su tía.

—En cambio mi madre dice que no deberíamos hacer algo si no lo hemos soñado antes —contestó Daniel en tono de réplica.

Y se sujetó también al mango del paraguas, encima de las

manos de Babia. No le importó que estuviesen sudadas y tampoco que tuviese los labios cortados, a los niños no les importan esas cosas.

Le dio un beso. Húmedo, rápido e inocente. Un momento que solamente conocería un testigo, *Mousse de chocolate* desde la ventana de la habitación de Babia.

Bajo el paraguas rojo, Babia comenzó su obsesión con el invierno.

Bajo el paraguas rojo, Daniel observó cómo la niña reía sin parar, sin conocer la importancia de un beso.

Bajo el paraguas rojo, aprendieron a cumplir sus sueños, sin esperar a que se cumpliesen solos.

Allí comenzaron a ser inseparables, sin repetir hasta la actualidad lo que solo había sido su primer beso.

—¿Te ha gustado? —Daniel tenía la extraña costumbre de necesitar saber si a Babia le gustaba algo o no.

La niña ni asintió ni negó. Siguió riendo como una loca, mientras sus rizos se movían y las gotas de lluvia conseguían salpicarle la cara.

—Tengo que volver con Gloria.

—Yo voy a mi casa.

—¿No vienes a la mía?

—No, voy a dormir —contestó el pequeño Creek.

Se dio la vuelta y la pequeña Babia le vio marchar, silbando, con las manos en los bolsillos del pantalón y el siguiente beso en la cabeza. Aunque eso ella nunca lo sabría. Daniel le sacaba dos años y ya había visto demasiado...

Babia rescató el taburete y observó durante horas sus huellas en la nieve.

Simulacro de invierno

La puerta de la entrada al jardín tiembla y en ese último segundo Gloria sale alertada por mi furia y la voz de Helena. Lleva una toalla alrededor de la cabeza, en otro momento me habría reído de la situación. Pero subo las escaleras abrazándome al diablo, al silencio y escuchando al fondo la voz de mi tía rogándome que le cuente lo que ha pasado. Cuando he visto marchar a Daniel, he llamado a mi prima los minutos que el saldo de mi móvil me ha permitido; ella ha corrido asustada a buscarme a la parada de metro más cercana. Al volver no he podido hacer otra cosa que contarle paso a paso la escena entre Daniel y yo; ella me observaba atenta mientras negaba con la cabeza cuando yo repetía una y otra vez: «Tiene que acabar...».

Cuando cierro la puerta de mi habitación y aplasto el colchón amortiguando las lágrimas, oigo las voces de Helena y Gloria en la planta de abajo. Sé que mi prima no se dejará nada de lo que le he contado en el tintero y no puedo odiarla por ello, pese a que semanas antes habría corrido a decirle que ella no era quién para meterse en mi vida.

Mousse de chocolate decide que es un buen momento para pasear sobre mi espalda e intentar meter una de sus patas en el hueco que dejo entre mi cabeza y el brazo. No le sirve que le susurre «Ahora no, no es el momento», pese a que él siempre me ha hecho caso. Salta y aterriza en el suelo, los cinco minutos que pasan entre esto y la entrada de Gloria se me hacen eternos. Llega con el mejor aroma a tarta del mundo, pero ni siquiera eso me apetece. Se sienta en la cama justo a mi lado y al levantar un poco la cabeza observo su sonrisa, los tomates rojos de sus mejillas... No puedo seguir intentando ser alguien que no soy. Y en su mirada veo todo lo que necesito. Una mirada exterior que me conoce interiormente.

—Venga, Babia. No te irás a bajar de nuevo del mundo ahora.

—No quiero volver a ver a Daniel. —Vuelvo a mentir cuando quiero dejar de hacerlo.

—Tienes miedo —sentencia.

—¿Y qué hago para superarlo, tía? ¿Qué hago? —pregunto mientras me incorporo.

Me apoyo en el cabecero de madera. Tengo la cara empapada de rabia y tristeza, de días que descorchan un pasado y queman un presente. Ella deja el plato en la mesilla más cercana y se acerca un poco más a mí; finalmente se tumba a mi lado. Recuerdo que hemos hecho esto un montón de veces, la cama se nos queda pequeña, pero a ninguna de las dos nos importa. Gloria me arropa con sus manos y aspiro el olor de la tarta que sale de ellas.

—¿Sabes?

—¿Qué?

—Existió una persona, me enamoré como jamás puedas imaginarlo. Se llamaba Sofía. Y me paralizó el miedo a que el resto del mundo no lo aceptase, a las miradas de un beso que para mí era lo más bonito del mundo —unos segundos para coger aire—. Y en cambio había algunas personas a las que les parecía algo horrible. Una abominación. Pensé que saldría mal y no jugué, no participé en lo que me tenía preparado la vida... —Gloria respira una vez más y otra, comienza a llorar y nos quedamos calladas unos minutos—. Ya basta... Ya basta... ¿Sabes lo que me dijo tu madre antes de no hacerle ningún caso?

Gloria y yo nunca hemos hablado demasiado de mi madre. A veces pienso que huimos del tema cuando nos haría bien...

—Que el temor a fallar no te impida jugar.

—¿Y qué te querría decir con eso? —le pregunto, intrigada también por la forma en que le brillan los ojos.

—No lo entendí hasta mucho tiempo después. Lo vio en una película, pero ¿sabes?, creo que quería que entendiese que la batalla está perdida si no la libramos, que una vez enfrentado el miedo, lo que nos espera detrás no tiene por qué ser malo... Si no jugamos, ¿cómo demonios vamos a saberlo?

—Que el temor a fallar no te impida jugar —repito la frase de mi madre como una letanía, sintiendo una tercera presencia encima de la cama que nosotras mismas hemos convocado.

Cuando tía Gloria baja a hacer la cena, le aseguro que no tengo nada de hambre. Pese a su sorpresa, se lo confirmo. Helena y yo permanecemos tumbadas en la cama hasta que ella decide que hoy necesito un poco de color en las uñas, me dejo hacer. Mi cara debe de ser parecida a la de uno de esos perros a los que les cuesta respirar, pero Helena obvia mis pocas ganas de hablar y comienza su monólogo. Cuando miro hacia abajo veo las uñas de mis pies pintadas cada una de un color, a cuál más vistoso.

Mientras Helena termina de pintar a la vez que ve el último capítulo de una de sus series favoritas, yo creo la mía propia en la cabeza. No puedo dejar de pensar en Gloria y mi madre, en la conversación que mi tía me ha contado para intentar enseñarme algo. Me quedo dormida mientras por mi cabeza pasan fotografías en blanco y negro de dos hermanas que se quieren como nunca, de un amor que no fue y la fuerza que tuvo que sacar la mujer más pelirroja del mundo para acabar con él. Decido que me habría gustado conocer a una Gloria sin complejos, con una sonrisa que brillase aún más y junto a la persona que el miedo le arrebató. Finalmente me imagino a mí en el lugar de Gloria.

Creek. Creek. Creek. Abro los ojos de madrugada y los sonidos de las piedras chocando contra el cristal me recuerdan a quien una vez tomó esa misma costumbre. La habitación está a oscuras y lo único que oigo es el sonido de la respiración de Helena, me parece que habla entre sueños. Me veo tentada a despertarla, pero una piedra más contra la ventana me distrae. Al salir de entre las sábanas tropiezo y me caigo al suelo, mientras las piedras siguen chocando. Insistentemente. Tengo los pies congelados pese al calor que hace dentro de mi habitación y el corazón me late a mil por hora por primera vez en el verano. ¿O no es la primera vez? Cuando consigo subir la persiana y abrir la cristalera, se cuela una ligera brisa y reparo en que julio ha decidido darnos una tregua, pese a que el bochorno no se ha marchado.

Daniel Creek está en el jardín, justo debajo de mi ventana. Y me sorprende ver que, como tiempo atrás, lleva un gorro en la cabeza, aunque esta vez no exista ningún terremoto en la coronilla que esconder.

—¿Qué haces aquí? —le pregunto descubriendo una voz ronca. Rota. Bajo la mirada y veo una chaqueta de invierno en sus manos.

—Un simulacro de invierno.

—Daniel...

—Te has comportado como una imbécil, pero te perdono —dice cubriéndose la boca con una bufanda de lana.

—Soy una imbécil y sigo diciendo lo mismo que te he dicho antes, vuelve a casa. —Me doy la vuelta y me dispongo a cerrar la ventana.

—Espera un momento. —Carraspea—. Solo quiero una cosa.

—¿El qué? —Ladeo la cabeza y lo miro, de perfil. Me quedo quieta, alejada unos pasos del marco de la ventana. Creo que él no puede verme.

—Ven, pasa esta noche conmigo en Madrid.

—No.

—Una vez me dijiste que el invierno era tu estación favorita, pues venga, hagámoslo.

Cierro el ventanal y suena un *click* cuando el seguro se dispara solo. Sigo escuchando la voz de Daniel y ahora también la de Helena.

—Eres estúpida, Babia —dice con la voz somnolienta, pero estoy segura de que esta frase no es fruto de sus sueños.

Vaya, parece que todo el mundo está cogiendo por costumbre insultarme. ¿Qué les pasa? o ¿qué me pasa a mí? Me dirijo al armario y cojo las dos prendas de invierno que veo en el cajón. Otro gorro y una sudadera enorme con la palabra «Goodbye» en la espalda.

Gloria no se inmuta cuando me oye cerrar la puerta de la calle; tiene el volumen de la tele al mínimo. Mi tía suele desvelarse dos o tres veces por noche. Cuando salgo, Daniel ya no está en el jardín y mi corazón se encoge al pensar en que puede haberse ido porque sigo siendo la misma imbécil de esa tarde. Está sentado en el bordillo de la carretera, mirando al frente, entre dos coches. Exactamente igual que cuando un beso fue la llave que destrozó un baúl de mentiras, explotando una a una.

—¿Qué tipo de trato has hecho con el tiempo para que hoy no tenga ni una pizca de calor vestida así?

Se gira y una de las comisuras de sus labios se despierta.

—Y a ti ¿qué te ha hecho cambiar de opinión? ¿Lo he conseguido yo solito?

—Me preocupaba que pasases la noche solo por Madrid, dicen que es peligroso. —Miento y él se da cuenta.

Lo confirma con una carcajada.

—Ya. ¿Y qué cambia si tú estás conmigo?

—A las chicas como yo no se nos acercan los criminales, somos inmunes.

—No sé qué pueden tener otras chicas que no tengas tú. —Se levanta y se acerca lentamente hacia mí.

—Yo no soy guapa, ni visto de una forma que me haga parecer apetecible…

—Tú sí eres guapa.

No me da tiempo a reaccionar, me coge de la mano y al segundo comienzo a sentir que ahora sí me sobra la chaqueta. Y el gorro. Creo que también la sudadera. Avanzamos un par de casas más hasta que se saca las llaves del bolsillo y pulsa el botón de apertura, las luces del coche parpadean varias veces descubriendo su posición unos pasos delante de nosotros. Entramos.

Sábado de madrugada. Pleno julio. Y sospechosamente nos ha sido fácil aparcar cerca del centro de Madrid. Llegamos a San Ginés y la puerta de la churrería está colapsada para ser verano, se llama Siglo XXI y hay que subir una cuesta antes de ponerse a la cola para entrar. Todo el mundo nos mira extrañados, incluso oigo varias risas justo detrás de nosotros. Daniel luce orgulloso su gorro y se lo baja hasta taparse la cara por completo, haciendo que rompa a reír. Una pareja de chicos salen con una bolsa de dulces, creo que estoy comenzando a tener hambre. No cenar me ha pasado factura.

—¿Qué vais a tomar, chicos? —nos pregunta una camarera de sonrisa permanente cuando avanzamos hasta la barra.

—Dos chocolates calientes y nada más, gracias —responde Daniel en tono amable.

—Tengo hambre. —Le estiro la manga de la chaqueta.

—Dos porras, por favor —grita Creek a la camarera, ensanchando más su sonrisa y obteniendo su confirmación.

Cuando salimos, la gente sigue mirándonos y observo a varios de ellos durante unos minutos como respuesta. Bajamos la calle hacia Sol con el chocolate entre las manos y Daniel se desabrocha la chaqueta a la vez que se quita el gorro. Es un tramposo.

—No soporto el calor —dice pasándose la mano por la nuca—. ¿Por qué te gusta tanto el invierno? Nunca me lo dijiste...

—El 6 de diciembre fue el primer día que te vi a través de la ventana. —Recuerdo a una pequeña Babia apuntando esa fecha en el calendario.

—Ahá, el día en el que te enamoraste de mí —me dispara con una de sus sonrisas.

Me alcanza.

—Estoy enamorada de muchas cosas, tengo una lista. Y tu nombre no está en ella.

—A lo mejor preferiste apuntártelo en otro sitio, una lista es demasiado... —Se acerca el vaso de chocolate sin terminar la frase y da un sorbo.

Río cuando reparo en que su labio superior está repleto de chocolate, dibujándole una especie de bigote. Me señalo el mío para avisarle.

—¿Te lo apuntaste en el bigote? No lo veo... —Me observa la boca detenidamente.

Sigo riendo. Una vez más el viento nos acompaña y se encarga de despeinar el pelo de Daniel, dándole un aspecto alocado. Desaliñado. El que me gusta.

—No, no —contesto casi hiperventilando—, me refiero a que llevas el bigote manchado de chocolate.

Se gira y me da la espalda. Se pone tenso y cuando se vuelve a dar la vuelta, los lados del bigote son rizados. Bajo la vista y le veo el dedo índice empapado.

—Vamos, quiero seguir disfrutando de mi simulacro de invierno. —Le doy la espalda y sonrío.

Siento cómo aminora el paso y al mirar hacia atrás le veo parado en mitad de la calle.

—¿Qué pasa ahora? —le pregunto.

—Si a ti te gusta el 6 de diciembre, a mí también debería de gustarme.

No dice que le gusto. Pero las palabras martillean en mi cabeza, unas que creía olvidadas.

—A mí no me gusta lo que a ti te gusta.

—¿Estás segura de eso?

Vuelvo a andar, desorientada, y me sigue doliendo tanto el pasado como todos los inviernos que pasé desde que el pequeño Creek ya no estaba.

Daniel me adelanta y comienza a patear una bolsa de plástico en el suelo. Entramos a la plaza de Sol y todas las farolas que la iluminan le dan un tono anaranjado que llega a ser acogedor, supongo que no solo para nosotros. También para todas las personas que rodean las dos fuentes y las que cruzan a la acera donde se encuentra la sede de la Comunidad de Madrid y el reloj de la Puerta del Sol. Que parece congelado, solamente por hoy. Este lugar tiene el don de parecer completamente abarrotado y a la vez estar desierto.

—Solo un imbécil te perdería. —A Daniel se le cae el gorro de las manos y se agacha a recogerlo.

—Éramos niños.

Como si todo valiese, como si fuera posible olvidarlo todo.

—Solo un niño imbécil te perdería.

Rodeo una de las fuentes y me dirijo a la acera de enfrente, un coche de Policía está a punto de llevarme por delante. Un mendigo le tira un vaso de plástico al capó, pero los agentes apenas se inmutan.

—Yo también he sido una imbécil esta tarde.

—No lo recuerdo —me corta sin dejarme hablar, pero se acerca y me coge la mano.

Daniel hace como si nada hubiera pasado y solamente reparo en el calor de su mano. Las dos sudadas. Las sonrisas salpicadas de miedo y aun así tiene la fuerza para tirar de mi brazo y acercarme a él. Cruzamos el paso de peatones, con las líneas blancas casi borradas, e intento fijarme en cómo el cielo mezcla su oscuridad con el naranja de las farolas. Como si se hubiera enamorado de ellas. Me es imposible seguir mirándolo cuando Creek se termina el vaso de chocolate, se lame el labio superior con la lengua y muerde la cuchara de plástico mientras sonríe.

—¿Sabes una cosa? —Mira hacia todos los lados, buscando algo.

Yo ahora mismo no sé nada.

—No —susurro.

Me arrastra unos pasos más adelante y señala una placa incrustada en el suelo. Deja la chaqueta y el gorro en una moto que hay aparcada justo al lado y yo miro a nuestro alrededor en busca del dueño.

—Vamos —me dice instándome a que yo haga lo mismo.

Y le obedezco, pese a que me gusta no hacerlo. Aún no me ha soltado de la mano, qué extraño, sabe un poco a felicidad. Me lleva hasta la placa y la pisamos. Muevo los pies y hago que él los mueva para poder leer lo que pone: «Origen de las carreteras radiales», y debajo «Km. 0». El mapa de nuestro país y dos flechas congeladas mirando cada una hacia un lado. El centro, donde acaba y comienza todo. El punto muerto.

Daniel comienza a hablar y su voz suena por encima de los acordes de una guitarra.

—¿Ves esto? Dicen que una vez en la vida hay que vivir Madrid y una vez en la vida hay que venir aquí. A cambiar tu vida, pisando el centro de todo. El kilómetro 0 ha visto cómo han terminado las mejores historias que puedas imaginar y el comienzo de otras, pero se trata de decisiones. Aquí puedes tomar una decisión y tener casi la certeza de que saldrá bien.

—¿Es el kilómetro de las decisiones? No recuerdo la última vez que tomé una.

—Sí, puedes llamarlo así. Ahora tienes que cerrar los ojos y pensar en todo lo que podría conllevar que acertases con tu decisión. Tienes que desearlo con fuerza.

Los cierro y no escucho nada más que mi propia voz. «Que esto salga bien, que esto salga bien, que esto salga bien, que esto salga bien, que esto salga bien...». Cuando los abro, Daniel sigue con los ojos cerrados y tiene los labios fruncidos y la mandíbula apretada. La camiseta se le pega al cuerpo por el calor y el sudor creado por su ocurrencia; intuyo el colgante de la flauta de pan por debajo. Echa la cabeza hacia atrás y se le marca la nuez, rodeada por las venas del cuello. Cuando vuelve a mirarme, sonríe y coloca la punta de su lengua entre los dientes en tono de burla.

—¿Ya, tan rápido? —le pregunto.

—Sí, es la segunda decisión de mi vida.

—Eres un chico de decisiones.

—No puedes continuar viviendo si no las tomas cuando la vida te las propone. ¿Cuál ha sido tu decisión?

No se lo diré. No le diré que no ha sido una decisión, si no más bien una petición. Un deseo.

—¿Y la tuya? —le rompo la pregunta.

—He preguntado yo primero —contesta mientras se lleva las manos a la nuca.

—No importa quién haga las cosas primero.

Agacha la cabeza y se acerca un paso más. El kilómetro cero sigue bajo nuestros pies y yo decido acercarme un poco más.

—Las consecuencias de mi decisión pueden ser demasiado grandes —dice a media voz.

—Creo que ahora no tengo miedo —bajo más su tono y le susurro.

Estamos pegados y acerca su mejilla a la mía, mientras sus labios acarician el lóbulo de mi oreja. Quiero que lo haga, quiero que decida, ver las consecuencias. Enfrentarlas. Reparo en que he pensado demasiado tiempo en lo que podría pasar a continuación y menos viviendo todo lo que he querido vivir.

Entre todas esas cosas está él. Daniel Creek. La única persona que puede romperme el corazón.

—¿Te puedo preguntar una cosa? —Está encorvado y lo hace un poco más para apoyar su cabeza en mi hombro.

Siento cómo el resto del mundo nos mira.

—Daniel..., ¿no te das cuenta de todo lo que nos separa?

—¿Acaso tú no te das cuenta de la distancia tan corta que hay entre nosotros?

—¿Cuál es?

Yo he tomado una decisión y él parece a punto de hacerlo. Recorre el camino a mi barbilla con sus labios; hasta que llega a los míos. Y me besa. Como nunca lo ha hecho, lleva sus manos a mi cadera y me aprieta contra su cuerpo. No puedo respirar y no quiero que él deje de hacerlo. Contra mí.

—La distancia más corta entre nosotros es un beso —dice apenas en un murmullo.

Mientras, nuestras bocas aún están pegadas.

A la viajera en el tiempo

Querida viajera en el tiempo:

O mamá. No siempre sé quién eres o dónde estás, la tía me dijo que estás en el cielo. Pero que allí puedes ser mil cosas. Una bruja, una sirena o una viajera en el tiempo. Este mes te ha tocado viajar de época en época, por eso la tía no puede mandarte los dibujos que os hago a ti y a papá. Pero no importa, mi amigo me ha dicho que te escriba una carta. Y luego la vamos a quemar, esa es la mejor forma de asegurarnos de que te llegue. Daniel dice que el mensaje de «Recibido» son las cenizas, es la única forma de llegar al cielo.

Te lo dibujaría, pero no quiero que él lo vea. Así que te voy a hablar de él; como no le gusta leer, sé que no lo hará. Mamá, Daniel es un amigo, uno de esos con los que la tía dice que tenía que jugar en el parque. El 6 de diciembre lo conocí, me ha regalado un gato y ¿sabes?, se llama *Mousse de chocolate*, ahora mismo está intentando morderme los calcetines. Vive unas casas más allá de nosotros y su madre se porta muy bien conmigo y con la tía, aunque no hablamos demasiado. Con Daniel sí, no paramos de hablar y de jugar… Dice que cuando seamos mayores me seguirá protegiendo. Aunque la tía dice que no lo necesito, tengo que hacerlo sola.

Me habría gustado mandarte un dibujo, pero como no me voy a atrever a hacerlo… te voy a contar un secreto: Daniel el otro día me dio un beso en los labios. Mamá, que eso es de mayores. Está mal, muy mal. No sé dónde estarás ahora, pero espero que no se lo cuentes a nadie, ya que si estás viajando en el pasado alguien puede saberlo ahora y se lo pueden contar a tía Gloria.

¿Te puedo contar otro? Quiero que los padres de mi amigo no existan y así podría vivir conmigo. Yo no voy a ir adonde estás tú, ¿verdad? La tía dice que las chicas malas van a todas partes, en cambio que las buenas como ella se quedan encerradas en el pueblo más remoto que conozcas.

Espero que tú no estés encerrada en ningún pueblo.

Me gustaría quererte.

BABIA

*D*aniel había robado un mechero de la mesilla de noche de su padre. Si lo descubría, no querría contarlo. En cambio, había conseguido salir con él al jardín y llegar hasta la casa de la pequeña Babia. Los dos estaban en su habitación, con todos los juguetes tirados alrededor y dos batidos de chocolate en el suelo. Muy cerca. Tanto que cuando Daniel se puso nervioso al ver la carta de Babia estuvo a punto de derribarlos.

—No puedes leerla —le dijo la niña con un gesto de enfado entre una ceja y la otra.

—Te lo prometo. —Daniel se chupó un dedo y lo utilizó para doblarla y meterla en un sobre. Después se dio cuenta de que chuparse el dedo no había servido de nada. Pero le encantaba vérselo hacer a los adultos.

—¿Crees que le llegará? —le preguntó Babia al pequeño Creek.

—Estoy completamente seguro.

Se acercaron a la ventana y con mucho cuidado encendió el mechero. Al acercarlo al papel, prendió. Cuando estaba a punto de quemarse los dedos, la dejó volar.

—¿Cómo es eso de no tener padres?

—Es raro, no les echo de menos. Como no los he tenido nunca...

En la cara oculta de la Luna

*E*n la cara oculta de la Luna, la que no ves, no dejo de pensar en los labios de Daniel buscando los míos. En esa misma, acabo de llegar a casa con la cara enrojecida y las zapatillas en la mano. Cierro la puerta despacio y descanso contra ella dejando la sudadera en el perchero de la entrada. La casa está en silencio, lo único que se oye son los ronquidos de Gloria y el suave ronroneo de *Mousse de chocolate* al bajar las escaleras para recibirme.

—¿Qué pasa contigo? —le susurro en la oreja cuando ya lo tengo en brazos.

Me arde la boca. Subo las escaleras y entro en la habitación de puntillas intentando no despertar a Helena, pero me es imposible no dejar al gato en el suelo y tirarme de espaldas en la cama. Suspirando una, dos y tres veces. ¿Dónde estás, Babia? La solitaria, la que no creía en esto, la que jamás se ilusionaba por nada... La eterna chica de hielo. Y ahora observo a Helena atesorando cada cosa que ignora en estos momentos. Observo mi habitación y me levanto para arrancar todos los pósteres que cubren el corcho de encima del escritorio.

Helena se despierta entre quejidos. Oh, vaya, he hecho demasiado ruido...

—¿A Gloria le ha tocado la lotería y no me he enterado? —pregunta mientras los sueños flotan junto a su aliento. Hasta mí.

—No —susurro.

Me apoyo en el escritorio y un estornudo de Helena ahoga su chirrido. Mientras se incorpora, amontono las cosas que no uso desde hace meses, reparo en que me mira embobada hasta que su mirada da un giro de trescientos sesenta grados.

—¿Qué has estado haciendo? —Helena aparta las sábanas y se acerca rápidamente a mí.

Tiene las manos ardiendo. Me toca las mejillas y me estira los párpados hacia arriba para observar detenidamente mis ojos. Compruebo que no lleva sus pulseras al notar el tacto de sus muñecas contra mis orejas.

—Nada malo, creo —respondo.

Pone los ojos en blanco.

—Pelos de loca, las mejillas rojas... Y los labios cortados. —Helena pone morritos en un gesto que me parece pícaro—. Me parece que ahora sí sabes lo que es pasar una buena noche.

—Helena, he tenido noches mejores. —Y cruzo los dedos por si alguien me puede perdonar que siga mintiendo. Me aparto del escritorio.

—Cuéntamelo todo.

—Helena, no sé si lo que estoy viviendo es real.

Me siento en la cama y ella se acerca para colocarse a mi lado. Nos sentamos juntas como no lo hicimos jamás cuando éramos niñas, como los indios y con mil secretos por contarnos. Mientras le cuento todo lo que me ha ocurrido esta noche, las imágenes no paran de repetirse en mi cabeza, el kilómetro de las decisiones, sus últimas palabras y su beso.

—No me lo puedo creer, no me lo puedo creer... —Helena comienza a aplaudir.

—Aún dudo de si es lo correcto.

—¿Estás loca?

—Nunca pude odiar a Daniel, pero algo me pide que siga rechazando la idea de tenerle cerca... En cambio me gusta. Me gusta mucho.

—Te gusta mucho. —Me mira como una niña, inocente y cruel. Baja su cabeza por encima de mi barbilla para encontrarse con mi mirada; yo cierro los ojos con el miedo de que me lea la mente—. Babia, esto era inevitable...

—¿Él? —le pregunto a su sonrisa.

—No, tú. Que tú dejases de hacer el idiota.

Por otro lado, también me es inevitable pensar que aún sigo haciéndolo.

No recuerdo el momento en el que me quedé dormida. La habitación está a oscuras y no sé bien si ya es entrada la noche o aún es de día, salgo de dudas al comprobar que el cuerpo de Helena no se encuentra tumbado junto al mío. Sus murmullos entre sueños son inconfundibles. Reparo en que ha bajado las persianas antes de irse, dejando entreabierta la ventana para que no muera asfixiada. Agradezco su consideración.

Doy tres vueltas en la cama simulando ser una croqueta y me interrumpe el grave rugido de mi estómago. Por un momento creo que es un aviso de mi extraña felicidad, la confusión de mis sentimientos y aun el temor a fallar. A caer. Por último me llevo la mano a los labios, ahora sí echando de menos algo de lo que hace horas no estaba nada segura. Cuando llego a la comisura oigo gritos en la planta baja.

—No quiero hablar, por favor. —La voz de Helena es de un tono más suave y tengo que estar en alerta para distinguir sus palabras.

Salgo de la cama y aprecio que la ropa de la noche anterior no haya sido más incómoda que un pijama. Aunque no sé lo que puede estar pasando abajo, me miro de refilón en el espejo y bajo con los pelos más enredados del mundo a comprobar que todo está tal y como cuando he llegado esta mañana. A excepción de los ronquidos de Gloria y la compañía de *Mousse de chocolate*.

Error.

Al pie de las escaleras está Helena sentada con la cabeza entre las manos. A su lado, Claudia alza cada vez más la voz y tía Gloria está a punto de explotar.

Dos leonas y una cebra. Ella pide a gritos que la destierren de esta escena.

—Claudia, deja que respire... ¿Has olvidado la libertad que a ti se te dio? —le pregunta Gloria a su hermana.

—Jamás. Me. Digas. Cómo. Tengo. Que. Educar. A. Mi. Hija.

Claudia mueve los labios despacio, tanto que puedo ver cómo su propia saliva le hace telarañas en la boca.

—Solamente te estoy pidiendo compasión —por una vez Gloria habla sin estar alterada.

Esta es la primera vez que entiendo que los enfrentamientos entre ellas no son de ahora.

—Helena, levanta. —Claudia se agacha, mientras se sujeta uno de sus famosos sombreros. Sin los que no podría vivir—. Volvemos a casa, todo esto fue una tontería. Volver aquí, pedirles a estas impresentables nada...

Mi prima levanta la cabeza y Claudia repara en mi presencia en mitad de las escaleras. Helena piensa que su madre está recapacitando.

—Ni siquiera ese chico está hecho a tu medida.

No hables así de Daniel Creek, no hables así de Daniel Creek, no hables así de Daniel Creek.

—Volvemos con tu padre y allí he concertado entrevistas con varios chicos. Además papá conoce a uno de los hombres más poderosos en cuanto a fábricas de tabaco se refiere...

Creo que las tres dejamos de escucharla. Pero ella insiste, continúa contándole a Helena todos los planes que tiene, su visión del futuro. De un futuro que no es el suyo. Cuando mi prima comienza a temblar, bajo hasta ellas y entonces Gloria me mira como si me viese por primera vez.

—Helena no va a ningún lado, se queda aquí. Con nosotras.

Claudia aprieta tanto los dientes que su mandíbula está a punto de salir disparada.

—Mi hija irá adonde yo le diga.

—Ese es el problema —respondo—, que nunca le has dejado de decir lo que debe o lo que no debe de hacer.

—¿De verdad? ¿Es acaso mejor alguien que acepta un dinero a cambio de algo que tampoco es un canto a la libertad?

Auch.

—Babia te devolvió todo el dinero y no lo aceptaste —nos interrumpe Gloria—. Ella rectifica y tú sigues siendo la mejor de las aliadas del diablo.

Gloria entra en el salón y en menos de dos segundos regresa con una caja que le entrega a su hermana. Ahí está todo, todo lo que quería, lo que me iba a dar la felicidad a final de verano, la reliquia, un ordenador y un viaje solitario. Ahí está todo lo que no quiero. Lo que ya no quiero.

—Jajajaja. —Claudia rompe a reír—. Esta cifra mísera de dinero siempre os hará mucha más falta que a mí. Tal y como también le hacía falta a tu madre —finaliza señalándome.

—No queremos tu dinero y ni siquiera te atrevas a nombrarla. —Gloria golpea el sombrero de Claudia y esto a Cerebro de mosquito la asusta.

En cambio a mí me divierte la forma tan infantil que tiene Gloria de defenderse. Tan inocente.

—Vete de nuestra casa —sentencio.

—Ya nos vamos, pequeña.

Una palabra tan diminuta nunca me ha dado tanto asco. Compruebo que lo ve en mi cara, en el mismo momento en el que sonríe. Y entrecierra los ojos, haciendo que me entre un escalofrío.

Claudia consigue levantar a Helena de las escaleras, mientras esta gime y opone resistencia. La camiseta del pijama deja uno de sus hombros desnudo y a su madre ni siquiera le importa que salga así a la calle. Gloria y yo nos miramos, asustadas, y yo bajo los últimos escalones que me quedan mientras Claudia arrastra a la fuerza a Helena hasta la puerta.

—Hija… Todo esto es por tu bien. Vamos.

Busco las muñecas de Helena y no lleva sus pulseras. De llevarlas, cuando Claudia abre la puerta de la calle y le hace bajar los tres escalones que llevan al jardín, el sol las habría hecho brillar. Y ella tintinear al intentar zafarse del brazo de su madre. Le está haciendo daño.

—Claudia, suéltala —grito.

Helena saca fuerzas y se deshace del brazo de su madre, escapando de la ira que se encuentra a continuación volviéndose tres pasos atrás.

—Lo he dado todo por ti, maldita desagradecida. —Los ojos de la tía que nunca tuve, ni he tenido, se enrojecen.

—Mamá, no puedo más. Contigo no —responde Helena alzando más la voz de lo que nunca lo ha hecho.
—Somos tu familia, Helena. Tu padre nos está esperando...

Claudia tiende la mano hacia su hija y ella se abraza con sus propias manos. Escondiéndolas.

—Él lo entenderá. Volveré cuando acabe el verano.

—¿Te vas a quedar con dos personas a las que apenas conoces? ¿En esta mierda de casa?

Sus palabras no me duelen lo más mínimo. Pero Gloria abre y cierra los ojos un par de veces.

—Ellas también son mi familia.

Helena se gira hacia nosotras y nos sonríe. Tiene los ojos húmedos y las marcas de sus dientes en los labios, avanza hasta las primeras escaleras que nos llevan de nuevo a casa. La que se ha convertido también en su casa. Claudia no vuelve a mirar atrás y, agarrándose el sombrero que la mantiene sujeta a la tierra, desaparece. Lo único que nos confirma su marcha es el ruido del motor de un coche.

En la cara oculta de la Luna, la que no ves, Gloria, Helena y yo somos una familia. Mi prima aún tiembla, pero tía Gloria nos lleva a la cocina para que le demos nuestra opinión definitiva sobre la tarta de manzana que hizo el día anterior. Ellas han comido, pero yo no, por lo que me como más de tres porciones de la tarta más deliciosa que he probado en mi vida. No sé si tienen algo que ver los besos de Daniel, que los miedos se hayan roto un poco o que Helena siga aquí, con nosotras. Las dos estamos aún en pijama y, mientras Gloria comienza a pelar dos kilos más de manzanas, debatimos sobre lo que podemos hacer los fines de semana que nos quedan de verano.

—Volveré cuando acabe el verano —ha dicho Helena.

Pienso en que a Gloria y a mí no nos importaría tenerla aquí para siempre. Pero después caigo en los problemas que eso podría seguir trayéndole a mi prima, incluso a tía Gloria. Todo lo que ha ocurrido en las últimas semanas ha roto mis planes, incluso se han roto todos los pactos, también las mentiras. Y es que cuando la vida está dispuesta a mostrarse tal y como es, es imposible mantenerlo todo intacto. Incluso a ti misma.

Helena se acerca a la ventana y observa durante unos minutos el exterior.

—¿A que no sabes quién está ahí fuera?

Antes de que diga nada, yo ya lo sé.

Los ojos marrones más bonitos del mundo.

Te pasas la vida imaginando cosas que el resto del mundo no puede ver. Y lo agradeces. Algunas de ellas son tus secretos mejor guardados, ya no son los envoltorios de comida que guardas bajo la cama, tampoco lo es aquella vez en la que cogiste algo «prestado». Imaginé que Daniel Creek volvería a entrar en mi casa y que subiría a mi habitación, a buscarme. Y aunque lo hizo, no pasó de la puerta de la entrada. Ahora, antes de que Gloria lo haya invitado a entrar, yo he subido a cambiarme de ropa. Reparo en que la cama está sin hacer, la ventana abierta y las escaleras de estampados de animales que suben a la segunda planta chirrían bajo las pisadas de alguien.

—Daniel, no sales de aquí sin probar mi tarta de manzana. —Oigo la voz de Gloria en la planta baja.

Su risa se acomoda en mi oído y cunde el pánico.

—No entres aún, estoy cambiándome —grito mientras consigo meter el cuello en una camiseta y una pierna en un pantalón corto.

—¿Seguro...? Puedo ayudar —susurra Daniel por el hueco de la puerta.

Me caigo al suelo antes de conseguir meter la otra pierna en el pantalón.

—Espera un momento, joder. —Prometo que si abre esa puerta le arranco los ojos.

La abre. Pero yo ya he conseguido levantarme y cerrar el armario, con toda la ropa en su sitio. Daniel me sonríe, divertido, y observa detenidamente mi ropa. Da dos pasos y entra en mi habitación, otra vez. Tal y como imaginé.

—Te van a hacer un regalo, llevas la camiseta al revés.

Bajo la cabeza y compruebo que lleva razón.

—Eso solamente es una historia inventada por alguien aburrido.

—Pues acertó, esa persona aburrida ha tenido una casualidad entre cien.

¿Que esté aquí también es una casualidad?

—¿Por qué?

—Te he traído algo —contesta.

Tensa los brazos, esconde algo a sus espaldas, eso hace que la camiseta se le ciña más al torso. Y fijo mi mirada en sus clavículas. Cuando subo hasta su boca, me golpean el kilómetro de las decisiones, San Ginés y nuestro beso definitivo en la Puerta del Sol. Por un momento, mirarle finalmente a los ojos me hace pensar que a él le puede estar pasando lo mismo por la cabeza.

—Toma, Babia, de vuelta. —Su cuerpo se relaja cuando deja de ocultar el paquete que descansa en sus manos.

—¿Qué es? —Lo cojo y pesa demasiado poco. Miro la habitación y reparo en que se me ha olvidado disculparme por el desorden; como la cama está sin hacer me siento en el suelo.

Él hace lo mismo.

Leo lo que pone en el dorso del sobre: «Lo mejor del pasado es que siempre puedes hacerlo de nuevo». Un escalofrío me recorre la espalda al sentir las manos de Daniel sobre las mías. Vacía el contenido del sobre en mis manos.

—Vuelve a ser vuestro de nuevo. Ahora, tuyo. —El cálido aliento de Creek llega hasta mí.

«La reliquia de mis padres en mis manos», pienso. Y no puedo evitar que en mi cabeza se cuele otro pensamiento: «Esto no es lo que querías, Babia».

—Esto es lo que querías —dice Daniel a media voz.

—Sí, bueno... —Esto solamente era una misión perdida para no olvidarte—. Era de mis padres.

Observo el reloj de bolsillo. Es viejo. La tapa, su interior y las agujas parecen contar una historia más antigua que cualquiera de nosotros. Está golpeado por todos lados, como si alguien lo hubiese tirado al suelo una y otra vez, pero pese a todo sigue teniendo algo que hace que no pueda dejar de mirarlo. Lo balanceo entre mis manos y cae boca abajo, hay algo grabado en él. «Para siempre…» la letra es casi desordenada, nerviosa, imperfecta.

—¿Por qué me lo has traído ahora?

Se muerde el labio.

—Siempre quise hacerlo, pero un niño imbécil siempre tiene demasiados miedos.

August Creek es ese miedo. El hombre de la corbata manchada de mostaza, el hombre que siempre quiso más a su propia apariencia que a su propio hijo.

—¿No te meterás en problemas con tu padre? A mí casi me denuncia en cada uno de mis intentos por conseguirlo…

—Ya no me importa. —Recupera el reloj de mis manos y lee la inscripción.

«Para siempre… Para siempre… Para siempre… Para siempre… Para siempre…»

—Es chatarra. —Miro cómo Daniel juega con el reloj y cae de una mano a otra, de una a otra—. ¿Por qué pagaría tanto tu padre por algo así?

Creek desvía la mirada.

—Mi padre está loco. Colecciona casi cualquier cosa por la que se obsesione. Cree poder tenerlo todo.

—Y parece que es cierto… —Echo la espalda hacia atrás y me tumbo en el suelo.

Necesito estirar las piernas. Él hace lo mismo, pero al contrario. Mi cabeza cerca de sus pies. Sus pies cerca de mi cabeza. Oigo cómo el reloj cae al suelo, otro golpe más para un objeto demasiado maltratado.

Solamente se oyen nuestras respiraciones, hasta que él suspira.

—Todo esto ha cambiado…

Me incorporo un poco y compruebo cómo su cabeza se mueve de un lado hacia otro, revisando cada rincón de la habitación.

—Veo que al final aprendiste a tocar la guitarra.

Me fijo en mi vieja compañera antes de volver a dejar descansar la cabeza en el suelo.

—Sí, Gloria quería que me entretuviese con algo más que con *Mousse de chocolate*.
—¿Me la tocarás algún día?
Se da cuenta del doble sentido de su pregunta. Es incómodo hasta que de su garganta sale una grave carcajada. Rompiendo el silencio que tanto temo cuando está cerca de mí. A pocos centímetros. A un beso.
—¿Por qué está vacío el corcho? Eso es nuevo...
—Claro, no pretenderás que la habitación siga exactamente igual que cuando te marchaste.
Su mano roza la mía. Por accidente o no, pero no me muevo durante unos largos segundos.
—Si pudieras viajar a cualquier lugar del mundo en estos momentos, ¿adónde sería? —me pregunta y después carraspea suavemente. Ha visto la bola del mundo que preside la estantería.
«Contigo...»
—Al lugar más frío del planeta.
—Dicen que es el corazón de la Antártida...
—Pues allí, me iría allí.
—¿Por qué?
Cierro los ojos e intento imaginar. Para que como hoy, algún día se cumpla lo que se esconde en el fondo de mi cabeza... Quererme, quererle sin miedos, querernos.
—Porque me gusta el invierno, ya lo sa...
—Lo sé —me interrumpe.
—Y tú, ¿adónde irías, Daniel Creek?
Ya. Jamás. Pienso. Ocultar. Lo. Mucho. Que. Me. Gusta. Pronunciar. Su. Nombre.
—A Hawái —responde conciso.
—¿Por qué?
—Una vez, de pequeño, viajé con mis padres a una isla de Hawái: Maui. Quería quedarme, nunca me sentí tan comprendido por una cultura... Mi madre me perdió de vista. —Hace una pausa—. Y mi padre ni siquiera reparó en que había desaparecido. No tuve miedo, llegué hasta unos policías y uno de ellos me contó que la isla se llamaba así por el semidiós Maui, que cuentan que creó las islas pescándolas

del fondo del mar. El policía me llamó Maui todo el rato, hasta que llegaron mis padres en mi busca.

—¿Esa es la única razón por la que irías allí?

—Sí, Babia. Volvería para hablar con ese policía.

—¿Y si está muerto? —Sí, soy superpositiva.

—No importa, estoy acostumbrado a que las cosas no acaben nunca.

—Llenaré el corcho de fotos de lugares, historias o personas que no acaben nunca…

—Entonces puedes llenarlo de nosotros.

—¿Qué? —Abro los ojos y los vuelvo a cerrar cuando siento su mano buscando la mía.

Está sudando. Y yo. Y no me importa nada más que apretar con más fuerza mis dedos entre los huecos de los suyos.

—Nuestra historia no acaba nunca, aquí.

Puedo adivinar e imaginar cómo se lleva la mano que le queda libre a la cabeza. Y no pudo evitar pensar en que, hagamos lo que hagamos, hay cosas que en la cabeza o en el corazón simplemente no acaban. Nunca.

En la cara oculta de la Luna, la que ahora mismo estás viendo, Daniel y yo nos quedamos durante horas cogidos de la mano. Sin que nos importe nada más. La guitarra, el corcho, la caja de arena de *Mousse de chocolate*, el dibujo que hacen las sábanas sobre la cama… Me pregunta por todos los cambios de mi habitación y hablamos de cada una de las cosas que hacíamos y seguimos haciendo. Se incorpora, apoyado en los codos, y repara en que llevo un calcetín de cada color. Eso sí lo recuerda. Esto es lo que pensé que nunca ocurriría, pero para hablar de la luna hay que vivir sus dos caras. Y la otra cara de la Luna nunca se había parecido tanto a la felicidad.

Los monstruos del espejo

Las inseguridades llamaron a su puerta demasiado pronto. Con tres minutos de antelación y la injusticia por bufanda, porque Babia ahora lo tenía todo para disfrutar de una infancia feliz. A Gloria, su familia. Y la que ella misma había escogido: Daniel Creek. Cuando él estaba cerca la molestaban menos en el colegio, solo eran momentos puntuales, aunque dolían demasiado. Pero claro, eso nadie tenía por qué saberlo. Ya que la vergüenza picaba y las lágrimas llegaban sin billete de vuelta... Como la primera vez que se miró en un espejo antes de meterse en la bañera más redonda del mundo. Al menos era la más redonda del mundo hasta que la pequeña Babia creció. Siempre se había fijado en su reflejo, rápido. Sin hacerlo demasiado.

Hasta que los demás niños del colegio repetían con más constancia el sonoro «Gorda». Entre clase y clase, con más fuerza, con más rabia cuando el curso era superior. Esta vez lo hizo de una forma distinta, lenta. Y ellos aparecieron.

—¿De verdad no me vas a dejar entrar? —dijo Gloria a las puertas del baño; su sobrina ya decía ser mayor y no necesitar que ella le contase una de sus historias mientras Babia se llenaba el pelo de espuma.

Babia cerró la puerta y se quitó la ropa. Su tía había comprado unos meses antes un espejo con los bordes color oro y en el que su reflejo entrase por completo. El de la gigante pelirroja. La pequeña se tapó los ojos y antes de retirar las manos contó hasta tres. Ahí estaba, el pelo más enredado del mundo, las mejillas como dos tomates rojos y una tripa demasiado redonda. Llevaban razón, estaba gorda, pero de lo que no se había dado cuenta hasta ahora es de que no le gustaba...

Una mano de un color verde azulado se agarró al filo del cristal.

Y otra.

Y otra.

Y otra.

Y otra.

Los monstruos del espejo no paraban de repetir «No eres una niña normal», «¿Has visto tu redonda barriguita? Crecerá», «Dicen que serás exactamente igual que tu tía». Pero a ella no le importaba ser como su tía, ni siquiera tener una barriga redonda. Solamente quería que aquellas voces desapareciesen, que los pequeños demonios se esfumasen.

Las inseguridades crecen como la hiedra en el más antiguo de los castillos.

Era imposible obviar a los monstruos que le susurraban cosas horribles. Los que aún viven debajo de su cama, los que la acompañaban al autobús que la llevaba al colegio, a los que les cerraba la puerta de casa cada tarde para que no entrasen con ella. Todos se habían reunido allí, en el baño, alrededor del espejo. Sus manos eran de distintos colores y dejaban las marcas de sus dedos en el cristal. También en ella.

Eran pegajosos. Hablaban demasiado alto.

Taparon su reflejo y le mostraron otro. Aún peor. Justo como los monstruos querían que se viese la pequeña Babia. Un reflejo irreal, inventado. El sonido de sus lágrimas llamó la atención de su tía, pero al intentar abrir la puerta descubrió que la niña había cerrado con cerrojo. Pese a que le tenía dicho que nunca lo hiciese.

El siguiente ruido que alertó a Gloria fue el del diminuto puño de Babia contra el espejo. Lo rompió y su mano sangró, sin saber si sus miedos eran demasiado fuertes o el cristal frágil. Gloria consiguió abrir y la niña solo repetía en sus brazos: «El espejo... el espejo... el espejo... el espejo...», hasta que su tía la abrazó con fuerza.

Imposible

Mi vida habla sobre puertas cerradas y personas que me esperan tras ellas. O de cuando entran y la única forma que tienen de arreglar lo que se encuentran es con abrazos. Con palabras que compensen lo que tú misma no te dices. Escucho la voz de Helena detrás de la puerta del vestuario en el que llevo diez minutos encerrada, también la de su padre tranquilizándola. Regalándole la libertad con la que Claudia nunca la premiará. Me miro al espejo y comienzo a odiar al mundo, el biquini que llevo puesto, la seguridad de Helena al ponerse el suyo y a Daniel. Aunque esto último dura poco. Pero él es el culpable de todo esto al invitar a la piscina a sus amigos un día en el que el público será mínimo. Y la posibilidad de que se fijen en mí es casi segura. Definitiva.

—¿Ya habéis terminado? —Oigo la voz de Daniel lejana e impaciente, fuera de los vestuarios.

—Ya vamos —responde Helena y a continuación le pide a su padre que espere un segundo.

Y esta vez salgo yo. Sin romper el cristal que me refleja, a mí, al pelo que casi cubre mis hombros por completo, las manos con las que ahora intento taparme y las estrías que están ahí cuando menos las necesitas. Como la hiedra. Y asoman por el filo de la parte baja del biquini, de camino al ombligo. Amenazantes.

—Puedo ir a casa a por un bañador —le digo a Helena y ella pone los ojos en blanco.

—Babia, ojalá pudieras verte como te veo yo, te sorprenderías.

Ignoro sus palabras y vuelvo a mirarme en el espejo. Desde fuera, con más distancia. Qué demonios, ¿dónde está esa chica a la que le importa una mierda lo que piense todo el mundo? Sigue aquí, parte de ella también es verdad. Y no quiero que se marche. La necesito.

Me pongo una camiseta que me tapa hasta por encima de la rodilla. Helena hace lo mismo y salimos de los vestuarios, encontrándonos a Daniel apoyado en la valla que separa la piscina. Lleva un bañador negro y una camiseta blanca que le cae relajada por el pecho.

—La Trunchbull. —A Daniel le divierte el apodo que uso para referirme a nuestra «jefa»—. Nos ha dado un aviso. Que venga poca gente no significa que podamos descuidar las labores de las que nos tenemos que ocupar por saltarnos la ley nocturna —dice imitándola burlonamente.

—¿Qué ley nocturna? —disparo haciéndome la tonta.

—Te gustan demasiado las fiestas.

—Tú me invitaste a una, yo solo hice el resto. —Le sonrío mientras avanzamos hasta la taquilla.

Tengo la sensación de que no hace más que mirar mis labios. Y los escondo, mojándolos con mi propia saliva.

La piscina está casi vacía, solo dos mujeres se encuentran en la zona más cercana al socorrista. Intentando sacarle conversación sin descanso, sin saber que bajo las gafas hay dos párpados cerrados. Los amigos de Daniel no tardan en llegar, los mismos que la otra vez. Incluida Julia, con una acompañante, aparte de sus dos eternas aliadas. Cuando Helena y yo nos miramos, Daniel repara en ello y susurra: «Les dije que viniesen sin ella...». Guardo silencio hasta que Andy llega hasta mí y me abraza casi con la misma fuerza que le dedica a ella Daniel. Esta vez lleva las puntas de color recogidas en un moño que la hace parecerse a la fiel hada que siempre acompaña a Peter Pan.

—Los chicos han dicho que Julia no estaba invitada. —Escucho cómo el pequeño ratoncito le dice a Daniel mientras este la abraza como la primera vez—. Pero ella se ha presentado igualmente a la hora que nos dijiste, sus novias dicen que no vendrían sin ella. Y ella que no podía venir sin la chica francesa, está pasando este mes del verano en su casa, de intercambio.

—Pues que ellas tampoco hubiesen venido, es un día —responde Creek.

—Podemos decirles que se vayan —les interrumpo.

Andy se tapa la boca para intentar que no percibamos los pequeños sonidos que adornan su risa. Mágicos. Creek en cambio sonríe de medio lado, pícaro, y puedo leerle la mente, pero me entretengo demasiado con el hoyuelo que se le forma en la comisura izquierda.

Helena se queda atenta a que nadie más quiera entrar a la piscina. No hay ni rastro de la Trunchbull, pero los tres estamos inquietos por primera vez. Hoy el sol no ha querido salir, por lo que todas las sombrillas están bajadas y las toallas se utilizan más para calmar el frío al salir del agua que para secar. Nos vamos todos al césped y observo cómo Julia le da indicaciones a su amiga francesa, como si no fuera humana. La chica parece asqueada, a punto de querer matar a la que tiene el pelo del color del zorro.

Escucho su nombre: Léane. Su pelo es completamente distinto al de Julia, rubio ceniza. También su apariencia, pese a tener poco pecho parece estar completamente segura de su cuerpo. Pero de una forma despreocupada, como si el resto del mundo no se hubiese fijado en sus rasgos dulces y su acento.

—¿Puedo poner con vosotras? —nos dice a Helena, Andy y a mí.

Aunque su español es un poco torpe, las tres nos sonreímos al comprobar que no somos las únicas que no queremos a Julia aquí.

—Claro, aquí no te obligaremos a comerte nada que no quieras —dice Helena antes de romper a reír como una loca.

Léane refleja en su cara que no capta la broma, pero aun así se sienta con nosotras e intentamos entendernos en el empeño de saber qué le parece nuestra ciudad. No tarda en hablarnos de los amables padres de Julia, y de la insoportable hija que ellos tienen que aguantar y que la obliga a ir a todos los sitios con ella. Esa de la que tan solo nos separan dos metros en estos momentos.

Cuando las cuatro nos abandonamos al césped y comenzamos a divertirnos, los chicos se acercan más a nosotras. Omar hoy está más distante con Helena, ni siquiera nos ha saludado, a ninguna de las dos, pero reparo en que ahora la mira. Buscando que ella haga lo mismo. Yo encuentro los ojos de Daniel muy cerca de los míos, está en mi toalla y echa su espalda hacia atrás apoyándose con los codos en el verde natural del suelo.

—¿Cómo estás? —me pregunta casi en un susurro.

Nuestras miradas se pisan los talones. Nuestros labios también.

—Muy bien, señor Maui —respondo.

—Si vuelves a llamarme así, tendré que ir a buscarte. Y no volveré hasta que te encuentre.

Traga. Y su mandíbula me dice que él espera una respuesta.

—Ya lo has hecho.

Omar encuentra divertido que los ceniceros de la piscina sean latas de conservas recicladas y saca su paquete de tabaco para disgusto de Helena, que se aleja unos pasos para evitar el humo. Léane se ríe ante la actitud de mi prima, mientras Daniel apoya su cabeza en mis piernas. Casi desnudas, aunque evito que la camiseta se suba más de lo normal. «¿Qué más da? Disfruta», pienso. Tengo su pelo entre mis manos y acaricio, distraída, la zona de su frente para volver de nuevo atrás, despeinándole por completo. Pero no parece importarle lo más mínimo y eso me gusta cada vez más, cuando le da poca importancia a las cosas, contesta de forma concisa a preguntas importantes y también cuando me tira del pelo suavemente justo en el momento en el que pienso en él.

—Para de pensarme, que me vas a desgastar. —Su voz suena dura, divertida.

—No pienso en tonterías. —Llevo mis manos a la parte baja de mi camiseta.

—¿Tampoco besas a tonterías?

—Solamente cuando voy borracha.

—Me has besado dos veces y ninguna de las dos ibas borracha.

—La segunda vez fuiste tú quien me besó a mí y sí iba borracha. Vacié entera una de las botellas de Gloria antes de salir.

—Y ahora ¿has bebido?

—Ni una gota.

Escucho las conversaciones de los que nos rodean hasta que Daniel se incorpora. Descansa sus labios sobre los míos durante unos segundos y se convierte en un beso. Rápido, y objeto de todas las miradas. Cuando vuelvo a la realidad compruebo que a Daniel no le importa que todos nos estén mirando, se ríe por algo que ha dicho por lo bajo Omar; Julia y sus secuaces cuchichean de nosotros. No llego a entender lo que están diciendo pero mi cabeza lo imagina demasiado bien.

—¿Él es tu novio? —me pregunta Léane con su encantador acento francés.

—No, no lo es.

—Oh, pues hacéis una bonita pareja.

Creo que visitaré Francia lo antes posible.

—Yo no veré a mi novio hasta que comencemos el nuevo curso en la universidad. —Léane baja la cabeza y mira sus uñas pintadas de color verde.

Andy y Helena vuelven a la conversación y la chica francesa nos cuenta cómo se enamoró de él en su primer año de universidad. Al recordarlo, recupera su móvil del bolso para escribirle un mensaje y los chicos aprovechan para pedirnos que nos metamos todos juntos a la piscina. Julia se deshace de toda la ropa que le impide ser ella misma y yo me niego a hacerlo, porque entonces dejaré de ser yo misma. Omar y Daniel se quitan la camiseta y caminan hacia el borde de la piscina.

Léane ya está en el agua cuando Julia, sus amigas y los respectivos novios de estas se tiran entre risas y coqueteos que hacen que Andy se lleve las manos a la boca.

Ella se queda con Helena y conmigo. Nos quitamos las

tres la camiseta a la vez y vamos a las escaleras más cercanas a la taquilla. elmundonoparademirarme. elmundonoparademirarme. elmundonoparademirarme. Echo de menos la camiseta desde el mismo momento en el que la veo caer en el césped, derrotada.

—Eh. —Oigo el grito de Julia casi desde el lugar más lejano del planeta Tierra—. Socorrista, creo que se le ha escapado una foca de la piscina.

Mi cuerpo reacciona ante el miedo o la inseguridad de la forma más estúpida posible. Y esta vez estoy casi desnuda ante estos dos monstruos, por lo que la actitud no sirve de nada. Reculo y escapo de todos los pensamientos que se me enganchan en las tiras del biquini que lo sujetan a mi cuello. Mientras corro al vestuario más cercano, el de los chicos, oigo a Helena llamar «puta» en francés a Julia. Lo sé porque lo escuché en la película que habla sobre la vida de Édith Piaf, *La vida en rosa*. Pero en el cuerpo de Julia no hay ni rastro de la bondad que tenían las prostitutas de la película.

Siempre me han contado cosas horribles sobre los baños de los chicos. Y ahora es el único lugar en el que me siento segura, pese al olor, las pintadas en la puerta y el tacto pegajoso del suelo que hace que se me peguen los pies en él. Me siento en la tapa del retrete con las lágrimas en la boca, dándole sabor a sal a mis labios. Lo único que siempre he buscado es que todo el mundo me ignore, pero las inseguridades me matan cuando alguien empuja los muros en los que tanto esmero he puesto. Jamás me había costado tanto fingir seguridad, con un comentario cínico, un insulto o una sonrisa de mentira. Y lo único que sé ahora es que estoy harta de que al mundo le moleste mi presencia, cuando yo durante tanto tiempo he ignorado la suya.

Solamente quiero que me dejen en paz.

Que a los demás no les importen mis kilos de más. O que no les importe yo.

Solamente quiero importarles a los que estén dispuestos a eso.

Vuelve a parecerme imposible llevar una vida normal. Ser el «algo» de Daniel.

—Babia... —La voz de Helena se oye en cada rincón de los aseos masculinos—. Ay, jopee, qué asco... Huele a tío que apesta.

Oigo sus pasos y los de otra persona más acercándose a la puerta del cubículo donde pienso estar encerrada lo que me quede de vida. Hasta la muerte. Y en mi epitafio pondrá: «Murió por tenerle miedo a todo, por dejar de mentir, por querer a alguien que el resto del mundo no había escogido para ella».

—Venga, Babia, sal. —Reconozco la voz de Andy—. Sé por experiencia lo incómodo que puede ser estar encerrada en un baño demasiado tiempo.

—Ya me he ido, chicas. —Escucho el acento francés de Léane e incluso comienzo a odiar un poco su perfección.

—Se dice «Ya he llegado», Léane —le responde Helena.

«Puede ser que nadie sea perfecto, Babia, o no como tú crees...», me dice una voz en mi cabeza.

—Dejadme en paz, por favor. —Espero que ellas sí me hagan caso.

—*Oh là là*, estás viva. —Helena lleva todo el tiempo imitando el acento francés de la «amiga» de Julia—. Atrápala.

Helena me tira muy por encima de la puerta una sudadera granate.

—Es del socorrista, la he cogido prestada de la sala de primeros auxilios —me explica incluso antes de que yo le haya preguntado nada.

En los aseos de la piscina hay cinco baños. Cinco en el de las chicas y cinco en este. Oigho cómo se abre la puerta del de al lado y la voz de Léane, concentrada.

—¿Qué vas a hacer? —dice Andy.

—Vamos a vengarnos al modo de esta *fille*.

No sé si Léane acaba de insultar a Julia, pero tampoco sé a lo que se refiere Andy.

—Oh, Babia, no vas a querer perderte esto. —Vuelvo a escuchar a mi prima.

Y esa es una de las cosas que me hace decidir abrir la puerta. Las tres me miran la sudadera granate que me llega más abajo de las rodillas y yo me sorprendo al ver a Léane con un rotulador permanente en la mano.

—Os lo he cogido prestado de la taquilla.

Entramos las cuatro al baño y tenemos que aguantar casi la respiración para caber todas a la vez. Andy está nerviosa y Helena no puede parar de reírse.

—¿Cómo se dice aquí cuando una chica... le hace..., ya sabes? —pregunta la francesa.

Helena se sonroja.

—¿Chuparla? —contesto y las tres me miran, antes de romper a reír.

Léane termina escribiendo en la puerta del baño el número de teléfono de Julia, bajo el siguiente mensaje que improvisamos entre todas: «Te haré el mejor francés de tu vida. Oh là là».

—Babia, esa tía es gilipollas —me dice Helena mientras apoya su cabeza en mi hombro.

Las chicas intentan convencerme de que vuelva a la piscina. Aunque me encuentro mejor, no me apetece volver a la realidad. Léane me da un abrazo que no esperaba. Y después me dejan sola.

Esta vez me quedo con la puerta abierta, me arropo con la sudadera hasta los pies y dejo descansar la cabeza en mis rodillas.

Hay algo en mí que nunca ha cambiado y no creo que lo haga: cuando pienso, pierdo la noción del tiempo y de lo que sucede a mi alrededor. Por eso no me doy apenas cuenta de cómo Daniel entra en el baño bien avanzada la tarde y se sienta junto al marco de la puerta. Silencioso.

—Voy a fingir que la puerta está cerrada. —Su voz me suena distinta.

—¿Por qué?

—Porque me apetece escuchar tu voz.

Callo. Y escucho la suya como si fuese la primera vez que lo hiciese...

—¿Recuerdas cuando jugábamos a adivinar? —le pregunto.

—Lo recuerdo.

—Tú nunca adivinabas lo que pensaba o lo que me pasaba, jamás acertaste.

—Creo que ahora sí lo haría.
—¿Cuál es mi mayor miedo? —disparo.
—No aceptarte nunca cuando te miras al espejo.

Una vez más me siento desnuda, pero esta vez me importa menos. Daniel vuelve a hablar; sentada en el retrete puedo ver su mano apoyada en el suelo.

—¿Por qué siempre has fingido ser la chica de hierro, esa a la que nada parecía afectarle?

—Era la única forma de que el mundo dejase de prestarme atención. Y justo cuando dejo de hacerlo...

—No todo el mundo te ha tratado así, Babia.

«Lo sé», pienso.

—¿Por qué? —le pregunto.

Y él sabe responderme.

—Algunas personas tienen la extraña obsesión de tirar piedras a todo lo que brilla.

—Yo no brillo. —Mis codos resbalan de las rodillas y mi cabeza cae tres centímetros más abajo.

—Echo de menos a aquella niña, no parecía conocer las mierdas que ahora te atormentan... Era libre y esto es lo que más me sigue gustando de ti.

—¿Que soy libre?

—Sí, porque yo no lo puedo tener.

Miles de cosas pasan por mi cabeza. La que grita con más fuerza es su padre, la ignorancia tirana de August Creek hacia su hijo.

—No sé si soy...

—Lo sigues siendo, pero lo que más odio es que también eres la única que te acorralas —me interrumpe.

—Me toca adivinar a mí, ¿no? —Cambio de tema esquivando lo que pueda venir.

—¿Qué me apetece hacer?

—Salir de este lugar que los tíos conocéis por baño.

—Correcto.

Mentiroso. Deja que lo vea justo cuando estoy sonriendo.

—Eso, eso también me gustaba de la niña del paraguas rojo.

Se levanta sacudiéndose el bañador. Me tiende la mano y

yo reparo en que no se ha puesto la camiseta, es visible que en el tiempo que llevamos aquí ya se ha secado, pero sigue teniendo el pelo húmedo. Despeinado hacia todas las direcciones posibles y con un terremoto en la coronilla que ya casi no recordaba. Aunque intento no fijarme, bajo hasta su ombligo, de forma inocente… Y él se da cuenta.

—Se me ocurre algo mucho mejor que seguir aquí encerrados.

Fuera hace frío y ya no queda nadie en la piscina. Vamos a la puerta de salida y nos encontramos con que está cerrada, también la otra y no hay ni rastro de la mujer que parece encargarse de esto, la Trunchbull. Daniel busca una salida y yo pienso en llamar a Gloria desde el móvil, pero él me coge de la mano justo cuando voy a hacerlo.

—Quédate y duerme conmigo, por favor.

Dejo caer el móvil al suelo.

La (no) princesa de la trenza

*L*a tristeza se cura con tradiciones, besos y secretos bajo la almohada. Gloria no sabía demasiado de lo segundo y lo tercero, solamente lo probó una vez, por eso vivía a base de tradiciones. Y creó una para Babia, para que cada vez que estuviera triste lo pasaran juntas. Apunta:

Velas de todos los olores: ¿Lo hueles? Frambuesa, vainilla, coco, piña… (Ella las compraba en Las velas de la ballena).

El calefactor con más fuego invisible del mundo.

Magdalenas de chocolate en un plato amarillo. Y en la mesilla, cerca.

Una manta suave y del color del mar. Azul.

Una, dos, tres y cuatro trenzas. Hasta que el dolor desaparezca.

Babia y Gloria se subían a la cama, por si les mordían los pies las pirañas. La pequeña no sabía si realmente la tradición de su tía la hacía sentir mejor o era ella, que le contaba historias sobre dragones, sirenas de labios azules y piratas con parches mientras le hacía la trenza. Y la deshacía. Y la volvía a hacer… La niña notaba el tacto de sus manos en el pelo y, cuando estaba a punto de quedarse dormida, entonces escuchaba la voz de la gigante pelirroja:

—¿Ya estás mejor?

—No, cuéntame más historias —mentía.

Y Gloria hacía como que se lo creía. Le contaba más historias, la del lobo hambriento y la chica en llamas, la del genio de la lámpara y la vendedora de cerillas. A Babia no le gustaban las princesas, no se sentía una de ellas con su trenza, no le gustaba que siempre esperasen en lo alto de la más alta torre a que un beso las salvase. Aunque claro, Babia en esos momentos desconocía el poder de un beso...

Entonces las velas se apagaban, ya solamente quedaba una magdalena en el plato, en la habitación hacía demasiado calor. Y debido a las trenzas, en el pelo de Babia se podía leer en braille la historia más bonita del mundo.

Las intenciones del invierno

*E*sta es la primera vez que me gusta este lugar. Todo está a oscuras y me siento cómoda, siempre me ha asustado lo tranquila que puedo estar con la luz apagada. Estoy en el bordillo de la piscina, en la zona más cercana a la valla que nos separa de los vestuarios. Daniel está más cerca del césped. Los dos al filo.

Andamos por el bordillo, miro a mi derecha y lo veo a punto de caer.

—El truco está en adelantar el talón del pie y pegarlo justo en la punta de los dedos del otro.

Le oigo reír y evito buscar su sonrisa en la oscuridad.

—Siempre fuiste mucho mejor que yo en esto —sentencia.

—Era mucho mejor que tú en todo.

—En casi todo —replica.

El beso a kilómetros de las comisuras debajo del paraguas rojo.

—¿En qué?

—Siempre fui mejor en los videojuegos, aunque me encantaba observar cómo perdías…

—Me dejaba ganar.

Y es cierto, lo hacía. Exactamente igual que dejo que las pequeñas luces del interior de la piscina y las que están pegadas al bordillo comiencen a encenderse. Ganándome la batalla. Aunque sabíamos de la existencia del sensor nocturno, no lo habíamos comprobado hasta ahora. Se van encendiendo hasta rodear por completo la piscina y el agua también refleja su color de otra forma. Los dos nos buscamos y ya no hay secretos, nos vemos en la oscuridad, pero es de una forma completamente distinta.

Siguen existiendo las sombras de la noche en su cara y en el torso. Creo que tampoco se distingue el color de la sudadera que llevo puesta, la que Helena ha robado al socorrista. Un momento. «Helena sabía que estábamos en el baño…», pienso. Maldita y cien veces maldita. Sonrío.

Los aspersores también se encienden.

Miles de arbustos nos separan de la realidad y nos protegen del exterior, no se puede ver ni un centímetro de calle entre el muro y las plantas que lo enredan. Aunque el bochorno no abandona, una brisa fría sigue haciendo bailar el agua bajo nuestros pies y creándome escalofríos cada vez que rozo levemente la punta de mis dedos con el agua helada de la piscina. Seguimos caminando por el bordillo, uno al lado del otro, aunque el agua y las palabras aún nos separan.

—AHÁ —exclama—, y siempre que intentaba que lo reconocieses, no lo hacías.

—Al final parece que soy una buena chica, pero si se lo dices a alguien tendré que matarte…

—Cuando no… hablábamos, me sorprendía que siempre quisieras dar esa imagen de chica que va en contra del mundo. Que lo ignoraba.

—Es lo único que te queda si tienes la sensación de que el mundo va en contra de ti.

—Pese a que en algún momento pudiera parecer lo contrario. Babia, yo nunca estuve en tu contra.

—Lo sé. —Aunque lo dudé, lo dudé, lo dudé. Y no dejé de dudarlo.

—Cuando éramos pequeños nos juramos que era para siempre. —Su voz cambia de tono. Una tormenta se ha alojado en su garganta.

—Yo no rompí ese juramento, Daniel.

—Fui yo —admite.

Me vuelvo torpe. Tropiezo y estoy a punto de caer en la piscina, pero sigo pensando en sus palabras. Unas que me suenan lejanas, que traen a mi cabeza recuerdos de madrugadas eternas en las que la única preocupación de dos niños era hablar, tardes en las que yo le aseguraba que no sabía jugar a su videojuego favorito, cuando era mentira. Mañanas que se convirtieron en un nuevo paseo hasta el colegio y los miedos quedaron atrás, porque en ese momento sabía que existía alguien más aparte de Gloria que tenía la intención de protegerme. Y es que aunque fui educada para ser una niña fuerte e independiente, a veces tenía la necesidad de bajar la vista para encontrar una mano cerca de mí. Dispuesta a utilizarla de apoyo, de ancla para quedarme y seguir.

Después fue cuando comencé a huir. Bajo el disfraz de la ignorancia.

Mis ojos reparan en que la mano de Daniel está tendida en mi dirección, dispuesta. Estamos a punto de llegar a la zona más honda de la piscina, podemos casi rozar los arbustos que rodean el recinto. El bochorno hace que el pelo se me quede pegado alrededor de la frente y cerca de las mejillas, agradezco que ya estemos en el punto en el que los dos caminos se unen y una brisa de aire frío nos sacuda sin avisar.

—Mi padre era... es un borracho. —Daniel rompe el silencio justo cuando estamos el uno frente al otro—. Demasiado preocupado por controlar todo lo que lo rodea..., hasta que me prohibió seguir viéndote.

—¿Quieres decir que todo fue por su culpa?

—No, no busco culpables. Yo le hice caso, pensé... que llevaba razón.

Me coge las manos y resbalan. Bajamos del bordillo de una vez por todas, reparo en la flauta de pan que tintinea contra su pecho ahora que habla más alterado de lo normal. La mandíbula marca su camino y las venas del cuello cobran vida propia.

—Hemos dejado el pasado...

—Me gustaría que supieras que me arrepiento de haber sido como él —me interrumpe Daniel—. Pensé que la apariencia de mi familia estaba bien, esconder los problemas que tenían mis padres en su matrimonio, las noches en las que el alcohol hacía que mi padre nos insultase y nos metiese el miedo en el cuerpo. Esconder que el hijo de los Creek nunca fue tan perfecto como creían en el pueblo...

—Nunca he visto en ti a tu padre —le calmo.

Se sienta en el suelo y me lleva consigo. Toco el áspero suelo reclamando una señal para confirmar que lo que está ocurriendo es real.

—Yo conozco tu mayor miedo, quiero que conozcas el mío.

—¿Por qué? —Carraspeo.

—Es lo justo.

Él aún no ha adivinado mi mayor miedo.

—Tengo miedo a que alguien, en algún momento de mi vida, le vea a él en mí. A parecerme a mi padre.

No recuerdo a August Creek con una botella en las manos, pero sí recuerdo lo que los demás susurraban por las calles: «Parecen la familia perfecta, algo así no existe... ¿Qué esconden?». Y el día que descubrí una parte de lo que estaba escondido por una capa de maquillaje. Tía Gloria me decía una y otra vez que jamás debía de hablar de eso con nadie, bastante ya hablaban de nosotras para que hiciésemos lo mismo. Por descontado, no lo iba a hacer. Aunque nunca olvidé las puertas cerradas que seguían al último portazo, el aspecto desaliñado del padre de Daniel al llegar del «trabajo», el plato que se estrellaba contra el suelo cuando India, la madre de Daniel, captaba su presencia cerca de ella. «Daniel, ya es tarde, entra... Tu padre puede enfadarse». ¿Por qué tendría que enfadarse alguien por que su hijo jugase en el jardín con la niña que vivía en la casa de al lado? Lo que no recuerdo es a la madre de Daniel, sí tengo algo vago en la memoria sobre su físico, pero es como si hubiera desaparecido de todo lugar e incluso del recuerdo de los que la conocimos con menor o mayor profundidad. Nunca oí hablar sobre el alcoholismo de August Creek, en cambio el abandono de India sí que fue sonado.

Estamos cerca el uno del otro y a dos pasos de la piscina. Sus piernas a mis lados parecen custodiarme y procuro fijarme en sus hombros caídos mientras pienso que ahora debería hablar yo.

—No has averiguado mi mayor miedo, Creek. Has vuelto a fallar.

Se incorpora y disfruto verle dibujar una mueca burlona.

—Ahí está de nuevo la Babia segura, justo cuando se escapa la de los pies de mantequilla, la que esquiva los espejos.

No quiero escuchar cómo me define, así que hablo. Alto.

—Mi mayor miedo son las despedidas.

El agua hace ondas desde la zona más profunda hasta la que menos cubre.

Ni siquiera me pregunta el porqué. Se levanta y me tiende las manos. Lo único que me permito esconder en estos momentos son mis dedos entre los huecos de los suyos.

—¿Por eso nunca cierras las puertas?

Nunca me había dado cuenta de eso.

—Babia, vamos a ahogar los miedos. —Lleva las manos al borde de la sudadera que llevo puesta, me roza las rodillas—. Prometo olvidar y enfrentarme al gilipollas de mi padre, pero promete que no pensarás en las despedidas.

—No puedo prometerte eso. —Cubro mis manos con las suyas, intentando apartarlas de lo único que me protege.

—Yo sí puedo prometerte algo.

Repaso la comisura de sus labios y me consta que él hace lo mismo con los míos.

—Tengo muchas intenciones y hay una que no se encuentra entre ellas.

—¿Cuál? —El nudo que abraza mi garganta no me deja articular más palabras.

—No tengo intención de decirte adiós.

Mis manos se debilitan. Ceden bajo las suyas y lentamente me quita la sudadera. «El negro te hace más delgada, el negro te hace más delgada, el negro te hace más delgada...» Comienzo a temblar en el mismo momento en el que la brisa ya no es tan cálida como antes y lo único que me cubría cae al suelo. Ya no siento que podamos rozar los árboles y no miro sus labios, él tampoco los míos. Sus manos son grandes y no son todo lo suaves que recordaba, como si hubieran aprendido demasiado rápido. Baja lentamente por mis brazos, hasta llegar peligrosamente a mi estómago.

—Tampoco voy a hacerte daño —susurra.

Y lo sé. Me abraza y después da un paso hacia la piscina, intentando llevarme con él. Tardamos cuatro segundos en sumergirnos en el agua, que me congela todo el cuerpo en el mismo plazo de tiempo. Miles de burbujas nos rodean y yo en lo único que puedo pensar es en las manos de Daniel en mi cintura, intentando que ninguno de los dos nos sumerjamos. Nadamos hasta la zona donde hacemos pie y él sigue sujetándome. Me doy la vuelta y aprovecho para hacerle una aguadilla. Me persigue salpicando y lo único que se oye en el recinto son nuestras risas. Nunca me había sentido tan bien y es que, como en la época más fría del año, vuelvo a sentirme como en casa cuando estoy a su lado porque, aunque a veces me cueste verlo, sus intenciones son las mismas que las del invierno: protegerme.

Es el primer día en muchos años que me salto una cena. Espero tumbada en el césped a que Daniel saquee la taquilla en busca de algo de lo que podamos alimentarnos, aunque realmente los dos sabemos que no encontrará nada consistente. Me tapo con la toalla de Daniel, que ha dejado encima de una sombrilla, para secarme rápido. Me pongo la sudadera cuando él tira en el verde cuatro bolsas de patatas y derivados.

Se sacude el pelo cerca de mí. Salpicándome.

—¿Tienes hambre?

—Un poco. —El rugido de mi estómago no dice lo mismo.

Se tumba a mi lado y abre una bolsa de patatas.

—Me gustas, reina de la hamburguesa. Siempre me gustaste.

—¿Él te obligó a dejar de verme? —La sombra de August Creek hace acto de presencia.

—Me lo sugirió; mi padre siempre ha sido muy clasista. Ya sabes. —Mastica lentamente.

—Oh, o sea que esta es una de esas historias en las que el chico rico se enamora de la chica pobre.

—Eh, aún no he dicho que esté enamorado de ti.

—A veces hay cosas que no hace falta que digas. —Le disparo tres sonrisas y un irónico movimiento de pelo.

Ríe, haciendo un mohín. Nos acabamos parte de las provisiones cerca de la madrugada y Daniel se recuesta en mis piernas, durante unos minutos lo único que hay entre nosotros son miradas y barreras rotas. Hubo un tiempo en el que el dolor inundaba sus ojos, ahora me fijo y puedo llegar a ver días tristes e imperfectas tormentas, pero no tanto dolor como en el último adiós.

—¿Se puede vivir con dolor? —digo con un hilo de voz.

—Te acostumbras.

Sus padres y una infancia que imagino rota. El deseo de la pequeña Babia vuelve, ahora mismo desearía que él hubiese vivido con nosotras. Para siempre. Pero los finales felices no existen, los consigues si luchas, pero no existen de antemano.

Paso una mano por su pecho, tímida. Hasta el colgante. Su tacto frío me despierta, como si guardase más de lo que he imaginado viéndolo siempre de lejos. Chocando, tintineando, siendo la sombra de la versión adulta de Peter Pan.

—¿Por qué nunca te separas de él?

—Me ayuda a soportarlo. —Cierra los ojos y sus labios se convierten en una fina línea de tensión, de peligro.

—¿Te ayuda a soportar el dolor?

Me coge una de las manos y la pasea por sus clavículas.

—Sí. Si me lo quito, dejaré de recordar una buena época. —Calla unos segundos y puedo prever las palabras en su boca—. Y a ella.

—Es de tu madre, ¿verdad?

—Me lo regaló antes de…

Observo su cuello y nunca antes había visto deshacer un nudo con tanta fuerza.

—… de irse.

—Antes de que os abandonase.

—¿Qué has dicho? —Su voz es dura, violenta—. Ella no nos abandonó.

Me incorporo un poco y me alejo unos centímetros con ayuda de las manos.

—Yo... No... Lo... Sé...
—Lo siento. —Repara en mi miedo y se tranquiliza.
Pero no nos acercamos.
—Es lo que decían en el pueblo, que ella os había abandonado.
—No debiste creerlo, también dicen cosas de vosotras. Mentiras. —Me mira serio.
Esa parte de él que me inquieta, que no me gusta recordar.
—Lo siento.
—Creo que hemos batido nuestro récord, ven.
Finalmente me acerco a él y se quita el colgante. Aún conserva su calor cuando cae a cámara lenta en mis manos. Me habla sobre él y sobre ella, no me cuenta nada sobre el momento en el que se lo regaló, pero lo llena de historias. Estoy tumbada en su regazo y él está demasiado concentrado en recordar y en escoger lo que sale de su boca. Se tumba a mi lado. Los dos respiramos tranquilos, abandonados al calor del verano.

La madrugada de un día de agosto en el que no terminó de contarme su secreto.

—«Dale un beso cada vez que me eches de menos», me dijo.
—Pero ¿dónde está? No lo entiendo...
—Babia, mi madre no se fue. Se la llevaron.

Se queda dormido antes de que yo pueda volver a preguntar. O eso creo. Le coloco el colgante de nuevo, despacio, intentando averiguar si el sueño es real. Lo observo durante horas y me lleva a entrecerrar los ojos, cerca de la vigilia, se da la vuelta y su aliento acaricia uno de mis hombros. «Solamente eres una chica de gran tamaño, como yo», me decía Gloria, y tumbada cerca de él me siento increíblemente pequeña. Como ante todo lo que nos espera y lo que no me cuenta, porque antes de dormirme por completo me invade la sensación de que hay cosas que Daniel Creek me está ocultando. No puedo ocultar mis nervios ante la desconfianza que aún parece haber entre nosotros, ante la sensación de que siempre quedará algo que no sé. Que siempre me queden secretos por descubrir.

Para siempre

Les habían contado infinidad de veces eso de «Y fueron felices para siempre». Tardamos en despedirnos de la inocencia al creer solo en finales felices, besos sanos y amores largos. Babia y Daniel se negaban a creer que un día el «para siempre» dejaría de ser una broma, una frase final para un cuento creado por la mente de un gran escritor. Se negaban a creer en muchas cosas de las que hablaban los adultos, menos en todo lo que les contaba Gloria entre las diez y las doce con el vaso de leche correspondiente.

Después, India, la madre de Daniel, volaba, vestida con una bata granate, por la calle principal para recoger a su hijo. Justo antes, Babia y él se refugiaban en su habitación. Entre mantas, dulces, videojuegos e historias de piratas, también los rodeaba una luz naranja que titilaba cada cinco segundos, «La luz de la noche», la llamaba la gigante pelirroja.

—Adiós. —El niño se despedía por el hueco que dejaba Babia entre la puerta y el marco, siempre que no entraba su cabeza lo hacía la mano.

Y se marchaba, pero la pequeña no notaba su ausencia, porque su amigo estaba justo al lado. En vacaciones el tiempo pasaba lento, lento, lento; en cambio, en un abrir y cerrar de ojos los niños ya estaban juntos de nuevo. Lo habían convertido en una costumbre. También lo era que Daniel ganase siempre a Babia a los videojuegos, que ella hiciese los deberes más rápidos que él, que él la volviese a defender si los «lobos» se acercaban, que después de hablar por la ventana, ahora sí, ella lo invitase a entrar y que, como en las mejores familias, se lo contaran todo.

Babia, las cartas que le escribía a su madre. ¿Y Daniel? Él le contó lo único que Babia sabría en un futuro: «Desearía tener solamente a mi madre, como tú tienes a Gloria».

Eran esas cosas que entre niños se pueden decir, nadie se escandaliza. La sinceridad.

Era otoño la primera vez que se lo dijo y se dedicaban a jugar a pisar hojas secas. Por cada hoja pisada, una promesa. Daniel decía entre risas que las que sonasen más al romperse serían las que seguramente se cumplirían.

—Prometo estudiar más —dijo Daniel y esa hoja no sonó casi nada.

Babia soltó una carcajada que al niño le compensó cualquier burla.

—Ganarte una vez —prometió ella.

—Tener un coche para que podamos viajar por todo el mundo.

—Montarme en tu coche.

—Poner la canción que más te guste.

—Cambiarla por otra que me guste más.

El pequeño Daniel sonreía con los ojos, con la boca e incluso con los pies. No paraba de moverlos, prometía, prometía y prometía. Y Babia se inventaba algo que contestaba a cada una de sus promesas. Al darse cuenta, el pequeño Creek decidió ser un poco adulto y provocar algo en ella.

—Prometo volver a darte un beso.

Ninguno de los dos oyó el sonido de la hoja.

—Para siempre —contestó la niña.

Crack. Crack. Crack. La hoja sonó al romperse. Tres veces.

Ninguno de los dos estaba seguro de si aquello era una promesa, como la que ya habían hecho con el dedo meñique. Pero no importó. Lo que ellos no sabían es que, a veces, aunque las señales del destino digan que sí, hay cosas que no están destinadas a ser. O que hay otras, que a ellos se les escapaban, que podían convertir un «para siempre» en un imposible o finalmente en un «puede ser».

Porque aunque grandes escritores escribiesen infinidad de veces en el papel «Y fueron felices para siempre», desconocían que las historias más bonitas siempre tienen un momento en el que se rompen. Como las hojas secas en otoño.

Gigantes

Siempre hay un momento en la vida en el que te sientes fuera de lugar. No se trata de encajar, es cuestión de tener la sensación de que te pasas la vida dando tumbos. Y me siento así más de lo que debería. Me he dejado convencer por Daniel y Helena para salir esta noche, las dos hemos entrado con carnés falsos y Creek nos ha conseguido dos copas gracias a que conoce a un chico que trabaja como relaciones públicas de la discoteca que me estoy recorriendo en estos momentos. Les he perdido de vista.

Esto te pasa por aceptar un plan en el que sabías que no ibas a salir bien parada.

He gastado una de las consumiciones y esto hace que choque contra los cuerpos que esperan su turno en el ropero. Termino de revisar la primera planta, mientras la gente me mira y repara en que estoy perdida. Creo que no volveré a poder oír la voz de Gloria, ni el maullido de *Mousse de chocolate* el resto de mi vida; la música retumba demasiado en mis oídos, creando un tapón que me lleva a pararme cerca de unos sofás para coger aire. Me asomo para otear la planta baja.

Eso es mucho peor.

La pista es un círculo plateado en el que cada cuerpo y sus movimientos parecen mecánicos, producidos por la música casi por inercia. Decido seguir buscando y bajo las escaleras. Torpe. Menos mal que no he cedido a la idea de Helena de que me probase unos tacones; mientras ella lleva un vestido del color más llamativo del mundo, yo me he decantado por unos pantalones y una blusa blanca. Noto cómo se me desabrochan los dos primeros botones al abrirme paso en la pista. Buscando, ansiosa y desorientada. Deseando encontrarlos.

Un megatrón cae del techo de la discoteca simulando ser un tsunami que se lleva por delante todas mis esperanzas de encontrar finalmente mi lugar. El potente chorro de gas blanco empapa los cuerpos de todos los que me rodean y nos impide distinguir a quién tenemos al lado.

Una vez se va disipando, lo veo. Lo he encontrado. Daniel sonríe a la nada mientras mueve el cuerpo en una danza que para mí se vuelve silenciosa. El gas le acaricia el cuello y se cuela entre los mechones de pelo que le caen por la frente. Nunca antes había deseado ser algo tan etéreo. Un gas blanco.

—Eh, Daniel —grito.

No me oye y un grupo de chicos me impiden el paso. Ellos tampoco parecen reparar en mi presencia, es como si el efecto del megatrón me hubiera vuelto invisible. Justo el verano en el que quiero dejar de serlo. Cuando consigo pasar entre los cuerpos de los chicos que finalmente sí se dan cuenta de que existo, ella aparece en mi campo de visión.

Vestido amarillo. Espalda desnuda. Las piernas más largas del mundo y el pelo de color del zorro. Julia encuentra los hombros de Daniel y lo saluda, él le contesta receptivo. Pienso en pronunciar su nombre, pero no puedo. Los restos del gas se cuelan por las rendijas de mis dientes y fosas nasales, ahogándome. Julia rodea el cuello de Daniel Creek en un gesto cariñoso y mueve las caderas con un movimiento casi hipnótico.

Él baja las manos por su espalda, hasta dos centímetros más abajo de la cintura.

Ella lo besa. Daniel aprieta su cuerpo contra el de la pelirroja, necesitando su calor. Y el mundo se rompe. Dejo de estar perdida y reparo en que mi lugar está fuera de esta discoteca. Y pese a saberlo, no dejo de mirar la unión de sus bocas. No puedo moverme. Los empujones me provocan, me piden que grite, que haga algo. Y lo único que soy capaz de hacer es llamar a Helena, esperando que ella me oiga allá donde esté.

—¿Qué? ¿Babia? ¿Qué está pasando?

Despierto y lo primero que veo es a mi prima con un vaso de agua en la mano y la preocupación en los ojos. Su aliento me revela que también acaba de levantarse.

—Una pesadilla. —Tengo la boca seca, como una esponja a la que hace demasiado tiempo que no visitan en la ducha.

—Menos mal que te has despertado, iba a tirártelo en cuestión de segundos. —Señala con la cabeza el vaso.

—¿No sabes que me puede dar un infarto de la impresión?

—Por eso me he preocupado de que el agua esté templada. —Sonríe.

Observo sus perfectos colmillos antes de aplastarme la cara con la almohada, intentando olvidar el realismo con el que he vivido la pesadilla. Aún sigo viendo los labios de Daniel encima de los de Julia, por lo que intento imaginarme el desenlace del sueño. ¿Quieres que te lo cuente? Termino descuartizándola.

Después de la noche en la piscina, no puedo negar que he estado evitando a Daniel la mayor parte del tiempo. Puedo querer saberlo todo de él demasiado rápido o quizá solamente tengo que esperar el momento oportuno, pero tengo miedo de volver a ignorar algo importante y que vuelva a desaparecer. Esta vez de una forma más drástica. Aunque los acontecimientos actuales hacen que no piense demasiado en el pasado, ya saboreé demasiado que se me escapase información sobre su familia.

Durante la semana él me ha buscado. Y yo me he dedicado a sellar mis labios con los suyos para no meter la pata con preguntas o teorías que puedan llevarme al desastre, en el que siempre me he sentido tan cómoda. Aunque se lo conté a Helena, ella insiste en que quizá no sea nada más que un trauma infantil o algo sentimental. Que necesita más tiempo para confiar plenamente. Y se lo voy a dar, porque creo que los dos nos lo merecemos.

Antes de bajar a desayunar, Helena se mete en la ducha. Puedo escucharla cantar una canción que habla sobre la importancia del amor en la vida, en el momento en que Gloria entra en la habitación con *Mousse de chocolate* enredándose entre sus pies.

—¿Adivinas qué día es hoy? —Sus mejillas más rojas que nunca.

—Sábado de Trivial, creo que nunca podré olvidarlo. Es como un trauma.

Se acerca a la cama, atrapa un cojín y me lo tira lo más cerca de la cara que puede.

—No tengo la culpa de que te toquen las preguntas más fáciles del mundo y no sepas responderlas.

Ignoro su ataque y le contesto con un simple bufido, ya que recuerdo que tengo algo que darle. Busco en los cajones de la mesilla de noche y encuentro el reloj de bolsillo que pertenecía a mis padres; parece que aún guarda el calor. Desde que Daniel me lo trajo estaba esperando el momento justo.

Me acerco a mi tía y le cojo las manos. Tan grandes como el tamaño de su cuerpo indica.

—Mira lo que tenemos de vuelta.

Abre los ojos como platos.

—Babia, ¿se lo has robado?

Así tendría que haber sido.

—No, Daniel lo ha hecho. Me lo trajo hace días y pensé…

—¿Qué pensaste? —Se le empañan los ojos.

Parece hacerse imposiblemente pequeña. Aprieta el reloj entre sus manos. Y me doy cuenta de que algunos objetos encuentran mucho antes su lugar que las personas que llevamos tiempo buscándolo.

—Pensé que a ella le habría gustado que lo tuvieras tú, que lo cuidases. Igual que lo quiso conmigo, tía.

Me abraza.

Y

Las persianas están subidas y el sol del que dicen que es el mes más caluroso se cuela por los cristales e ilumina cada rincón de la casa. Después de comer, recogemos entre las tres, mientras tía Gloria inunda la estancia con la voz de sus cantantes preferidos. Cuando está en la cocina, Helena aprovecha para cambiar de emisora y yo río al confirmar lo que ya sabía: Gloria sube las escaleras como alma que lleva al diablo para volver a cambiarla. Y luego nos mira, amenazante. Encojo los hombros y Helena se pone colorada.

Cuando terminamos, ella ya ha ambientado el salón para una tarde de sábado; huele a canela como si hubiera derramado botes enteros sobre el sofá, y la mesa que se encuentra tras el sillón está repleta de juegos. Una vela en el centro comienza a consumirse. Daniel llega un poco después de que yo ya le haya divisado desde la ventana de la planta de arriba y echado a correr hasta la planta baja. Cuando entra, antes de nada, me besa.

La sombra de Gloria hace que nos tiemblen los labios. Y él sonríe contra mi boca.

—Vamos, chicos. Me vais a hacer llorar con tanto romanticismo.

—Esto tampoco ha cambiado tanto —exclama Daniel aliviado.

—Espera a Navidad —contesto.

Lleva su mano hasta mi cintura y entiendo lo que no me dice. Pensar que en Navidad seguirá aquí es peligroso. Para mí, al menos. Para él me es imposible saber qué significa. Escapo hasta la mesa y Helena coloca el tablero del Trivial como si fuera la primera vez que lo hace.

Ah, sí, es la primera vez que lo hace.

Durante la tarde jugamos cinco partidas, de las cuales cuatro las gana Gloria. Daniel tiene la teoría de que se estudia las tarjetas por las noches, pero mi tía le responde con una mirada severa y le recuerda que es mucho mayor que él. Resignados, dejamos que gane una más y Helena termina enseñándonos un juego que ninguno terminamos de entender. Ella y Gloria están sentadas juntas, no se me pasa por alto cómo mi tía intenta dejarnos siempre nuestro espacio. Como si fuéramos una pareja. Daniel choca uno de sus pies contra los míos cuando ya todos hemos dejado de escuchar la explicación del juego de Helena. Le sonrío de soslayo, pero hay algo que me impide estar tranquila. El sueño, la desconfianza, lo que aún no sé.

—Un momento, me llaman. —Se levanta de la mesa y sale al pasillo.

Después de colgar nos explica que le han llamado de Madrid. Contra todo pronóstico y lo que deseaba con fuerza a comienzos de verano, no ha tenido que trabajar ni una noche en la sala de conciertos que le paga la mitad de la universidad. En cambio hoy le ha llamado su jefe, nos habla de él y de la importancia que tiene en el mundo de la música. Su único sueño era tener una sala-bar donde esta fuera la protagonista. Parece que hay personas que consiguen lo que se proponen. Supongo que porque lo bonito de los sueños no es soñarlos, lo bonito es conseguirlos.

—Me van a aumentar las horas y puede que trabaje también entre semana, incluso las noches en las que se haga sesión de micros abiertos. Dios, es una pasada.

—Daniel, es genial. —Gloria me mira y alarga las palabras—. ¿No?

—Claro que lo es. —Me alegro por Daniel y de que su vida en Madrid continúe—. ¿Te ha llamado solo para eso?

—No, me ha dicho que puedo bajar esta misma noche a firmar el contrato. Para dejarlo todo atado... Es demasiado impaciente.

—Podemos acompañarte —interrumpe Helena, que sigue curioseando los juegos de mesa.

—Vais a flipar. Os encantará.

El búho azul es una puerta doble de color negro, donde dos hombres mutados en armarios empotrados se encargan de decidir si las personas que esperan en la cola van vestidos adecuadamente para pasar. Así como miran algunos nombres en una lista que uno de ellos dos sostiene como si fuera un arma blanca. El mismo que saluda a Daniel nada más verlo con un divertido acento ruso.

—¿Qué? ¿Cómo va la noche, Román?

—Apretada, ahí dentro hace un calor criminal.

—¿Crees que podremos pasar a echar un vistazo? Vengo a hablar con el jefe.

—Tú sí, pero si no quieres que las chicas mueran aplastadas más vale que tardes poco. Ya sabes cómo se pone esto los sábados...

—Mierda —dice Daniel.

Se da la vuelta y nos dice que lo esperemos mejor en la puerta trasera, por la que entran y salen los empleados. Román nos indica por qué calle debemos meternos, Creek desaparece y por las rendijas de la puerta se escapa un gas blanco similar al que producía el megatrón de la discoteca en mi sueño.

Helena se arrepiente de haber insistido en ponerse tacones cuando entramos en un callejón repleto de basura y con personas a las que les han arrancado el derecho de tener hogar tumbadas a los lados. Uno de ellos nos pregunta por nuestro destino, y Helena le contesta que nos dirigimos al cielo. El vagabundo nos sonríe y encuentro entre sus dientes la esperanza de una vida digna.

Huele como si mil peces hubieran muerto en el cubo de basura que se encuentra al lado de la puerta que Román nos ha indicado. Daniel no tarda en salir, con la cara llena de sudor por el colapso de gente que debe de haber dentro. Oigo lejana la voz de un cantante de country.

—¿Puedo entrar en el baño? No me aguanto más —le dice mi prima a Creek llevando a cabo un nervioso baile que amenaza con derribarla de sus andamios.

—Sí, corre. A la derecha, todo recto, es el de empleados. Si te preguntan, di que estoy en la puerta y que eres mi hermana.

—¿Tu hermana? —pregunto.

Helena nos ignora y entra rápidamente.

—No importa, aquí no saben demasiado sobre mi vida.

—Mira, igual que yo.

Me apoyo en la pared de piedra rugosa y él baja el escalón de la puerta de servicio. Lleva las manos metidas en los bolsillos y parte de la camiseta escondida en su interior; ese gesto deja desnuda toda la parte delantera del pantalón.

—Joder, ¿qué te pasa? Llevas toda la semana rara... Como antes.

Primer disparo.

—Daniel, no me pasa nada, solamente que...

—¿Qué?

—Tengo la sensación de que hay demasiadas cosas que no me cuentas, como si hubiese un muro entre nosotros que impidiese la confianza completa... Yo intento contártelo todo.

—Tú ya lo sabes todo sobre mí, incluso lo que no sabes... Párate a pensarlo. —Se acerca a mí y apoya sus manos en la pared. A los lados de mi cabeza.

Pienso en cuando éramos pequeños, en lo que me cuesta recordar. Y aunque sé más de lo que creo, me refiero a sus sentimientos.

—¿Qué sientes por mí? —Roza mi mejilla con su nariz.

No nos molesta el calor. Pega su cuerpo contra el mío, peligrosamente.

—Me gustas, Babia.

—Me gustas —repito.

—Solamente dame tiempo. —Repasa mis labios con su dedo índice.

—Y ahora... —Me tiemblan las piernas y rezo para no oír aún la puerta.

—Ahora cómeme si te atreves.

El silencio atrapa un par de segundos en los que no me preocupo de lo que pasará. La voz country del hombre que canta en la sala de conciertos no interrumpe nuestras miradas, ni la de los vagabundos cuando Creek me agarra de la cintura y sopla una de las comisuras de mis labios. Esperando a que finalmente reaccione.

Le muerdo... Y el mordisco se convierte en un beso.

Cuando cae la noche, las pisadas suenan más fuertes. Huecas. Como si ya no tuvieran una historia que contarnos, para que podamos dormirnos. Volvemos al coche por el paseo que baja de Alonso Martínez a Hortaleza. Aquí no es necesaria la luz de las farolas; los bares, restaurantes y establecimientos que aún siguen abiertos bañan la calle de luz. Tenemos que esquivar a las personas que salen a fumar, comentando la última hazaña del fin de semana o el estilismo de un grupo de chicas que nos adelantan pese a llevar tacones. En cambio Helena parece haberse vuelto torpe, como si no estuviera cómoda. Se apoya en mi hombro hasta que llegamos al coche y Daniel enciende el aire acondicionado que nos ayuda a no derretirnos.

Me adueño del asiento del copiloto y mi prima lo agradece, ya que se hace con toda la parte trasera del coche. Los tacones caen. Dejamos de oler al ambientador de pino de Creek y Helena está a punto de asfixiarnos con su colonia.

—La música de vuelta me toca escogerla a mí —dice Daniel.

Desde que hemos dejado de besarnos, me duelen los labios. Me faltan sus besos.

Tomamos la carretera y Daniel baja los cristales, tras comprobar que el aire a toda velocidad es mucho más frío. Mira al frente y yo me asomo por la ventana, ante nosotros tenemos millones de luces iluminándonos el camino, como si se tratara de luciérnagas.

Escucho los primeros acordes de mi canción preferida de la infancia. *Wouldn't it be nice* de The Beach Boys. Recuerdo cuando Daniel entraba en casa y Gloria la tenía puesta mientras pintábamos por tercera vez el salón, aún quedaban manchas del incendio en el techo.

Y él se quedaba durante horas observándonos pintar al ritmo de la canción.

Me mira de reojo y fugazmente, antes de acelerar de nuevo para coger un desvío que nos lleve hasta el pueblo. Vamos dejando atrás a todos los coches que van escogiendo kilómetro a kilómetro su destino, mientras nosotros terminamos siguiendo rectos una carrera solitaria con la canción que los dos tan bien conocemos retumbando en nuestros oídos. Comienzo a cantarla y él me sigue, como una respuesta casi inconsciente para confirmarme que todo está bien. También escucho a Helena tararearla. Torpemente, hasta que los tres terminamos gritando y moviendo las manos intentando atrapar una melodía demasiado lejana en el tiempo. Haciendo de un momento algo que recordar.

Y es que una vez oí decir que una canción puede cambiar el mundo. O a las personas. O los momentos. No sé si creer en que una canción pueda tener ese poder, pero me siento de una forma completamente distinta al escucharla. Al cantarla con ellos. Y es que siento que formamos parte del mismo mundo. Escribo en el cristal unas palabras que nadie llegará a descifrar. Por una vez me gusta el verano, y es que el vaho del frío habría revelado lo que mi corazón está comenzando a transmitir con cada latido. Se escucha cuando el miedo duerme y las inseguridades se vuelven cenizas una vez al mes. Una maldición.

Madrid se queda atrás, se convierte en una mancha negra repleta de motas amarillas. Apoyo la cabeza contra el cristal y mi dedo sigue escribiendo, al igual que mi boca continúa cantando. Frente a lo que dejamos en un tiempo pasado, hace años, minutos u horas…, descubro que a los tres solamente nos importa este momento. Sonrío a Helena por el espejo retrovisor y la veo apoyada en nuestros respectivos asientos con la felicidad empañando sus ojos, el sonido de las pulseras que siempre la acompañan hacen algo similar con los míos.

Una canción y dos personas son capaces de que en mitad de la nada tenga la sensación de ser gigante frente a lo que queda, lo que hay y lo que está por llegar.

Pasamos la rotonda que anuncia la llegada al pueblo, echo la vista hacia atrás somnolienta. Encontrando a una Helena dormida con los pies reposando donde tendría que estar el cristal y la mitad de la cabeza fuera del asiento.

—Estamos a punto de llegar. —La voz de Daniel es ronca. Carraspea y vuelve a la normalidad—. Puedes despertarla cuando quieras.

Antes de disfrutar incordiando a mi prima dejo caer la mano cerca de su asiento y él la sujeta. Acariciando lentamente el dorso y susurrando tras una risueña sonrisa las primeras palabras de la canción que aprendió tras escucharla una y otra vez en mi casa, para cantármela cuando me esperaba en las escaleras del colegio para volver: «*Wouldn't it be nice if we were older. Then we wouldn't have to wait so long*».

—¿Nos vemos mañana?

—No, mañana tengo que acompañar a mi padre. —Me esquiva la mirada—. Pero iré a buscarte en cuanto volvamos.

Lo beso despacio y ayudo a Helena a bajar cuando llegamos a la puerta de casa. Él continúa conduciendo por la misma calle, buscando un lugar donde aparcar, mientras yo intento pensar solamente en las horas de sueño que me quedan por delante.

—Y tú, ¿le contaste lo del sueño? —Helena muerde una magdalena con virutas de chocolate.

—No, no, ¿bromeas?

—Entonces tú también le ocultas algo. —Ríe.

—Helena, no es lo mismo, no tiene nada que ver en absoluto. —Dudo.

Hablo con total libertad mientras desayunamos, ya que Gloria cocina la paella que corresponde a los domingos (sí, su vida está llena de tradiciones y manías, en consecuencia también la mía), mientras de los cascos que taponan sus oídos sale un ruido capaz de despertar a un cementerio entero. Tendré que agradecer que no tenemos ninguno cerca.

Corto un pedazo de brazo gitano que Gloria ha traído de la pastelería.

—Al menos me lo has contado a mí, así te aseguras de que no se cumpla.

—¿También crees que los gatos negros dan mala suerte? —me burlo con la boca llena.

Las dos miramos con pena a *Mousse de chocolate*, mientras él está demasiado entretenido con una bobina de lana como para hacernos caso. Termina enredándola por toda la cocina y también en los pies de Gloria. Intento acordarme de avisarla, pero es demasiado tarde cuando el gato más negro del mundo sube las escaleras hacia la planta de arriba huyendo de la escena del crimen.

—Aaahhh, se me ha roto la columna vertebral —grita Gloria aún con los cascos puestos.

Se los quito, despidiéndome con tristeza del brazo gitano.

—Tía, no se te ha roto nada. Levanta.

La ayudamos a levantarse, entre quejidos y suspiros. Helena y yo reímos.

—Entonces, ¿qué vas a hacer? —me pregunta mi prima mientras hace el esfuerzo de ayudar a Gloria, mucho más que yo.

Le vuelvo a poner los cascos y ella nos mira, curiosa; vuelve a su tarea.

—Hoy no podía verme, iba a un recado con su padre.

—Puede ser cualquier tontería.

—¿Vas a un simple recado con una persona a la que odias?

Helena se queda pensativa. Me puede la impaciencia.

—Voy a seguirlos, voy a ir detrás de ellos.

Estás loca. Estás loca. Estás loca. Eso es lo que creo que va a decirme, pero me mira con los ojos como platos y me agarra de la mano. Para arrastrarme hacia la habitación.

—Pensaba que esto sería por la reliquia esa que te obsesionaba tanto.

Reparo en que aún no le he contado que ya la tiene Gloria.

—Sin embargo, es por amor. —Pestañea con dulzura justo cuando entramos en mi habitación.

—Amor... —Boqueo como un pececillo que tiene memoria a corto plazo.

—Necesitas camuflarte para que no te reconozcan, te voy a convertir en Audrey Hepburn.

Se dirige a la maleta que lleva casi todo el verano cerca de la puerta, por si en algún momento tiene que volver. Aunque no quiere hacerlo. Helena no me juzga, no abre la boca, simplemente se dedica a rebuscar entre sus cosas y conseguir un pañuelo, una de sus blusas más anchas y unos tacones.

Estoy horrorizada.

—Tienes que ser lo que jamás serías, si no quieres que te reconozcan.

Encuentro una falda de tubo negra de mi madre en el ar-

mario de Gloria, entra fácilmente en mi cuerpo. En cambio la blusa hace que me sienta como King Kong en la jaula más segura de Estados Unidos. Helena dedica más tiempo a pintarme del que yo dedico a vestirme. Me esconde el pelo en un pañuelo negro de lunares blancos, termina de camuflarme con sus gigantes gafas de sol negras y un lunar en la mejilla.
Me miro al espejo y no me gusta. No me reconozco. Es la primera vez que me gusta más la verdadera Babia. La que soy.
—Me gustaba más antes —digo en un hilo de voz.
—¿Sabes lo que decía la gran Audrey? La belleza de una mujer no está en la ropa que usa, en su figura o en la forma en la que peina su cabello.
Las dos miramos embobadas el espejo y me niego a dar un paso más encima de unos tacones. Cuando Helena está bajando las escaleras mientras llama a un taxi, los cambio por unas deportivas blancas. Gloria sigue demasiado distraída como para ver lo que estamos tramando, pero justo cuando salimos al jardín se asoma por la ventana. Nos mira y rompe a reír.
Me quedo parada, dispuesta a dar explicaciones a preguntas que no llegan. El taxi tarda diez minutos en detenerse delante de la puerta y Helena me pone en la mano dos billetes de cincuenta euros.
—Lo que necesites, mi padre me ingresará más dinero si se lo pido.
Puedo notar cómo se siente incómoda mientras me dice esto. Le devuelvo uno de los billetes.
—Con esto servirá, Helena. Gracias. —La beso en la mejilla por primera vez desde que llegó—. Deséame suerte.
Entro por la parte trasera y descubro en el espejo retrovisor al hombre con el bigote más rubio del mundo. Lleva una gorra de un equipo de fútbol que desconozco y desde el primer segundo en el que abre la boca revela su acento italiano. Marcado por, seguramente, más de dos años en Madrid.
—Quizá yo sea la cliente más rara del mundo, pero usted ya me tiene dentro de su coche. —Se gira para mirarme—. Necesito que esperemos a que de esa casa salgan dos hombres. —Señalo dos puertas más allá de la mía—. Y luego los segui-

mos, sin perderlos de vista, pero despacio. Si se dan cuenta le pagaré menos y si me amenaza con denunciarme, yo diré que me ha intentado secuestrar para pedir rescate a mi familia. No existen pruebas contra usted, pero tampoco contra mí.

Ya que mis ojos están cubiertos y no puedo expresar nada con ellos, sonrío de forma radiante. El hombre comienza a sudar y observa cómo Helena se despide desde la puerta. Estoy segura de que preferiría llevarla a ella en lugar de a mí.

—Ya que es un viaje especial, ¿qué tal si te sientas en el asiento del copiloto?

Le obedezco y al verlo de cerca me tranquilizo. Debe de estar a punto de jubilarse y cerca del cambio de marchas lleva una caja de Donuts; no tarda en ofrecerme uno. Este hombre me cae condenadamente bien.

Empiezo a ponerme nerviosa y tengo la sensación de que el maquillaje que me ha aplicado Helena se va a deshacer de un momento a otro, no puedo dejar de pensar en que quizás ya se hayan ido. Pero ahí está, August Creek sale de la casa con el traje negro más impoluto que he visto nunca, todo lo contrario a la última vez que lo vi. La puerta se abre por segunda vez para dar paso a Daniel, ambos se dirigen a su coche y, antes de subir, el pequeño Creek abre el maletero para dejar una bolsa de deporte blanca con unas iniciales en rojo: R. P. L. P.

—Arranque —le digo al taxista antes de morder el dónut que me ha ofrecido.

El circo de los corazones rotos

*T*odo gran espectáculo llega sin avisar. En los dos segundos que has tardado en leer esto tu vida puede dar el gran vuelco que jamás esperarías. Y solamente puedes esperar a saber enfrentarte a lo que viene... Babia no supo.

Era martes 13. Se cumplió la superstición. Seguía haciendo frío, entrada la tarde Babia se acercó a la puerta de la casa de Daniel con un gorro del mismo color que su pelo y una bufanda igual de enredada.

Se oían gritos. Llamó dos veces y se hizo el silencio. El peligro de que todo se descubriese era el único que podría amainar una tormenta como la que la pequeña Babia acababa de escuchar.

A diferencia de su casa, esta tenía una puerta trasera en el jardín que llevaba al sótano. Alguna vez Daniel la había hecho entrar por ahí para que sus padres no se enterasen de que estaban juntos. El señor Creek siempre decía que lo bueno, siempre mejor fuera que dentro.

Babia empujó la vieja puerta y el sonido le recordó al de las películas de miedo con las que ella se tapaba los ojos. Las escaleras también sonaban como las grandes casas abandonadas que casi siempre eran el escenario de esas historias. Toda la perfección y sobriedad de la que gozaba la casa de los Creek desaparecía allí abajo. Telarañas, polvo, un sofá destrozado por las ratas, libros en el suelo, estanterías que amenazaban con caer, un caballete y cuatro maletas apiladas. Y una bañera.

—¿Daniel? —La voz de la niña temblaba cuando se acercó al fondo del sótano.

El pequeño Creek estaba escondido dentro de una bañera muerta, asesinada por el paso del tiempo. Oxidada, redonda, repleta de algo parecido a cenizas. Daniel sollozaba silenciosamente y Babia lo detectó al observar los movimientos de su cuerpo.

Escondía orgulloso la cabeza entre sus piernas. No dejaría que una niña lo viese llorar. Más concretamente: que Babia lo viese llorar. La pequeña no sabía qué le pasaba, pero podía intuirlo, ya había llegado la época en la que sabía diferenciar las lágrimas de pena de aquellas que solamente salían con felicidad. O algo parecido.

—¿Qué te ha pasado?

Él no contestaba y ella ya podía notar su ausencia.

Como si se hubiera marchado, ella lo persiguió. Y entró en la bañera, demasiado pequeña para sus futuros cuerpos, enorme para resguardar a dos niños de una tormenta que se escapaba de lo normal. Él levantó la cabeza, porque necesitaba verla.

Y Babia se asustó. Los ojos marrones más bonitos que había visto nunca parecían negros. En la mejilla, un golpe. En los labios, un río salado. Y el pelo marcado por tres tirones.

—No han parado de gritar desde…

Babia lo abrazó.

—A veces los mayores discuten —dijo con un hilo de voz que ahogó en uno de sus hombros.

—Pues entonces no quiero ser mayor —sentenció el niño, que pronto sería un adolescente.

Babia reparó en que Daniel llevaba algo en las manos. Una fina cadena de la que colgaba una flauta de pan. Él la escondió antes de que ella pudiese preguntarle nada, y cuando la tormenta fue apagándose poco a poco, no salió el sol. Ninguno de los dos quería salir de aquella bañera, como si fuera un mundo paralelo. Tenían la sensación de que si ponían un pie en el suelo, todo explotaría.

Babia sintió cómo algo se rompía dentro de ella, también un piso más arriba, y otro corazón más moría en la misma bañera en la que se encontraba. El espectáculo había comenzado. El circo de los corazones rotos. Los Creek eran los ilusionistas que se encargaban de hacer creer al público lo increíble ahora para ojos de la pequeña Babia: que eran una familia perfecta. Gloria era la payasa, hiciese lo que hiciese causaría risas allá donde fuese, y Babia era la heredera de un puesto que ninguna de las dos había elegido. Y el resto eran los leones, dispuestos a atacar si el hambre los invadía.

Jodidamente perfecta

Cuando estás a punto de descubrir algo que desconoces, tienes la sensación de estar atravesando dos de las capas que protegen lo que está oculto a tus ojos. El taxista italiano no pierde de vista el coche de Daniel, mientras yo me sujeto al pañuelo que me ha dejado Helena, y a las gafas de sol, como si se tratara del paraguas que me retiene en la Tierra. Nos adentramos en la M-30 y cogemos un desvío que nos lleva a otro pueblo, este mucho más cercano a Madrid capital.
Clack.
La primera capa se rompe cuando el taxista me pregunta si soy una de esas chicas que quiere averiguar si su novio le es infiel. No le respondo, Daniel no es mi novio. Y esa pregunta me hace ver que su sospecha sería incluso más inocente que descubrir algo de suma importancia que la otra persona aún no ha decidido contarte. Que te ha pedido tiempo para ello. «Tiempo, tiempo, tiempo.» Me intento convencer a mí misma de que lo que estoy haciendo es lo correcto. No.

No quiero dar la vuelta. Quiero saberlo. Quiero saber qué es lo que me oculta.

Bajo la ventanilla del copiloto buscando un mínimo de aire en esa carretera desierta sumida en un calor sofocante. El pañuelo resbala unos centímetros por mi cabeza, revelando un mechón rizado que quiere escapar después de mirarse en el espejo retrovisor. Más rojo que nunca, me recuerda a Gloria y pienso en lo que me diría ella en estos momentos.

—Por favor, quiero que me espere todo el tiempo necesario. Le prometo que le pagaré bien y si es necesario más dinero, cuando lleguemos a mi casa...

—Está bien, niña, tranquila. —Repara en que ahora estoy nerviosa, en mi apariencia bajo el disfraz—. Coge un mapa de la guantera, lo vamos a necesitar.

Obedezco. Me dice un par de direcciones que pueden ser adonde nos dirigimos y entonces los Creek hacen un violento giro de volante para adentrarse en un desvío aún más estrecho. Los árboles están secos y apenas se mueven a nuestro paso, como si también nos quisieran guardar el secreto. Daniel acelera, temo que haya reparado en nuestra persecución después de todo, y el taxista afloja la velocidad. Para disimular.

Volvemos a recuperar su pista antes de entrar en una especie de finca. La entrada está protegida por una puerta de hierro negra que no nos impide pasar. Ellos aparcan cerca del edificio blanco al que parecen dirigirse, nosotros seguimos sus rodadas.

—Esperemos aquí —le digo a mi piloto italiano.

August sale del coche y cierra con un sonoro portazo.

Daniel ignora su ira, como de costumbre, y vuelve a abrir el maletero. Lo sigue hasta unas escaleras con la bolsa blanca colgada de un hombro. Observamos cómo entran con la espalda en una postura tensa, la misma que tengo yo al salir del coche. Agradeciendo mi atrevimiento de estropear con las deportivas el modelito de mi prima.

—Te espero aquí, *ragazza*.

Sin mirar atrás me acerco a la parte delantera del edificio. No me doy cuenta de que estoy temblando, sin sentido, hasta que comprendo que estoy en un hospital. Daniel está enfermo, puede estar muriéndose y ha decidido ocultarme que le quedan apenas dos días de vida. O August Creek, lo único que explicaría todo esto sería la compasión que un hijo puede sentir por su padre. En sus últimos momentos.

Leo el nombre del centro: Residencia Psiquiátrica de La Paz.

He vivido mi infancia-adolescencia «enamorada» de un loco de psiquiátrico.

—Es una residencia psiquiátrica —le digo al taxista regresando al coche, como si se tratara de alguien a quien conozco—. Por favor, recuérdeme qué tipo de personas están aquí ingresadas.

—Tranquila, *ragazza*, puede ser un problema menor. Muchos de nosotros deberíamos ponernos en manos de un especialista. Entra, linda. Si salen pronto pueden descubrirte.

Se llama Lorenzo. Me revela su nombre cuando estoy a punto de terminar de vivir la espera más larga de mi existencia. Lorenzo intenta tranquilizarme ofreciéndome un dónut más. Que no acepto. Y logra entretenerme con un cuaderno de sopas de letras en las que la única palabra que encontramos es «sinsentido». Los dos nos miramos, acalorados, y sonreímos ante la definición con la que el destino y una sopa de letras ha descrito esta situación. Comprendo aún menos los gritos de Daniel al salir de la residencia y la frialdad con la que su padre reacciona, esta vez es él quien ocupa el asiento del conductor. Creek ya no lleva la bolsa en las manos. Han venido a visitar a alguien, no estoy enamorada de un loco de psiquiátrico. Sigo enamorada del chico del terremoto en la coronilla.

«Enamorada, enamorada, enamorada.» Esta vez no hace falta que me autoconvenza de algo que he intentado ocultarme todo este tiempo. De la verdad, una de la que empiezo a disfrutar; en cambio, no estoy tan segura de que disfrute la que estoy a punto de descubrir.

Consigo ver la cabeza de Daniel apoyada en el asiento trasero. Tiene los ojos cerrados. August acelera y el humo que respiro cuando salgo del coche amenaza con hacerle a mi alma lo mismo que a la suya: contaminarla.

Lorenzo no me vuelve a recordar que va a esperarme, respeta mi silencio e imagino que mi ausencia. O quizás cuando salga ya no habrá un coche esperándome.

Entro en la residencia y me recibe un blanco impoluto, solo atenuado por el color de las chaquetas de los familiares en una sala de espera separada del puesto de información por un cristal y varias máquinas de alimentos y café.

—¿En qué puedo ayudarla, señorita? —se dirige a mí una mujer rubia con los labios en forma de corazón.

—Quería... quería... Soy la novia de Daniel Creek, se les ha olvidado decirle algo.

«La novia de Daniel Creek», nunca una mentira ha sonado tan bien en mi boca.

—El horario de visitas está a punto de terminar y si no tienes una autorización...

—Pero ellos están ahí fuera, esperando. Me han mandado a mí, hace mucho que no vengo. Solo será un segundo, por favor.

—No podemos permitirnos hacer este tipo de excepciones, señorita. —Me mira impasible.

—Por favor. Está bien, les diré que entren.

Cae la mentira y yo con ella, reculo y me giro hacia la puerta con la intención de avisar a dos personas que ya deben de estar en la carretera hacia el mundo real.

—Espera, a ver lo que puedo hacer... —La mujer frunce el ceño.

Luego pulsa un par de botones que me oculta el mostrador. Desordenado, repleto de fichas y tarjetas que ofrecen consultas psiquiátricas que comienzo a temer.

En unos segundos llega un hombre joven con aspecto cansado y cara de buena persona, si es que puedo seguir fiándome de las apariencias. Habla con la mujer que finge ser de hierro sin saber que la fragilidad que le dan sus labios no se lo permite. Mientras ellos conversan, me quito el pañuelo y las gafas. Quiero dejar de esconderme.

—¿Eres la novia de Daniel? —me pregunta el que intuyo que es uno de los doctores de la residencia.

—Sí.

—Sabía que el chico tenía buen gusto, pero no tanto —dice la mujer platino guiñándome un ojo—. Tienes una cara preciosa.

Vuelve a esconderse bajo el mostrador y el doctor finalmente me pide que lo acompañe. Nos alejamos de la entrada y comenzamos a recorrer unos pasillos interminables que me hacen ver la residencia como un mundo paralelo al exterior. Que guarda más de lo que su simple apariencia parece mostrar. Lo sigo allá donde va y me desabrocho un par de botones de la blusa de Helena, dejando a la vista una camiseta básica blanca. Algunos pasillos son amarillos y otros blancos.

—Imagino que Daniel no quería volver a entrar, no le gusta este sitio. Como te ha dicho mi compañera, no podemos permitirnos muchas excepciones, pero lo haré por el chico... Aunque no es uno de sus mejores días.

¿De quién estamos hablando?

—Lo sé. —Miento. Reparo en que pasamos al lado del baño—. ¿Puedo pasar un segundo?

—Por supuesto. —El doctor me sonríe cálidamente y se apoya en el cristal que separa el interior de un patio vestido de piedras desde donde se puede ver el resto de las plantas que forman el edificio.

Las paredes del baño son negras, abro el grifo del único lavabo y hago desaparecer cualquier rastro de maquillaje en mi cara. También me despojo del disfraz que me ha traído hasta aquí. El doctor está esperándome. Le encuentro dubitativo, creo que él también sabe que no está haciendo lo correcto. Me observa con curiosidad, antes de llevarme hasta lo que llama «la sala de visitas». Su pelo es del mismo color que la barba, canoso. Nunca unos ojos tan grises habían conseguido inyectarme tanta calma, tanta paz, antes de llegar hasta aquí empujada por lo que queda de una Babia demasiado desconfiada. Terca. Retorcida.

—Te esperaré aquí... ¿Babia?

Asiento, preguntándome cómo sabe mi nombre.

La placa de la puerta frente a la que nos encontramos reza: «Alta protección». Oigo un ruido sordo en el interior, me muerdo los labios, giro el picaporte y entro en una estancia demasiado inhabitada que está dividida en dos. Mi mundo y el de la persona que me espera al otro lado. Pensaba que este tipo de cosas solo ocurrían en la cárcel. Observo que nos podemos comunicar con un par de teléfonos que descansan uno a cada lado del cristal separador. El cable está enredado y me sirve de excusa para desviar mi atención, en lugar de centrarla en ella.

La recuerdo. Sus ojos buscan en mí algo perdido en su

memoria. Aunque su cara sigue siendo angelical, su piel está marcada por el sufrimiento. Sus rasgos se han vuelto más duros. Lleva un camisón blanco que deja a la luz su extrema delgadez y parte de sus clavículas. Ella es la que se atreve a coger el teléfono.

Es India, la madre de Daniel. Como si hubiera encontrado la pieza del puzle que me faltaba, todo comienza a encajar en mi cabeza a una velocidad asombrosa. Ella recorre cada centímetro de mi cuerpo asustada, y al mismo tiempo encuentro alivio en sus ojos, como si hubiera esperado ver al mismísimo diablo aparecer tras la puerta.

—Yo... —consigo articular alguna palabra pese a tener la garganta seca.

—Eres su hija... La hija de Libertad.

Hacía demasiado tiempo que no escuchaba el nombre de mi madre. Desde su muerte, Gloria no se atreve a pronunciarlo en voz alta, lo supe al verlo escrito en una partida de nacimiento cuando tuve la edad suficiente.

—Me llamo Babia, Daniel y yo pasábamos mucho tiempo juntos cuando apenas éramos...

—Lo recuerdo.

—Creo que no debo estar aquí. —Me levanto y dejo el teléfono descolgado.

Oigo lejana su voz y cómo golpea el cristal con delicadeza:

—Espera, por favor... Ellos no te han traído, ¿verdad? August jamás permitiría que tú te hubieras enterado. Solamente eras una niña... Dios mío, casi no te reconozco, si no fuera porque eres su viva imagen. No puedes imaginar cuánto te pareces a ella.

Reparo en las desesperadas huellas que aún adornan el cristal. Son las cenizas de historias que acaban mal, procedentes de las manos de personas que quieren salir de un lugar en el que su propia mente las ha confinado.

—No, yo no debería saber esto... Yo no entiendo nada.

—¿Crees que estoy loca?

No. No lo creo. La observo durante un minuto, despacio. No puede estarlo.

—No.

—La mayoría de los ingresados aquí pensarían que entonces la loca eres tú. Todo lo que puedes ver ahora o escuchar es fruto de una enfermedad mental.

—Él... Su marido no es bueno, él la ha metido aquí —intuyo.

—Cuando Daniel tenía once años, me cansé del miedo y amenacé a su padre con separarnos. Con hablar de una vez por todas de su modo de vida, públicamente —comienza a relatar una historia que parece haber contado miles de veces—. Él no pudo soportarlo, discutimos. Y varios días después vinieron a buscarme. —Se queda unos segundos pensativa—. Yo estaba loca, ellos se defendían de mí y me ataron con una camisa de fuerza. Daniel me miraba anonadado, eso es lo que más recuerdo de ese día...

—Pero todos en el pueblo creen que los abandonaste —interrumpo.

—¿Y qué iban a creer, pequeña Babia?

Reconozco en su mirada que casi no me identifica con la niña que jugaba con su hijo.

—August puede manejarlo todo a su antojo y yo le di las claves para hacerlo bien. Debí escapar, debí llevarme a mi hijo lejos, debí regresar a casa de mis padres cuando ellos intentaron convencerme de que él no era bueno para mí. —Hunde sus dedos entre los huecos de los otros.

Parece agotada, con ese gesto parecido al que haría una mujer desesperada ante las puertas de una iglesia. Solo que esto no es una iglesia y aquí tampoco ocurren milagros.

—Tenemos que decírselo al doctor, está ahí fuera. —Miro hacia la puerta, inocente.

India sonríe y descubro que se ha olvidado de hacerlo. Es una mueca. Extraña, seca, demasiado cansada como para tener la vitalidad o la nostalgia de una sonrisa. Desprovista de la magia que nos hace enamorarnos de alguien.

—¿Crees que no lo intenté todo? Llevo siete años encerrada en este lugar.

—Pero Daniel o el doctor..., alguien tiene que poder ayudaros.

—Daniel está amenazado por August; si mueve una ficha, lo que me pasará será peor que estar encerrada entre cuatro paredes por el resto de mi vida. —Mira hacia la puerta. El doctor lo ha intentado todo…

—¿Lo sabe?

India asiente. Demasiado despacio, no puede ser bueno.

—Sí, lo descubrió con un par de sesiones conmigo. August tiene comprado al dueño de esta residencia, es un cliente suyo. Todos los test que me habían hecho anteriormente estaban trucados… Se volvió loco y yo tuve una pequeña esperanza.

—Es imposible que sea imposible. —Valga la redundancia.

—¿Es acaso la justicia de este país justa? —repite mi mismo juego.

—No —contesto.

—No tenía amistad con tu madre. —Hace una pausa—. Pero ella también era así. Le costaba entender que la libertad absoluta no existe, que el poder no solo corrompe a los que lo tienen… Tiene consecuencias en todos los que los rodean.

—Es curioso, su nombre era en lo que más creía.

—Creo que a ella le encantaba llamarse así, parecía que todo en ella gritaba su propio nombre. Es imposible no fijarse en alguien como vosotras.

Deseo poder esconderme entre mis rizos enredados.

—Daniel ya me ha dicho que tú no pareces darte cuenta de la realidad. Veo que no miente… Sigo siendo su madre, después de todo.

Miles de preguntas empujan las puertas de mi boca. No encuentro fragilidad en sus ojos, dicen todo lo contrario que sus hombros o las arrugas que recorren su cuello. El tiempo es una daga de doble filo, hace envejecer a la vez que da fuerza. Para resistir a las horas, minutos y segundos de una existencia que a veces no elegimos.

—¿Por qué crees que no me lo ha contado? —pregunto.

—Hay veces que no necesitamos esperanzas. Si sabemos que quienes nos las dan lo hacen simplemente porque nos quieren y el mundo no nos manda señales que nos muestren que va a ocurrir lo que queremos.

—¿No necesita mi apoyo, mi ayuda, quieres decir?

—No he dicho eso. Daniel no necesita que nadie sea consciente de sus debilidades, nadie lo conoce como tú. Y aunque haya cosas que ignoras, lo sigues conociendo mucho más que quienes lo rodean día a día. Y él ha querido que lo hagas desde siempre, pero una ciudad en ruinas no se levanta al poco tiempo de volver, Babia.

No sé si me siento afortunada o triste. O culpable. Completamente perdida.

—Quizás no quiere eso —comento pensativa.

—Babia, él tiene miedo de que lo conozcas de verdad y no te guste lo que veas. Deja de preguntarte el porqué de lo que está pasando.

Me siento mal por estar hablando de algo tan tonto, comparado con su situación.

—Tendrías que ver cómo vuelve a hablar de ti, solo necesita tiempo. A veces queremos tanto algo que el tiempo pasa demasiado despacio, ¿verdad?

Asiento, pero ella no me está mirando. Sube la mirada hacia el cristal y creo adivinar qué está pensando. Las paredes parecen comenzar a empequeñecer la estancia, como si quisieran aplastarnos. India no aparta sus ojos de la puerta, mientras yo intento alargar el tiempo más que nunca.

Suenan dos golpes, avisando de que la visita inesperada ha terminado.

—Me alegro de verte.

Me levanto e India toca el cristal a modo de despedida.

—Volveré.

—¿Con él?

—Sí, se lo contaré. —Sonrío y no me atrevo a darle las gracias, a mirar de nuevo hacia el cristal que nos separa.

—Cuidaos, por favor.

Sus últimas palabras no parecen reales. Pero no son silenciadas por el ruido que hace la puerta al cerrarse tras de mí. Recorro por última vez un pasillo aún más estrecho que la sala de visitas que acabo de abandonar. A mi paso, toco las paredes amarillas y blancas. Blancas y amarillas. Intentando retener demasiada información. El doctor repara en mi estado de confusión, pero respeta que no conteste cuando me pregunta qué ha pasado allí dentro.

Salgo a la calle en busca de Lorenzo, no de Daniel y August. No me doy cuenta del momento en el que empiezo a llorar.

Un hombre al que acabo de conocer me abraza:

—Calma, muchacha, calma.

Lorenzo arranca el taxi y yo aún sigo con el olor en las fosas nasales que desprende su chaqueta a un mar invisible en la ciudad.

Llegamos antes de lo previsto y veo a Helena sentada en el escalón de la entrada, antes de adentrarme en el jardín. Se acerca nada más fijarse en que su blusa ha desaparecido, con el pañuelo, las gafas, el maquillaje... He acabado con su trabajo en menos de diez minutos y pese a eso no me siento nada culpable. Me despido de Lorenzo y él insiste en que un billete de cincuenta será suficiente; hasta que entramos él nos observa. Preocupado.

—¿Qué ha pasado? ¿Por qué estás así?

Trago antes de sujetarme a ella y permitirme derrumbarme un poco. Por lo que he descubierto, pero también por lo que he hecho. Porque quizás haya roto su confianza mucho antes de ganármela. Mi prima me impide entrar y yo le cuento lo acontecido sentadas en las escaleras del jardín; de reojo veo a Gloria asomarse por la ventana de la cocina.

—Pues él está aquí, me he tenido que inventar miles de cosas para que no sospechase.

Mientras Helena habla, sé que Daniel no se habrá creído ni una palabra, ya que mi prima comienza a temblar, a morderse las uñas y a mirar hacia todos los lados, consciente de que la excusa que se habrá inventando es la historia más increíble que contó Pinocho.

—En tu habitación.

No entra conmigo y pienso que será por la que se avecina. Subo las escaleras y él me está esperando en el umbral, impaciente. Y yo finjo que estoy bien mientras observo que lleva la misma ropa con la que ha visitado a su madre. Parece haber borrado de su cara todo rastro de tristeza y no puedo negar que me duele, me hace daño que no se atreva a mostrarme su verdad. Al menos, no del todo. Las palabras de India resuenan en mi cabeza.

—Lo que queda de mi domingo es tuyo.

Me deja ciega con la sonrisa más bonita del mundo.

—¿Ah, sí? ¿Has llegado hace mucho?

—Hace un rato... Mi padre no estaba de humor, ha descubierto lo de la reliquia. Pero no sabe que la tienes tú.

Eso me hace olvidar un poco el resto de cosas que tengo en la cabeza. No. Si dijese que me alivia, estaría contando otra increíble historia que nos narraría Pinocho si no fuese un muñeco de madera.

—¿Te ha hecho algo?

—No, claro que no. Me mira extrañado y saca un pañuelo del bolsillo—. Él está controlado, hay otras cosas que le preocupan mucho más. Pero, por favor, basta de hablar de mi padre, quiero enseñarte algo.

No me deja entrar en la habitación. Me deshago de la blusa de Helena y la lanzo a la silla más cercana con puntería. Me impide el paso con una de sus piernas y me da la vuelta, siento sus manos sobre mis hombros. La camiseta es tan fina que se me pone el vello de punta. Me tapa los ojos con el pañuelo y se agacha hasta ponerse a mi altura, no puedo ver nada y eso me inquieta. Me hace sentir más torpe que nunca.

—Acompáñame, reina de la hamburguesa. —Utiliza un mote que me suena a un antiguo apodo cariñoso porque su tono ya es completamente distinto al del pasado.

—Donde quieras, imbécil. —Sonrío por si es la última vez que lo hago.

Tropiezo con sus pies y lo oigo reír. Huelo el perfume de mi prima y deduzco que ya estamos en el interior de mi habitación. Disfruto del tacto de sus manos al darme la vuelta y al tocarme lentamente la cara para hacer que resbale el pañuelo por ella.

Sus ojos bajan hacia mis labios y yo hago el mismo recorrido en su cara. Pero no nos besamos.

—Ya puedes darte la vuelta.

Obedezco y veo el espejo en el que tantas veces me he mirado. Ninguno de los dos nos reflejamos, tampoco están los pequeños monstruos que me visitaban cuando era una niña y que se agarraban al filo, con la intención de traspasar el cristal. Cada centímetro de él lo cubren palabras escritas con rotulador permanente.

—Daniel... —Me acerco al espejo y paso las manos con miedo a que se borren.

—Son todas las palabras que me recuerdan a ti. Tendrás tiempo de leerlas.

—No sé qué... Gracias...

—No digas nada. Al mirarte al espejo piensa que podrás ver lo que veo en ti.

«Paraguas rojo», «Ohana», «Fotos», «Batidos de chocolate», «La sonrisa de la banana», «Vida», «Libertad», «Te he echado de menos», «Gracias por volver», «Inseguridad», «Guapa»... No termino de leerlas todas, mi cabeza se llena de recuerdos que me llevan de viaje al pasado o incluso a comienzos de este mismo verano. También hay otras con las que no estoy de acuerdo, pero en las que me gustaría creer. Antes de llegar a la última, siento su respiración en mi nuca. En el centro del espejo, leo en voz alta: «Jodidamente perfecta».

—Para mí eres perfecta.

Nos besamos y caemos en la cama. Sé qué debo de hacer a continuación. Pero aún no quiero y aún no puedo. Retengo en mi boca cada uno de sus besos, hasta que, con los labios casi rozándonos, Daniel Creek sonríe y su aliento arranca de mí la confesión que tanto miedo me da pronunciar. Llevo las manos a su pecho para detener sus caricias y con solo una mirada sabe que no puedo continuar. Me duelen los labios y las manos, me lo pienso unos segundos más...

—Daniel, he estado con tu madre.

Sus ojos se vuelven negros.

El hombre de la corbata manchada de mostaza

*L*as apariencias no engañan, lo hace el primer vistazo, pero si estás atento... lo verás. Babia había observado millones de veces cómo August Creek arrugaba el gesto si su hijo se acercaba más de lo debido, y había oído los portazos cada vez más continuos. India, la mujer con la cara de ángel, siempre intentaba que la tranquilidad reinase en su casa. Por si le molestaba, por si salía de la habitación, por si finalmente comenzaba la tormenta.

El hombre con el corazón de hierro.
El hombre más frío del mundo.
El hombre de la corbata manchada de mostaza.

Esto último pensó Babia al verlo desde su ventana saliendo del coche y casi arrastrando a Daniel detrás. Babia observó cómo India sacaba cosas del coche, desganada, vigilando de reojo una furia incontenible que ni siquiera ella se explicaba.

También vio cómo Creek miraba hacia su casa. Tiraba de su padre. Se deshacía de su mano e intentaba llegar hasta ella. Pero August volvía a cogerlo del brazo más fuerte, la niña podía ver esa fuerza en su cara.

—¿Adónde vas, cariño? —le preguntó Gloria desde el sofá, dando por hecho que Daniel estaba fuera. Que había ido a buscarla.

Nada más lejos de la realidad. Ella iba a salvarlo. Hacía frío y los vio entrando en el jardín. Cuanto más corría, más despacio parecía que pasaba el tiempo; se juró hacer más deporte, para así llegar antes cuando se la necesitara.

—BABIA, NO, VEN, por favor. —La voz de India hizo retumbar toda la apariencia que se había esmerado en crear.

La mano de August impactó contra la cara de su hijo. Y Babia lloró al verle cerrar la puerta. Lo último que vio fueron sus ojos y el amarillo mostaza de la corbata.

Los cuentos no existen

Recuerdo que cuando su padre estaba cerca, sus ojos se oscurecían. Mientras crecía, todo mi entorno me hacía entender que el negro era el color que señalaba el luto; en cambio, yo jamás he podido evitar relacionarlo con el miedo. Y después con la tristeza. Daniel está tumbado sobre mí, pero se incorpora rápidamente. Estoy atrapada entre sus piernas y aún siento el calor que desprenden sus manos cerca de mi pecho.

Pasa de ser dulce a moverse de forma violenta. Yo sigo tumbada, reparando en que ahora su espalda parece aún más ancha. De perfil puedo comprobar cómo su mandíbula marca una línea recta y tensa que endurece sus rasgos.

—Te pedí tiempo.

—Daniel, yo solamente quería...

—Solamente te pedí tiempo y vuelves a actuar como si nada te importara —me interrumpe.

—Precisamente lo he hecho porque me importas. —Me incorporo y me pongo a su altura, o al menos lo intento.

Nos separan centímetros y la confianza que se resquebraja como si se tratara de un fino cable de cristal.

—Lo hablamos a la salida del pub y quizás habría surgido dentro de poco. No es fácil, ¿sabes?

—Lo sé —reconozco.

No me atrevo ni siquiera a acercarme, pese a que me muero por hacerlo. Por volver a tenerle tan cerca como hace unos minutos.

—¿Qué te ha contado?

—Creo que todo, o al menos gran parte de por lo que has pasado y estás pasando. Yo podría haberte ayudado.

—No quiero que me ayudes, no puedes ayudarme, Babia. —Me da la espalda.

—Eso no lo sabes si te callas todo lo que te hace daño. Tu padre está cometiendo un delito.

Veo cómo aprieta los puños. Y me parece ver que de ellos caen las cenizas de todo lo que ha callado.

—Y tú has estado solo todo este tiempo… Gloria y yo…

—Basta. No quiero que sientas lástima por mí, no quiero ser el chico al que su padre amenazaba y maltrataba si ese día no estaba de humor.

—Para mí no eres ese chico, pero sí eres un cobarde si no te enfrentas a todo lo que te hace ser infeliz.

—No sabes de lo que estás hablando. No tienes ni puñetera idea. —Se gira hacia mí.

Pero no quiero comprobar el color de sus ojos en este trance, ni adivinar gracias a ellos lo que pasa por su cabeza.

—¿Cómo voy a saber de lo que estoy hablando si no confías en mí?

—¿Por qué no dejas de pensar en ti, Babia? Solamente un segundo, dedica un segundo a no ser la que sufre, la que ha estado sola todo este tiempo, esa en la que nadie confía. ¿Cobarde? ¿Qué has hecho tú para cambiar lo que te hace infeliz?

Nuestras voces comienzan a ser cada vez más altas y oigo pasos en la escalera. Que se silencian cerca de la puerta de mi habitación. Cerrada.

—Darte una oportunidad, imbécil. Dejar de cuestionármelo todo, aunque algo dentro de mí lo sigue haciendo. —Le toco el brazo—. Que me mires, te estoy hablando.

Lo hace. Y reparo en que lleva toda una vida solo pese a estar rodeado de personas.

—¿En serio querías saberlo todo? ¿Toda la mierda que hay en mi vida?

—No digas eso.

—Sí, joder. —Se muerde el labio—. Porque la única verdad es esa, una auténtica mierda.

—Quiero saberlo todo sobre ti, Daniel —respondo observando que está fuera de sí. Ahora no puedo apartar la vista de sus ojos enrojecidos.

—Deja de creer en cuentos, no existen. ¿Crees que lo que te voy a contar te va a ayudar a conocerme mejor? A lo mejor lo que descubres no te gusta.

Mi mano resbala por la manga de su camiseta. Hasta que le rozo el brazo.

—No me importará.

—No me gustaba que me dejaras ganar a los videojuegos porque él no paraba de repetirme que era un inútil. Que no haría nada bien en la vida.

Da un paso hacia mí y retrocedo.

—Creía en los «para siempre» porque en mi casa no existían —continúa.

Sigo retrocediendo cada vez que él da un paso más hacia mí.

—No era el niño que conociste, era el niño que intentaba hacer todo lo contrario a lo que veía en su casa. Que fingía una sonrisa detrás de una maldita tarde entera aguantando los gritos de mi madre, que mi padre no me quisiera y los cuentos que ella me contaba para intentar mantenerme al margen de una infancia de mierda.

—Tu madre... —intento decir algo consolador.

—Mi madre cometió errores por creer que en el mundo la bondad siempre vence.

Cada vez estamos más cerca de la pared del escritorio.

—Por no denunciar algo tan malo, pero supongo que el miedo a que tu vida quede destrozada no te deja ver que ya lo está o que lo estará de cualquier modo. Mi padre intentó convencerme de que todo lo hacía por mi bien, que mi madre no era buena para mí, y tú tampoco. Me aisló por completo y yo... No hice nada.

—¿Por qué?

—Supongo que por miedo.

—¿Él te..., os pegaba?

—El maltrato era sobre todo psicológico; con mi madre siempre actuaba de forma violenta y conmigo sacaba el cinturón a pasear como si fuera una actitud normal para regañar a un niño que lo único que hacía eran cosas que todos olvidaríamos al día siguiente. En cambio, lo demás no... No lo olvidé. August siempre utilizaba las palabras para hacernos daño, era cuando volvía borracho cuando teníamos que huir de sus golpes. —Ríe sarcásticamente—. Huir, como si fuera cuestión de vida o muerte una noche en nuestra propia casa.

Daniel Creek ignora mi intención de pararlo. Ahora no quiero que vuelva a sufrir así.

—Cuando se llevaron por la fuerza a mi madre, él y yo parecíamos vivir en mundos distintos. Crecí más rápido aún y apenas nos veíamos, no volvió a tocarme en ningún sentido, intenté hacer algo por ella cuando tuve la edad suficiente, pero comenzó a amenazarme. Si intento ayudar a mi madre, su destino será aún peor.

—¿Y por volver a acercarte a mí?

—Tú para mi padre ya eres una historia sin importancia. Fui escogiendo el resto de mi vida, pero nunca dejaré de estar del todo en sus manos, porque la tiene a ella. Mi padre odia no conseguir lo que quiere, pero aún más que se le escape de las manos lo que ya tiene. No lo permitiría.

Daniel va desinflándose ante mí. Estoy pegada a la pared con él a escasos centímetros, puedo sentir su respiración en la cara. Está sudando. Apoya su frente en mi cabeza e instintivamente lo abrazo. No dice nada, sigue tenso, pero intento aferrarme a él como si fuera lo último que quiero hacer en la vida. Como si la última oportunidad de tenerlo se diese en este momento.

La imaginación es el peor enemigo del hombre. Y de la mujer, por supuesto.

Por eso, cuando dejo caer mis manos por sus hombros dirección a kilómetros de sus clavículas y me encuentro con el colgante de la flauta de pan del que jamás se separa y que su madre le regaló, me es imposible no imaginar escenas a raíz de lo que los dos me han contado. Y todo lo que no sabré nunca. Veo a un pequeño Daniel en la misma bañera en la que una vez lo encontré, escondido con su madre, e incluso yo puedo escuchar los pasos del monstruo más poderoso de la ciudad. Una ajena a todo lo que se rompe dentro de las personas que la habitan.

—No puedo seguir con esto. —Su voz suena cansada, como si hubiera terminado de librar una cruenta batalla.

Dejamos de tocarnos, coge las llaves de su casa que había dejado encima de la mesa y se marcha. Pienso en sus últimas palabras, en si se refería a lo que me estaba contando… O a lo nuestro. Me quedo unos segundos pegada a la pared de mi habitación y consciente del sudor que me recorre la espalda. Tengo encogidas las piernas. Estoy temblando.

Lo sigo.

Él ya está bajando las escaleras como alma que lleva el diablo. Rápido, demasiado como para pensar que volverá. Impotente, me siento en las más cercanas a la planta de arriba, la puerta de la calle se cierra y la lámpara de la entrada tiembla. Todos los cristales comienzan a entrechocarse en un baile sonoro que hace que concentre mi visión en sus movimientos, hasta que me interrumpe el pelo más pelirrojo del mundo y dos manoplas de manzanas. Gloria sale de la cocina alarmada y entiendo al ver su expresión que está al tanto de la mayor parte por Helena, por los gritos o quizás porque me conoce demasiado bien. Y eso a veces puede ser una ventaja, pero otras un inconveniente con el que tendré que vivir el resto de mi vida.

Helena se acerca por mi espalda. Ya estamos todas. Mi prima se sienta justo a mi lado y Gloria nos acompaña unos peldaños más abajo, creo que ninguna de las tres nos atrevemos a hablar. Hasta que me derrumbo, y sus palabras me curan. Las manoplas de mi tía huelen a bizcocho.

Les cuento lo de la madre de Daniel y los ojos de Gloria pierden brillo. Me guardo lo que creo que es demasiado íntimo. Ya he metido bastante la pata.

Pero necesito hablar. Las dos me escuchan, mientras muevo las manos e intento hacer desaparecer todo lo que me aprieta en la raíz del cuero cabelludo creándome un dolor de cabeza que me hará encerrarme en una habitación a oscuras durante las próximas horas. Me sumerjo en los brazos de mi prima buscando el último grano de esperanza, como si fuera un pedazo de tarta.

Los próximos días de agosto son los menos calurosos del verano. Sigo viendo a Daniel, pero no nos decimos nada. Trabajamos en la piscina e intentamos tenerlo todo en orden, como nos ha ordenado nuestra «jefa». La Trunchbull habla con nosotros a comienzo de semana para ver si necesitamos algo, pero teniendo en cuenta el movimiento que hay en la piscina según vamos avanzando hacia el final del verano, decide que no merece la pena gastarse el fondo de la comunidad. Creek y yo nos cruzamos por el pasillo que separa los vestuarios de la zona de agua, pero no nos atrevemos a romper el silencio.

Mi prima logra tenerme distraída el resto de la semana. Son pocas las familias que aprovechan el buen tiempo de mediados de agosto, por lo que nos dedicamos a aprendernos de memoria todos los test de las revistas baratas que nos dejan las señoras que pasan por la taquilla.

—Mira, averigua si eres buena en la cama o si tu novio lo será. —Helena repasa el título con una de sus uñas pintadas de color rojo.

Mi cara se pone del mismo color que sus uñas. Ella ríe y sus pulseras tintinean.

—Estos test los escribirá algún hombre aburrido que se quiere vengar de sus ex, no tiene otra explicación.

—Estos test los escribe mi madre, son muy básicos —responde.

Ni siquiera me río y ella me mira para comprobar si todo va bien.

—Eh... Eso no me lo esperaba, la verdad.

—¿Sabes que le ofrecieron un trabajo en una revista y lo rechazó?

—Vayaaaa, ¿era demasiado duro para ella?

—No, es que hablaba sobre las distintas formas que tenían los animales de aparearse.

Se me llenan las mejillas y las dos rompemos en carcajadas. Llegan hasta él mientras se dedica a ahorrar al socorrista el poco trabajo que tiene que hacer y pasa la redecilla por la zona más profunda. La recuerdo. Daniel mira ahora de reojo hacia donde nos encontramos.

—Tierra llamando a Babia. Tierra llamando a Babia. —Helena también gira la cabeza hacia el recinto—. ¿Cuándo pensáis volver a hablar?

—Necesita tiempo...

—¿En serio? —Alza las cejas—. ¿Ahora?

—Bueno, no creo que necesite más presión de la que tiene en su cabeza.

Escuchamos gritos en la piscina y veo cómo Daniel suelta la redecilla y se gira hacia el césped. Un grupo de niños bastante conocidos por nosotros a estas alturas del verano están molestando a una niña que lleva unos días viniendo sola a darse un baño. Reparo en que uno de ellos tiene en sus manos el bocadillo de la pequeña; ella corre hacia Daniel en cuanto ve que este se dirige hacia las sombrillas que protegen a los delincuentes. Que se siguen riendo de ella y llamándola gorda. Me levanto de la mesa. Daniel le grita a uno de ellos, que comienza a ponerse violento. La niña llora con las manos escondidas bajo la parte inferior de su camiseta. Tiene el pelo negro y la piel más blanca del mundo, pero me es imposible no imaginarme durante unos segundos que esa niña soy yo. Que su pelo es rojo, que le duelen las uñas al clavárselas en las palmas de las manos, que quiere ponerse una de las camisetas de su tía para que la tape lo suficiente y que cuando llegue a su casa llorará durante horas en la oscuridad de su habitación.

«Y lo que más rabia nos dará siempre es fingir una sonrisa cuando vuelves a salir allí afuera, donde te golpearon la última vez», le decía la gigante pelirroja. Daniel Creek cierra las sombrillas que ocupan los niños y les habla de forma amenazante, uno de ellos retrocede unos pasos hasta su propia toalla. Otro se dirige a uno de los bancos de madera para recuperar su monopatín.

Corren hacia la salida y pasan a nuestro lado. Atrapo el brazo del que parece mayor. No hay culpabilidad en sus ojos, incluso encuentro diversión.

—Eh, tú, ¿qué os ha dicho el chico? —Espero que sepa a quién me refiero.

—Que si volvemos a acercarnos a ella, nos colgará por los calzoncillos en lo más alto de las farolas de la plaza del pueblo. —Le tiembla un poco la voz.

—Pues más vale que le hagáis caso. Anda, vete.

En cuanto lo suelto, corre detrás de los demás integrantes de su manada. Le costará dejar de ser un lobo y ver a todas las personas con debilidades como presas a las que cazar.

Helena se acerca a mí y me imita. Apoya los brazos en la valla, mirando en dirección a la piscina. Las dos observamos a Daniel hablando con la pequeña Babia. Que le sonríe indefensa, con los restos del bocadillo en sus manos.

—¿Qué crees que está haciendo?

—Está claro, prima. Hace lo que una vez dejó de hacer por ti.

Todo vuelve a la normalidad en la piscina. Menos nosotros dos, que esta vez sí nos miramos, olvidando que nos separa una valla y el orgullo de toda una ciudad que termina aquellos cuentos que no existen con un «Felices por siempre jamás», por no atreverse a seguir viviéndolos sin preguntarse cuándo llegará el final.

Adiós

Antes de una despedida siempre va una carta, un abrazo o un beso. O palabras que ya saben lo que vendrá después. Gloria estaba convencida de que Daniel volvería a llamar a la puerta de un momento a otro, pero no lo hizo tal y como ella esperaba. Todo su empeño era proteger a Babia de la decepción, pero era imposible.

Gloria se armó de valor una mañana y se acercó a India, para saber si todo iba bien. Y ella le respondió que a Daniel no le pasaba nada y el resto, «cosas de niños».

A Babia no le importaba que hubiesen vuelto a meterse con ella en el colegio, que susurrasen de nuevo al verla pasar por la calle. No le importaba nada más que saber, saber cada secreto que Daniel quería ocultarle. Y ayudarlo.

Cuando le volvió a ver él llevaba un gorro de color granate y la guerra que libraba en su interior le quitó su mirada. Estaba sentado en la puerta de su casa, solo, y ella había salido a tirar la basura, Gloria había empezado a acostumbrarla a que tenía que hacerlo.

—Daniel, estás aquí. Yo quería... Tú... Tu padre... —Las palabras se atropellaban en la boca de la niña.

Creek la miró sorprendido. Sus ojos titilaban como la luz de la noche. Nervios. Se levantó sacudiéndose el polvo del pantalón, fingiendo aburrimiento.

—No puedo estar aquí. Tengo que volver a estudiar.

La niña soltó una carcajada, pero él no la siguió. Ni siquiera se estiró un poco una de las comisuras de sus labios.

—Pero llevas días sin venir a...
—No voy a volver, niña. —Ya no decía su nombre. Intentaba olvidarlo.

El primer pellizco duele mucho más que los que le siguen y Babia no se volvió inmune, pese a que llegó a pensarlo.

—Da... —No podía decir su nombre. Como si le hubieran quitado la capacidad para pronunciarlo.

—Me llamo Daniel Creek, niña.

«Niña. Niña. Niña.» Nunca había odiado tanto una palabra. Y más, la forma en que el pequeño la pronunciaba. El pequeño que parecía dejar de serlo.

—Yo... Ya lo sé —contestó completamente perdida.

—Adiós, niña.

La palabreja suponía exactamente lo que la pequeña Babia más había temido. Una despedida. Sin explicaciones. Con desprecio. El final de una historia que cambiaría por completo. Creek cerró la puerta y ella se quedó ahí pronunciando una y otra vez la palabra «adiós».

Sin pañuelo blanco ni en la estación de tren. A las puertas de la casa que miraría los años siguientes de lejos y con la nostalgia escondida a ojos de todos los leones del circo. Los mismos que observaron cómo la niña lloraba y volvía corriendo a su casa, con las mejillas más rojas del mundo y el color de su pelo apagado. Exactamente igual que la luz de un hada si dejas de creer en ellas. Y es que Daniel había dejado de creer en un «para siempre» que ya había calado demasiado hondo en el corazón de la niña. Y con el último adiós llegaron los miedos. Y con el último adiós, Babia dejó de participar en un mundo demasiado enfermo. Le dijo adiós.

La canción más bonita del mundo

Las cuerdas de una guitarra pueden revelarte el secreto para seguir viviendo, pese a que el resto del mundo esté destruido. Todo el pueblo podría estar en ruinas, las escaleras del jardín en las que estoy sentada manchadas de cenizas y el desorden del exterior de nuestra casa podría ser más preocupante, pero yo seguiría aquí. Con una sudadera repleta de piñas y ejercitando los huesos de las manos cada vez que destrozo una hoja de papel entre ellas. Me llega el eco de la música que Gloria está escuchando en la cocina y la intensa conversación que mantiene con Helena, pero consigo concentrarme en el sonido de la guitarra.

Fue un regalo de mi tía por Navidad. A comienzos del nuevo año empecé a asistir a clases y entonces ya dejé de ser simplemente una marginada, ahora era una que no se separaba de su guitarra ni siquiera para ir al baño. Va en serio, si la hubiera dejado en la puerta unos segundos, habría desaparecido para siempre.

Gloria siempre me decía que ocultaba demasiado bien bajo mi aspecto el abuso de nostalgia que retenía en mi cuerpo, por eso comencé a escribir canciones. Y aunque nunca he llegado a terminar una, al menos una buena y que no hable del glaseado del último dónut que he comido, me ayuda a no pensar.

—Echaba de menos oírte tocar a escondidas. —Es la voz de Daniel.

Está en la puerta desde la que puedo ver la carretera. Él,

vestido mucho más acorde con el verano, lleva una camiseta de tirantes.

—Cada día descubro una cosa nueva. —Juro que no tiene doble sentido.

—Apuesto a que tampoco te fijabas demasiado para saber que seguía mirándote, de lejos…

—Sí, lo hacía —respondo.

—A lo mejor sí que era un cobarde. —Daniel se acerca hasta las escaleras.

Encuentra un hueco justo a mi lado y me sujeto más fuerte a la guitarra. Roza mi rodilla con la suya, intentando llamar de nuevo mi atención. Rasgo las cuerdas otra vez. Y compruebo que comienzan a dolerme las puntas de los dedos.

—Babia. —También me roza con su hombro—. Lo siento. Debí entenderte.

—No, fue culpa mía. Me pediste tiempo y yo…

Los dos nos callamos ante la evidencia. Ante lo que sabemos.

—Lo siento. —Esta vez hablamos los dos a la vez. Pisándonos, como acostumbramos a hacer desde que éramos pequeños.

—No está bien lo que hice, entré allí sin permiso. Engañando.

—Tampoco está bien pedir confianza y no lanzarte a darla. Prometí empezar de nuevo y no lo he hecho.

—Parece que siempre tenemos que volver a empezar una y otra vez —respondo.

Gira la cabeza y se agacha unos centímetros, me busca. Me sigue buscando.

—Hay comienzos que crean adicción. A lo mejor ese es nuestro caso.

Me tranquiliza comprobar que sus ojos vuelven a ser marrones, como si la tempestad se hubiera marchado para no volver. Pasa sus dedos por detrás de mi oreja, colocando el pelo en su lugar.

—Prefiero pensar que sí.

—¿Qué estabas haciendo? —Mira a nuestro alrededor.

Las bolas de papel, un cuaderno de tapas negras y nada bueno en las hojas en blanco restantes. En el suelo, sobre las baldosas, se encuentran los restos de tiza con los que escribía los nombres de las personas que pasaban a estar en mi lista negra. Creía tener el poder de borrar el nombre de todos los compañeros del colegio que se portaban mal conmigo y sustituirlo por otro, el más horrible que se me ocurriese. Nunca llegué a escribir el de Daniel, pese a que muchas veces corría hasta el jardín con una tiza blanca en la mano y la intención de hacerlo. Pero no podía.

—Intentaba sacar de mi cabeza todo lo que sentía, lo que se me pasa por la mente… —Me golpeo la frente con el dedo índice—. Para hacer una canción.

—¿Puedo ver?

—No —grito arrancándole la libreta y una de las hojas de papel que antes estaba tirada en el suelo—. Son desvaríos, no sirven para nada.

—Quizás podrías escribir una canción sobre mí —me propone con las cejas alzadas de forma pícara.

—Tendría que perderte o estar olvidándome de ti para poder escribir una buena canción… Los cantautores trabajan mejor cuando el sentimiento es triste, ¿sabes? —Humedezco mis labios.

—¿Y estás bien, entonces?

—Ahora. —Un segundo—. Aquí. —Dos segundos—. Estoy. —Tres segundos—. Perfectamente.

—Sería la canción más bonita del mundo. —Se acerca y su nariz tropieza con la mía—. Estoy seguro de ello.

—¿Cómo crees que empezaría? —pregunto.

—Podría hablar de un imbécil que quería con locura a su mejor amiga de la infancia y la cagó, porque había demasiado resentimiento en su cuerpo.

Parece que August Creek marcó nuestra historia desde el principio…

—Y después se fue dando cuenta, muy poco a poco, de que nunca tendría al lado a nadie como ella. Pero ya era demasiado tarde.

—Y de una chica que volvió a lo que siempre había soñado —le interrumpo y me sonríe—, pero no aprovechó bien la oportunidad. Corrió porque quería saber y borrar todo lo que les había hecho daño en el pasado, quería que el tiempo avanzase demasiado rápido. Saberlo todo sobre él y que él lo supiese todo sobre ella.

—Y el final podría hablar de como él deja de ser un cobarde, que no solamente decide besarla en el kilómetro de las decisiones...

—¿Qué más decide?

Se levanta y se agacha para ponerse a mi altura. Está en la primera escalera y se apoya en mis rodillas. Su cara frente a la mía me recuerda su decisión en la Puerta del Sol, los nervios y los tres segundos que tardó en besarme. Una eternidad.

—Quiero que me conozcas, que lo sepas todo sobre mí. Que odies lo que tengas que odiar, que cuando te pregunten puedas nombrar mis nuevas manías sin miedo a equivocarte.

—Yo también quiero. —Respiro su aliento y él se acerca aún más.

—Ven conmigo, pasemos todo el fin de semana juntos fuera de aquí, de lo de antes, de todo lo que recordamos. Hagamos que esto sí sea un comienzo de verdad.

Mientras nos besamos, asiento y él entiende que acepto su propuesta. Me coge de la mano y entramos juntos en mi casa, puedo oler los últimos dulces que acaban de nacer en la cocina y me divierte ver a Helena frente al horno esperando el final del parto como una matrona experimentada. Está relajada, en su cara cada vez hay menos preocupaciones y últimamente se pasea por la casa con un pijama rosa de lunares. Daniel ríe al fijarse en el complicado moño que lleva.

Gloria baja las escaleras de dos en dos, contando hacia atrás.

—Pequeño Creek, hombre, tú por aquí.

Miro a mi tía intentando que entienda que debe tener cuidado con lo que dice. Olvido que nunca nos hacemos caso en este tipo de cosas. Siempre haremos lo que queramos mientras estemos aquí, juntas y entre nosotras.

Helena sale de la cocina y se abalanza sobre Daniel con ternura, fugazmente me recuerda a Andy, pero la relación entre mi prima y Creek es bien distinta.

Cuando los miro veo a dos compañeros de una guerra que en su interior aún no ha terminado, son más parecidos de lo que al principio del verano pensaba. Y no, no hablo de que puedan seguir siendo los perfectos muñecos de una tarta nupcial.

—¿Es eso un comentario con ironía, señora Gloria? —responde Daniel mientras aún sigue sosteniendo mi mano entre las suyas.

—Sí, pero con todo el cariño del mundo. Estoy encantada de tenerte en casa, pero dejaré de estarlo si sigues llamándome señora.

—Igual te decepciono más, porque te voy a robar a alguien, ¿podría pasar Babia el fin de semana conmigo en Madrid?

Helena suspira como si acabara de ver un beso en una película Disney. Intercambia una mirada cómplice con mi tía, como si compartieran un secreto. Aunque desde el fin de semana en el río, puedo intuir que comparten más de uno, creo que su afición por las series comerciales las ha unido más en las últimas semanas.

—¿Cuáles son tus intenciones?

Es la primera vez que veo a Daniel ponerse nervioso frente a mi tía, pero ella no lo alarga demasiado.

—Ya sabéis que si pasa algo, por favor, llamad a mi teléfono antes que al de emergencias.

—Silbaré —respondo.

Y Gloria sonríe, recordando las palabras que tantas veces me repetía de pequeña.

—Entonces creo que tú y yo vamos a pegarnos un buen atracón de *La decisión de Charlie*. —Helena se dirige a mi tía y las dos ríen escandalosamente. Una más que otra.

Yo pienso en el fin de semana que le espera a *Mousse de chocolate* en casa. En cambio, no siento ni una gota de arrepentimiento por haber aceptado la invitación de Daniel. No, *Mousse* no puede venir con nosotros.

Y

Daniel se tumba en mi cama mientras yo hago la maleta para tres días. Mañana bajamos a Madrid en su coche y siento como si acabara de visitarme mi hada madrina, sin necesidad de vestido, carroza ni ratones que se conviertan en caballos blancos. Vacío un par de cajones y rozo el espejo repleto de palabras antes de meter en una mochila lo necesario para la escapada. Noto los ojos de Daniel sobre mis hombros mientras cierro la cremallera, antes de repasar una y otra vez el contenido para que no se me olvide nada.

—Renuncia a las sudaderas, en Madrid estos días hará algo más de calor que aquí.

No es el único que no comprende mi necesidad de llevar sudaderas algunos días de verano. Obviamente no estoy loca, en esta época suelo ponerme las más finas. Pero me siento mucho mejor.

—Está bien, está bien. —Saco la que ya había metido en la mochila, aunque planeo que llevaré una encima por si acaso. Por si acaso llega el frío externo o interno. Por si necesito esconderme.

Me siento en el suelo, con las piernas cruzadas y tranquila por tener la mayoría de las cosas listas. Quiero salir ya, coger el coche. Escapar de la rutina, o quizás comenzar de nuevo para olvidar los días que no hemos estado juntos. Como si cada uno fuera un recuerdo del pasado.

El corcho que días atrás estaba vacío ahora es un *collage* repleto de fotografías de países lejanos. Lo único que te queda cuando no puedes parar de pensar en alguien que no tienes al lado es hacer cosas que te recuerdan a él, y morderte las uñas. Hace unos días terminé de decorarlo con recortes de periódicos y revistas de agencias de viajes, seleccionando los lugares concretos que más me gustaban. Rusia, Estados Unidos, Brasil...

—La última vez que lo vi estaba vacío. —Parece que Daniel me ha leído la mente.

Se ha incorporado en la misma cama, con las piernas cruzadas. Igual que yo. También está mirando el corcho, parándose en cada una de las fotografías. Nos quedamos en silencio, hasta que él llega al centro...

—Hawái —susurra.

—Me recuerda a ti, así que busqué información y fotos sobre el archipiélago.

—¿Por qué Hawái?

Se levanta de la cama y me esquiva para no pisarme. Observo su espalda, está frente al corcho y alza la mano hacia una de las fotos. No puedo ver cuál está tocando, pero imagino que todo el centro dedicado al estado de los Estados Unidos que está formado por ocho islas principales. Ahora entiendo la devoción de Daniel por este lugar, aunque intuyo que en ella hay mucho más de lo que yo puedo imaginar.

—Cuando estoy triste, quiero escapar. Creo que se me ha pegado un poco lo de las tradiciones de Gloria, me gusta hacer algo concreto en cada momento de mi vida. Y he decidido que en esos días en los que quiera dejarlo todo y no volver durante un tiempo, me pasaré todo el rato aquí, mirando el corcho. Los lugares donde me gustaría escapar algún día.

—¿Querrás escaparte a Hawái?

—Ahora que lo conozco un poco, sí.

—¿No es un poco absurdo? Mirar fotos de lugares tan lejos de nuestro alcance, al menos a corto plazo.

—Se trata de sentir que no estoy aquí cuando miro estas fotografías, si hay algo de esos lugares que me gusta o me recuerdan algo o a alguien. Es una mezcla de lo que me gustaría llevarme y lo que quiero ver en un futuro. —Me quedo pensativa—. De todas formas, durante mucho tiempo he imaginado situaciones que creía lejos de mi alcance.

Se da la vuelta y me mira, animándome a continuar:

—Así que con esto hago lo mismo. Es el corcho de escapar, no puedo coger un avión o un barco, pero me gusta pensar que puedo venir aquí cada vez que quiera hacerlo.

—¿Esto es lo que has hecho estos días?

—Sí, Helena me ha ayudado un poco... —Me tranquilizo concentrándome en la textura de mis pantalones.

—*Mahalo.*

Me encanta que Daniel sepa palabras hawaianas, teniendo en cuenta que el hawaiano no es el idioma más hablado en Hawái. Casi toda su población utiliza el inglés para comunicarse y quedan muy pocos nativos, pero el idioma tiene algo mágico que hace que todo en su lengua suene de una forma especial. Aunque creo que su magia reside en cómo las pronuncia él, más allá de sus playas paradisíacas y bailes exóticos, que es con lo que la mayoría de los turistas se quedan. Pero parece que Hawái es un estilo de vida, una esencia.

—Gracias. —Se lleva la mano a la nuca—. *Mahalo.*
—No tienes por qué darme las gracias —respondo.
—Es más que eso, es la palabra favorita de mi madre.
Me parece escucharla de los labios de India.
—Ella decía que era mucho más que un agradecimiento.
—¿Y la tuya?
—*Ohana,* significa familia. —Se sienta de nuevo en la cama y apoya las manos en el borde.

Recuerdo la palabra. Está en algún rincón de mi mente, en ese que no quiere olvidar. Que retiene y retiene, negándose a dejar escapar los recuerdos.

—Creo que me gusta —respondo.

Él vuelve a tumbarse en la cama y yo en el suelo. Cuando comienza la noche, seguimos hablando de países lejanos y de palabras. Daniel me traduce algunas en hawaiano que quiero recordar y cada una de ellas contiene una historia, algo que para él siempre será especial.

Jamás podría quedarme dormida escuchándolo, en cambio cuando estoy a punto de hacerlo, me tapa la nariz y me despierto sobresaltada antes de perder la respiración por completo. Los dos rompemos a reír a carcajadas.

Una parte de la cara se la tapa el borde de la cama, por lo que solo veo la mitad de su sonrisa. Pero es suficiente. Sigue hablando y no recordaba cuánto podía llegar a tranquilizarme, igual que lo hacía aquellas tardes en las que el único mundo del que teníamos que preocuparnos era mi habitación o la suya.

—*Mahalo*. —Confuso, deja caer su mano hasta rozar la mía.

Se quita los zapatos y hace un gesto que entiendo como un llamamiento para que me acerque a la cama. Me incorporo, tropezando por los nervios o su mirada fija en mí. Esta invitación tampoco pienso rechazarla.

Grillos en la boca

Gloria tuvo que repetir durante una larga temporada su tradición de la trenza día tras día. Babia no paraba de hablar, de preguntar, de pedirle por favor a Gloria que fuesen a casa de los Creek. Y estuvo a punto de hacerle caso, le preocupaba todo lo que le había contado. Pero el miedo, el miedo a veces nos puede en las situaciones más necesarias.

Creek. Creek. Creek. Los grillos cantaban más fuerte por las noches y tía y sobrina notaban aún más la ausencia del niño. Después de la cena, su vaso de leche se quedaba frío. Porque ya no llamaba al timbre, ya no le dejaban cruzar la calle. Babia recordaba la risa de su tía cuando ella decidió que le llamaría Grillo porque su apellido sonaba al ruido que estos hacían. Esa noche Babia le pidió a Gloria dejar el vaso de leche en la ventana, para que ellos se la tomasen. Decepción, cuando por la mañana comprobó que no les había gustado nada. No habían probado ni siquiera un sorbito.

—Me la beberé yo —propuso la gigante pelirroja.

—No, no. Es de Daniel. No puedes tomártela tú, solo él o los grillos.

—La vamos a volver a dejar esta noche. —Ella se la bebería—. Si no se la beben, prometo que me llenaré la boca de grillos.

Gloria simuló tener la boca repleta de los insectos, buscando la risa de Babia. Pero no la encontró. Ni siquiera su tía era capaz ya de sacarle una de sus eternas carcajadas y es que

ella misma descubriría que después del día anterior ya no sonarían igual. Nada sería lo mismo. Absolutamente nada.
—Por favor, vamos a su casa. —Creó un tierno puchero.
—Babia, puede parecer que... —Se llevó las manos a la cabeza para explicárselo.
La niña salió y subió rápidamente las escaleras. Para volver a mirar por la ventana.

Te levantas temprano, con sabor a café

Los cristales están sucios, aunque eso no resta la magia que siento al entrar en un estudio de tatuajes. Nada más poner un pie en Madrid, Daniel me ha dicho que iríamos a un lugar por las calles paralelas a Hortaleza. Esta vez no me ha tapado los ojos con un pañuelo.

Hemos aparcado el coche en el garaje que pertenece al piso en el que vive, rezando para que este fin de semana no aparezca el portero. Él sigue manteniendo el piso en verano, pero no paga el aparcamiento a la comunidad por una temporada en la que se suponía que no iba a pasar por aquí. Y en consecuencia, tampoco su querido amigo de cuatro puertas.

No veo más que un edificio sin ascensor y frío que da cobijo a pequeños pisos, en pleno centro de la capital. El estudio está justo al lado. Callejeando llegamos al lugar en el que las huellas y el polvo en los espejos de la entrada no les hacen sombra a todos los dibujos que adornan las paredes del pequeño rincón de la tinta.

—Hola, chicos. —Nada más entrar nos saluda una chica que está detrás del mostrador—. ¿En qué puedo ayudaros? ¿Venís a tatuaros o a haceros un *piercing*?

—No. Yo no. —No sé lo que hago aquí, no sé cuáles son las intenciones de Creek.

La chica saca unos papeles para firmar y varios catálogos de tatuajes y perforaciones. Me fijo en que alarga las sílabas al explicarnos lo que tendríamos que hacer en cualquier caso, en el septum que le adorna la nariz y en los dibujos de tinta negra que asoman por los tirantes de su camiseta blanca.

—¿Entonces? —vuelve a insistir con un marcado acento gallego.

—Tatuar, me quería tatuar.

Miro sorprendida a Daniel.

—Te dije que era una sorpresa, quería que estuvieras presente. —Esta vez se dirige a mí y la chica de acento mágico sonríe ante la escena.

Detrás del mostrador hay dos salas, una para tatuajes y la otra para *piercings*. Veo la sombra de un hombre en una de ellas y oigo el sonido nervioso de una máquina. Este lugar huele a desinfectante, pero me tranquilizo por no ser yo la que va a sufrir.

Mientras ella comienza a prepararlo todo, Daniel y yo nos sentamos en unos sofás de color marrón cerca de la entrada.

—¿Qué vas a hacer? —le pregunto haciendo chocar mis zapatos con los suyos.

—¿Tú qué crees?

—Ya lo sé, idiota, pero ¿por qué ahora, conmigo? ¿Y qué te vas a tatuar?

—Cuando éramos pequeños ¿también hacías tantas preguntas? No lo recuerdo...

—Responde. —Mi voz es autoritaria y suelta una carcajada al escucharme.

—*Ohana.* —Junta las rodillas—. Te dije que es mi palabra favorita y cuando me has hablado del corcho para escapar he pensado que si la tengo cerca, recordaré todo lo que me cuesta recordar...

Me sorprende. La sensibilidad. Que esta vez sea tan claro.

Nos interrumpe el chirrido de una puerta y la voz cantarina que da dulzura a un lugar repleto de dibujos dignos de las mejores películas de terror y adecuados para adornar cualquier bar de carretera. Ella ya se ha puesto unos guantes de silicona, escucho cómo antes de dirigirse a nosotros habla con el que parece ser su padre. El hombre que se encuentra tatuando en la sala contigua.

—¿Empezamos? Cuando queráis...
—¿Puede pasar ella conmigo, por favor? —le pide Daniel y la chica tarda en contestar—. Por favor.
—Venga, vamos, no creo que mi padre me cosa las manos por eso.
Imagino que ese sería su peor castigo, no poder volver a utilizar las manos.
Entramos con ella a un pequeño cubículo en el que la chica del septum tiene el material que necesita para trabajar. Pide a Creek que se tumbe en la camilla y, antes de hacer bailar la aguja en su nuca, afeita la zona donde le va a escribir su palabra favorita: O. h. A. n. A.
No puedo evitar pensar que, en cierta manera, es tatuarse algo relacionado con su madre y una esencia de un lugar en el que le gustaría vivir. Un pensamiento. Una forma de vida. Estoy incómoda, porque no sé dónde quedarme quieta en un lugar tan pequeño. La tatuadora me acerca un taburete, y lo coloca justo donde Daniel tiene apoyada la cabeza. Una capa de sudor recorre su frente, por el calor y los nervios.
Le sujeto la mano y escondo mis dedos entre los huecos de los suyos. Cuando empieza a sonar la máquina que la chica maneja con seguridad, no veo un cambio en la cara de Creek. Se limita a mirar la unión de nuestras manos, hasta que decide hablar para romper la tensión.
—¿Sabes que las uñas de una persona hablan mucho de ella? Tú te las muerdes.
—Lo sé. Y eso solamente puede decir que me he pasado la vida nerviosa.
—¿Ya no?
—De momento no tengo motivos para estarlo. Mira, ¿las ves?, están creciendo.
Cierra los ojos y deja que la máquina termine de bailar sobre su nuca. Ya no vuelve a hablarme hasta que salimos del local, pero mientras la chica del septum termina de tatuarlo hace presión en el dorso de mi mano con su dedo pulgar. Varias veces.
Lleva la nuca cubierta con papel film y me es imposible

ver lo que veía desde la ventana cuando se daba la vuelta para volver a casa. Los tres lunares. Subimos las escaleras hasta el cuarto piso intentando no hacer demasiado ruido, ya que insiste en que es mejor que los vecinos no sepan que ha venido este fin de semana. Me tropiezo y él me lanza con una furia no justificada un periódico que encuentra en el suelo. Sí, este edificio no puede presumir de servicio de limpieza. Los peldaños parecen estar a punto de caerse y cuando entramos en su casa cambio de opinión. Es acogedora. Me gusta que el suelo chirríe, como si estuviera dándome la bienvenida, así como que la cocina aún no funcione con vitrocerámica. Es un pequeño estudio en el que la cocina, el salón y la habitación están en el mismo espacio y solo estamos separados del baño. Que se encuentra al lado de la puerta de la entrada.

El desorden es el protagonista. La cama está sin hacer y el escritorio está lleno de apuntes. Lápices. Y libros de la universidad. Justo encima se encuentran las baldas de una estantería en la que Daniel tiene frascos de colonia y pequeños recuerdos que no llego a identificar. La perfección desaparece, también la sobriedad, y descubro el desorden de una vida que él mismo ha escogido. Las sábanas revueltas y dos maletas cerca de la puerta. Aunque la cocina está recogida, el resto de la casa sigue tal y como la dejó cuando volvió al pueblo. Todo este tiempo ya parece una eternidad. Baja al coche a por nuestro equipaje y deja la puerta entreabierta; aunque no puedo irme demasiado lejos él me regala un: «No te muevas de aquí».

Comienzo a marearme cuando llevo más de tres vueltas por la habitación, intentando retenerlo todo en mi cabeza. De él. De su mundo. Las paredes que rodean la cama están repletas de fotografías, me acerco más para verlas mejor. Un fino hilo las une y él las mantiene pegadas a la pared, la mayoría son en blanco y negro. Paisajes de Hawái y una palmera de color verde, una foto con su madre y una bufanda naranja, las calles de nuestro pueblo perdido en la sierra de Madrid y *Mousse de chocolate*. El negro de mi gato destaca sobre el blanco que intenta restarle importancia en la instantánea. Estoy tan absorta que no me doy cuenta de que Daniel ya está aquí.

—¿Te gustan?

—Sí, son... diferentes.

Cada una cuenta una historia. Un recuerdo. Y brillan los detalles de la foto.

—Aún no conoces al chico de las fotos. —Se acerca a mí y pone las manos sobre mis hombros—. Desde que era pequeño me gusta hacerlo. Me hace olvidar.

«Olvidar. Olvidar. Olvidar.» No me gusta esa palabra.

—¿No es contradictorio? Si haces fotos a recuerdos, a lo que una vez viviste, no olvidarás. No sé si el olvido existe o no, pero si vives en el pasado, lo haces desaparecer del todo.

—Todas las fotos que he hecho o que colecciono son de cosas que no quiero olvidar, no tengo fotos de mi padre o de las chicas sin importancia que han pasado por mi vida.

Entonces me busco entre las fotos que adornan su habitación. Y no me encuentro. Me siento en la cama, hay fotos escondidas entre las sábanas, algunas en color. Me pongo cómoda.

—Perdona el desorden —se disculpa haciendo como que ordena un par de cosas del salón—. Este es el aspecto que suele tener el mundo donde vivo.

—Me gusta.

Se para en seco.

—¿Te gusta el desorden? —Se muerde el labio, distraído.

—Sí, no encuentro nada malo en él. —Mi pelo descansa entre sus sábanas, más llamativo al lado de un blanco impoluto—. Es divertido y necesario, no puedes luchar contra el desorden si es lo que te toca o lo que eres.

—Ahora lo entiendo todo. Tú eres un completo y absoluto desorden. —Atrapo la almohada y se la lanzo. Oigo una queja, huelo la forma en la que solo Daniel puede oler y después lo siento sobre mí. Apagamos las luces, descubriéndonos.

Recogemos hasta que nos duele el estómago de tanto reírnos y el mío golpea las puertas de «la hora de comer». Daniel promete hacerme la cena más buena del mundo y yo lo miro entendiendo en su frase segundas intenciones. Sus ojos se achinan y la comisura de sus labios parece casi confirmármelo. Descubro que sus manos se mueven más rápido de lo que esperaba y que sabe hacer la salsa de queso más buena que he comido nunca.

—Si sigues mirando, la haré de espinacas, me estás distrayendo —dice nervioso.

—Odio las espinacas.

—Por eso, yo odio que me miren mientras hago algo que sé que puedo hacer bien.

Se chupa un dedo, justo después de que la salsa lo salpique. Eso no es hacerlo bien, ¿o sí? ¿O es hacerlo demasiado bien?

—Te dejo, entonces —digo con la intención de salir de la cocina.

—No te vayas, ya estoy casi a punto de terminar.

Tarda diez minutos más, y veinte en hacer la pasta. Me habla de la rutina que sigue en Madrid, y después decidimos que no haremos nada este fin de semana de lo que hace normalmente. Aunque en determinados momentos lo obligo a que ponga su música favorita o me cuente cosas de los vecinos que viven en su mismo edificio. Recuerdo alguna de las canciones que le gustaban, pero otras me cuentan episodios de su vida que desconocía y las últimas que suenan me muestran muchas cosas que estoy descubriendo sobre él.

Algunas noches puede escuchar la voz de una niña que canta canciones que no llega a reconocer, tampoco a ella, en el tiempo que lleva aquí no ha logrado averiguar su identidad. Solo canta las noches de los lunes y los días de lluvia, pero en estos últimos le tiembla la voz.

—Solo logro identificar *Over the rainbow*, pero no sé quién la canta originalmente. Ahora que lo pienso, es triste, nunca me ha dado por buscarlo.

Estamos sentados en mitad del piso. Con la cena en la mesa y descalzos. Aún no me he puesto el pijama, pero él ha cambiado la ropa que llevaba por una más cómoda. Comienzo a olvidar que la niña podría ser una chica de mi misma edad cuando reparo en una coincidencia.

—¿En serio? Daniel, esa es una de mis películas favoritas. Me mira metiéndose el tenedor en la boca.

—La canción, digo, que sale en una de mis películas preferidas. Muchísima gente la ha escuchado, pero no la asocia al hombre hawaiano que la canta.

—¿Es de Hawái? Quiero verla, que la veamos juntos.

—Mastica rápidamente para seguir hablando—. Si no te hubiera contado esto, no lo habría descubierto, ¿te das cuenta?

—Sale en muchos anuncios, habrías terminado dando con ella. *50 primeras citas* no es la única película que la ha utilizado, pero me obsesioné con la historia.

—Espera un momento. —Deja lo que queda de los fusilli cuatro quesos en el plato y se levanta para buscarla en el ordenador—. Quiero escucharla en esa, aun así.

Se estrenó el 23 de abril de 2004. Gloria me hablaba de la historia de Lucy y Henry muchas veces, pero hasta que no pasó tiempo y no me acordé de nuevo de la película, no la vi. Me enamoré de ella por su banda sonora, su protagonista, por la mezcla perfecta de humor (a veces no demasiado bueno) y amor. Por hacerme más placentero el miedo al último adiós, demostrándome que a veces solo hace falta creer en lo que sientes por esa persona. Para luchar cada día y no olvidarla, aunque lo segundo tengas que hacerlo por los dos. No recuerdo cuántos años tenía la primera vez que la vi, pero sí que me intentaba peinar como la protagonista y que utilizaba frases completas de la película en mi día a día. Gloria estuvo a punto de matarme en algún momento.

Creek pone el ordenador encima de la cama y comenzamos a verla mientras terminamos de cenar. Me busca en determinados momentos de la historia.

—Ella no puede recordar nada desde el día del accidente, el chico se va a enamorar de una chica que nunca podrá recordarlo.

Le mando callar, aunque ya la haya visto. Aunque mueva los labios repitiendo los diálogos de determinadas escenas.

Me da la mano por debajo de la mesa. Los platos quedan en un segundo plano, relevados por la historia de amor más bonita del mundo. Aunque prometemos llevarlo todo cuando termine la película, los dos estamos demasiado absortos para recordarlo después de la canción. Escondo la cara del campo de visión de Daniel cuando la película me saca las lágrimas que al comienzo eran risas.

—¿Eres de esas que lloran con las películas románticas? Nadie se lo habría imaginado.

—No, se me ha metido algo en el ojo. —Me recupero pronto—. Y es especial, idiota.

—Me ha gustado. No solamente por Hawái o la canción. —Echa la cabeza hacia atrás—. Me gusta que lo que hace que se enamore Henry de Lucy no es que ella sea la chica más difícil del mundo.

—¿Es eso lo que más te ha gustado de la película?

—No lo escoges, ni el momento, ni siquiera el lugar. Ni siquiera puedes llegar a saber lo que serías capaz de hacer si esa persona te necesitara, aunque ella no lo sepa —responde.

—No me gustaría ser Lucy, aunque me guste el mensaje final de la película. Y lo que Henry hace en contra del olvido.

—A mí tampoco me gustaría ser Henry Roth, no me gustaría olvidarte, ni que tú lo hicieras. No me gustaría tener una relación con alguien que muy en el fondo sé que nunca podrá recordarme, porque llegué unos meses tarde.

Me besa, después de echarle la crema para que le cicatrice el tatuaje. Tres besos después y los créditos, Daniel vuelve a ponerse los zapatos con la intención de enseñarme el Madrid de madrugada. Bajamos las escaleras, haciendo ruido, él me persigue cantándome una de las canciones de *50 primeras citas* y yo no puedo parar de reír. En el portal, nos volvemos a humedecer los labios sin hacer caso a los ojos curiosos que se han asomado a las mirillas y entreabierto las puertas para percibir lo que intuyo que es el aleteo de mi felicidad.

Los aeropuertos llenos y la plaza Mayor más sola que nunca.

—Si él hubiera llegado antes del accidente, ella le recordaría. —Daniel retoma la conversación casi donde la habíamos dejado.

—¿Tanto te preocupa? —Sonrío y avanzo por la plaza, atrapando antes su mano.

Frunce el ceño, en su frente se plasman las líneas del tiempo, la preocupación e incluso la frustración.

—No es la película, me preocupa que quizás sí haya algo que pueda hacer por mi madre... Aunque sea difícil, aunque tenga que sacrificar mis días.

—¿Para sacarla del psiquiátrico? Pero tu padre...

—Creo que no me importa, Babia. —Se para en seco—. No me importa, por primera vez no tengo miedo a lo que pueda hacernos. Pero ¿qué, si no lo intento de nuevo?

—Intentémoslo —le susurro en el oído mientras lo abrazo.

Noto su barbilla chocando contra mi hombro, nervioso.

—No puedo hacer eso, no quiero que entres en guerras de una familia que no es la tuya.

Aunque creo que eso me ha dolido, lo entiendo. Hago una mueca con los labios e insisto:

—Estamos juntos en esto.

Daniel parece poseído por una energía renovada y comienza a impulsarme para que dé vueltas como si fuese la bailarina que vive eternamente encerrada en una caja de música. Las pocas personas que pasan por nuestro lado nos miran, curiosas o con simpatía, pero por mucho que sonrían sintiéndose parte de la complicidad que tenemos, estos momentos solo nos pertenecen a nosotros.

El centro de la capital esta noche es nuestro. Después de más de media hora andando, solo nos queda fuerza en las manos y nuestros labios han dejado de sentir el calor de un interminable agosto que se queda dormido. Cuando las calles están ya solo iluminadas por algunas farolas, los coches y la fuente de La Cibeles, bajamos por la acera del parque que separa el Banco de España del Paseo del Prado, que nos lleva hasta unos columpios que aún se balancean y ni siquiera corre una gota de aire. Daniel se sienta en uno de ellos y a mí no me apetece hacerlo sola, me siento de forma insegura sobre él y no tarda en esconder sus labios sobre los míos.

No los movemos. Solamente nos limitamos a sentir la respiración del otro.

—Creo que deberíamos volver a casa —susurra.

De madrugada los metros no vuelan y las distancias son más largas que lo que tarda un semáforo en vestirse de verde. No es un problema subir de nuevo hasta el cuarto piso en silencio, no quedan risas que no hayamos agotado y las palabras se disfrazan de la mano de Daniel en mi cintura mientras subimos las escaleras o de mis ojos pegados a su espalda. Cierra la puerta y caemos rendidos en la cama, me escondo en el baño para cambiarme y cuando salgo él tiene los ojos cerrados y lleva puesto un pantalón corto. Tiene la cabeza apoyada sobre la almohada y sus brazos ocupan gran parte del colchón, rozo la manga de su camiseta cuando me tumbo cerca de él. Cuando repara en que ya no está solo apaga la luz y, de perfil, nos miramos hasta que nos quedamos dormidos.

—Buenas noches.

No sé si lo dice él o lo digo yo antes, los párpados me pesan demasiado para poder diferenciar el sonido de nuestras voces antes de dormirme.

Suspiro cuando la claridad del estudio es la suficiente para despertarme; se nos olvidó bajar las persianas. Creek me da la espalda, pero está demasiado cerca de mí. Lo primero que veo es el papel film que le cubre el tatuaje empapado de tinta y justo encima los tres lunares que tiene en la nuca. Pese al calor, reparo que en mitad de la noche se levantó a por una sudadera negra que lo cubre, aunque está desabrochada. Se da la vuelta y cierro los ojos rápidamente, cuando vuelvo a abrirlos compruebo aliviada que él los tiene cerrados y observo cómo la camiseta blanca que lleva debajo se le ciñe al cuerpo por el sudor.

Finjo que estoy dormida cuando se levanta. Le oigo entrar en el baño y pasan unos minutos hasta que regresa y *clack, clack*, deja dos vasos encima de la mesilla.

—Cuando finges estar dormida aprietas demasiado los

párpados. —Tiene la voz ronca, espesa—. Si te pones nerviosa pestañeas tres veces y odias que si vas andando acompañada de alguien, te adelanten.

Un beso. Dos besos. Tres.

—Te levantas temprano. —Estiro los brazos y sonrío—. Con sabor a café.

—Estás más adorable de lo normal cuando te estiras por la mañana.

—Duermes entre fotos que a veces editas tú mismo y tus apuntes están sobre folios en blanco sin alinear, por eso escribes completamente torcido.

—Eeehhh. —Me mira ofendido.

Le brillan los ojos, cansados, pero la luz que entra por la ventana y que da directamente sobre la cama hace que parezcan más claros. Tiene barba de varios días, el pelo despeinado, se le ha perdido un calcetín y lleva unos pantalones cortos que hacen que el vello de sus piernas roce las mías. Haciéndome cosquillas.

—No te gustaba ir siempre repeinado y sigue sin gustarte. Te sientes cómodo así. Te despeinas cuando tienes la sensación de que tienes el pelo bien colocado.

—Me gusta que me conozcas —responde.

Ouch. Ouch. Ouch.

Nuestras caras descansan cerca y sus manos se encuentran con las mías. No somos perfectos, pero cuando estamos juntos tengo la sensación de que todo encaja. Es un terremoto en la coronilla del mundo. Nos besamos despacio y después tan rápido que pierdo la noción del tiempo y lo único que puedo sentir, ardiendo, son sus manos recorriendo mi cuerpo. Tengo vértigo a empezar algo que no sé si quiero terminar, pero no pronuncio lo que mi cabeza me sugiere.

Echar de menos

Si Babia era sincera diría que lo echaba de menos. Pero ya no se atrevía a decirlo, cada día que pasaba se le hacía más difícil, volvía a ser la que era. La niña huérfana, ahora también de él. Huérfana de Daniel Creek. Hablaba todo el tiempo con *Mousse de chocolate* y a medida que iba pasando el tiempo, dejó de subirse al taburete para mirar por la ventana.

Las cortinas se volvieron más oscuras. Pero a veces, por la noche, la nostalgia arañaba. Primero despacio y después más fuerte, hasta que se quedaba dormida en el suelo, con los pies apoyados en las patas de la cama. Luego Gloria entraba de puntillas y la metía en la cama.

Antes de rendirse al sueño, Babia repetía al techo en voz muy bajita, una y otra vez, lo que echaba de menos de él. Nadie podía escucharlo, salvo *Mousse de chocolate*.

«Echo de menos los viajes que no haremos.»

«Echo de menos dejarme ganar.»

«Echo de menos el vaso de leche por la noche y la última sonrisa por la ventana.»

«Echo de menos las promesas.»

«Echo de menos no saber lo que te pasa por la cabeza.»

«Echo de menos el paraguas rojo. Y el beso.»

«Echo de menos las carreras hasta la puerta del colegio. Y las zancadillas.»

«Echo de menos los dulces que me traías escondidos en el bolsillo de la sudadera.»

«Echo de menos el terremoto en la coronilla.»
«Echo de menos cuando decías cosas sin sentido.»
«Echo de menos que quieras que nos guste lo mismo.»
«Echo de menos tu voz.»
«Te echo de menos.»

Pertenece al silencio

—¿Babia? ¿Babia? ¡Babia, no te oigo bien!

Reconozco la voz de Gloria al teléfono, algo avergonzada, como si hubiera adivinado que ha interrumpido algo importante. Recupero el aliento.

—Tía, ¿ha pasado algo?

—No, tranquila, solo llamaba para saber de vosotros.

Sé que me está mintiendo.

Oigo a Helena, su voz es lejana, pero intuyo que pronuncia las palabras que mi tía no se atreve a pronunciar.

Daniel está tumbado en la cama y su cuerpo está cubierto por el revoltijo de sábanas que ha quedado de la noche anterior, de nosotros. No necesito un espejo para comprobar que mi piel tiene el mismo tono rojizo que cogen los ingleses en las playas españolas durante estos meses. Hundo mis dedos en los enredos de mi pelo, justo antes de oír respirar agitadamente a la gigante pelirroja.

—Claudia ha llamado esta mañana, Babia.

—Ese no es motivo para ponerse nerviosa, tía. Hemos podido otras veces con ella.

—Llega el final del verano y con él, la vuelta de Helena a su casa; creemos que puede venir a recogerla.

—Conociéndola... podemos escudarnos en que tiene que terminar el trabajo en la piscina, hasta principios de septiembre.

—Eso no es eternamente. —Gloria habla como si fuera un perro abandonado. Indefenso y demasiado débil para hacérselo pagar a sus dueños con cuatro ladridos.

Vuelvo a oír la voz de Helena quejándose y se hace con el teléfono.

—Babia, solamente es una suposición de Gloria. —No lo dice, pero está nerviosa—. Y además tengo a mi padre de mi lado, no pasará nada.

—Baja a Madrid mañana con Daniel y conmigo, por si acaso. Así después volvemos juntas.

Se ríe, divertida.

Helena me lo confirma y no me despido de mi tía. Me dejo caer en el pequeño sofá que Daniel tiene colocado a unos centímetros de la cama, rodeada de ropa limpia que espera a ser planchada. No me había dado cuenta de que en algún momento este verano terminará. Y con él no todo tiene por qué volver a la normalidad, pero me volveré a enfrentar yo sola al mundo. Con *Mousse de chocolate*, por supuesto.

Aún quedan unos días. Daniel no aparta la vista del sofá, de mí, de mi postura encorvada debido a que intento ordenar mis pensamientos. Mi tiempo.

—Intenta no pensar, solamente por una vez. —Se incorpora, perezoso.

Dejo la mente en blanco mientras me distrae con las historias más bonitas del mundo. Olvido la última llamada, la vuelta a la realidad y me concentro en el ruido que hace el suelo al sentirle sobre él. Bajamos las persianas, para no preocuparnos más por el tiempo.

Como cuando éramos pequeños, creamos nuestro mundo de cero. Las sábanas caen al suelo simulando el movimiento de las olas y había olvidado lo mucho que nos gustaban las historias sobre piratas. Sin sirenas de labios azules y esclavos de buenas intenciones, pero tampoco existen ya la inocencia o la ignorancia de todo lo que nos rodea. De lo que sucederá cuando hayamos dado un paso hacia las profundidades del océano.

—Mira... —Estamos tumbados mirando hacia el techo. Abre la mano y baja la mirada—. ¿Lo recuerdas?

Sobre su mano encuentro la púa de una guitarra.

—¿Es mía? No lo recuerdo... —Aunque me gustaría hacerlo.

Vuelve a cerrar los dedos sobre ella. No recuerdo haber tenido una sin las iniciales de mi nombre, otra tradición de Gloria que terminó llegando hasta mí.

—Un día en las escaleras del instituto la perdiste y parecías perdida tú también. —Nuestras piernas se cruzan y mis dedos recorren las palmas de sus manos—. Pregunté a varias personas, que quisieron saber por qué me interesaba por ti y me contaron que no parabas de preguntar si alguien la había encontrado. Yo lo hice.

—¿Por qué no me la devolviste? —le pregunto curiosa.

—En el instituto se rumoreaba que tenías una prueba para un programa de televisión y al final no te presentaste, muchos se reían por tu miedo. No fuiste porque no tenías la púa, ¿verdad?

—No era mi sitio, no tenía la púa, no estaba preparada...

—¿Sabes que dicen que tus miedos desaparecen en el tiempo que tarda la púa de una guitarra en llegar de una cuerda a otra?

—No... No fui porque no encontré ninguna razón para hacerlo.

—No te la devolví porque encontré demasiadas razones para pensar que era lo primero que tenía que hacer para recuperarte.

Al final parece que yo no era la que iba en contra del mundo. Los miedos no solo se alimentan de la energía de un cuerpo, mueren al final de miles de historias. Cuando caduca una cita, bajas las escaleras y no te devuelven lo que has perdido, o piensas que no merece la pena lo que podría cambiar tu vida.

—¿Qué harás cuando termines el bachillerato? ¿Quieres tocar, cantar?

—Quiero seguir haciéndolo en mi casa, para Gloria y para mí. —Me muerdo el labio pensativa—. Quizá un grado superior y encontrar un trabajo, quiero saberlo cuando llegue el momento. ¿Qué harás tú cuando tengas que volver aquí?

—Volver a la universidad y a trabajar, hablar con los doctores de mi madre, encontrar una salida y... —Gira la cabeza hacia su derecha y me encuentra—. ¿Tenerte?

Lo beso, sin promesas de futuro y con todas las ganas del presente. Ya ninguno de los dos llevamos calcetines y las sábanas siguen reteniendo nuestro calor, Daniel coge las llaves del piso y me susurra en el oído: «Acompáñame». Catorce escalones nos separan de la azotea, tras una puerta verde.

—No creo que esté abierta..., ¿no? —Tiemblo por un frío que ya no existe.

—No suelen cerrarla, nadie sube aquí. —Pero habla bajito, como si ese lugar estuviera repleto de personas—. Solo los que vivimos en el cuarto.

Empuja y la puerta cede ante su fuerza. Está desierto, pero no hago demasiado caso a la azotea al ver todos los edificios que nos rodean, a punto de derribarse sobre nosotros. Daniel me deja unos segundos sola y regresa con comida preparada para saciar el hambre y una manta que cubre parte del suelo para que nos sentemos. También lo acompañan las sábanas. Madrid yace ante nosotros mientras los minutos van pasando, la luz es cada vez más tenue y parecemos los reyes de un castillo que contemplan las calles de su reino entre conversaciones y besos que saben a libertad. Desorden. Despeinamos la costumbre cuando dejamos de hablar del exterior, de lo que nos preocupa, lo que haremos o lo que vendrá.

—¿Has traído aquí a las demás?

Casi sin darme cuenta, vuelve. Vuelvo.

—¿Necesitas toda una vida para entenderlo?

—Solo era una pregunta más...

—No existió nadie importante, nadie que tuviera algo distinto.

Sé que le gustaría hacer desaparecer todas mis dudas de una vez por todas, pero por eso el tiempo es una obsesión del ser humano. Porque lo necesitamos para todo.

—Venga. —Pongo los ojos en blanco—. No me digas que eres uno de esos que busca una chica diferente, que pasee por las playas los domingos y lleve el pelo despeinado casi sin darse cuenta, pero lo que no saben es que está estratégicamente peinado.

Su risa llena la azotea. Haciéndome temblar, derribando el humor que utilizo para sentirme más segura.

—Babia... —pronuncia mi nombre despacio, pero no le hago caso—. Babia, puedes mirarme, llevas haciéndolo el resto del fin de semana.

Mi codo choca contra su estómago y rompemos a reír, revolviendo de nuevo las sábanas hasta que él termina sobre mí y lanzamos lejos los túpers que ha subido para comer. El colgante de la flauta de pan se escapa de debajo de su camiseta, pero la cadena se le pega al cuello con el sudor.

Las luces de los edificios vecinos van apagándose y Madrid se sume poco a poco en la oscuridad. Siento sus hombros sobre los míos, las manos de Daniel recorren mis brazos hasta esconderse bajo las mangas de mi camiseta. Mi cuerpo se tensa en apenas diez segundos, pero no quiero interrumpir un baile de dos que me hace sentir tan bien. Los ojos más bonitos del mundo repasan mis labios y descansan sobre los míos, haciéndolos parpadear. Continuamente.

—Babia, no estoy a punto de enamorarme de ti porque seas diferente a las demás, estoy a punto de enamorarme de ti porque me haces distinto.

Dicen que en las alturas el vértigo es de lo más normal en las personas que lo sufren, pero nadie me dijo que mi cuerpo me pediría tirarme desde el edificio más alto del mundo. Para poder saber que son reales las palabras que aún cuelgan de su boca y que atrapo antes de que caigan al suelo. Y se rompan. Este momento pertenece al silencio.

Vuelve a cubrirme y solo es capaz de responder mi corazón hambriento.

Daniel me recorre el cuello con los labios y hundo mis manos en su pelo, mientras las suyas ascienden hasta tocar mis pechos. Respiro agitadamente.

Recuerdo cuando nadie más que yo podía ver mi cuerpo, justo en el momento en el que Daniel se deshace de mi camiseta y yo me cubro. Indefensa. Aunque él ya me ha visto en la piscina, esta vez es distinto. Él también se la quita y lo único que nos cubre es el cielo que se aproxima al anochecer y algunas partes de la sábana. Antes de seguir, baja de nuevo al piso y sube, en segundos.

Me acaricia por encima de la línea que separa mi estómago del borde del pantalón, antes de desabrocharlo. Cuando tira al suelo la última prenda de ropa que nos separa, me tiemblan las piernas. No sé si tengo miedo escénico, sería uno más en la lista, pero supongo que, como el miedo escénico, va desapareciendo cuando la canción ya lleva unos minutos y cada vez está más cerca del final. Lo que en este caso sería el principio. Ahora.

Daniel lleva unos calzoncillos negros y mis manos lentamente se deshacen de ellos, recorro su piel de forma torpe. Al contrario que la de sus manos, es suave. E intento memorizarla antes de que esto termine y los dos estemos vestidos. Lejos de estar tan unidos como lo estamos ahora, sobre una manta, rodeados de sábanas y en las alturas de una ciudad que aún no duerme.

—Estoy nerviosa —musito.

Para en seco, pero asiento con la cabeza. Despacio. Él me guía poniendo sus manos sobre las mías. Mi cuerpo arde y el suyo se mueve sobre el mío quemando cada zona de mi piel que ya no me pertenece. Pronuncia mi nombre varias veces como si se tratara de una letanía y yo me concentro en sus labios, mientras abajo se oyen las bocinas, la sirena de una ambulancia y también su último aliento sobre mi boca antes de perdernos del todo. Sin cuerdas que nos impidan mirarnos, cerrar los ojos cuando lo necesitamos, tocarnos con urgencia, unir nuestras manos para recuperar fuerza y sentirnos bajo la sombra del resto de edificios. Se enciende la luz de una farola que vive en la solitaria azotea, nos contempla. Y nosotros estamos demasiado agotados como para darnos cuenta.

Vis a vis

Las paredes eran blancas, pero estaban llenas de polvo. Allí no había apariencias, tampoco secretos, las palabras que jamás habría querido escuchar recorrían los pasillos. Daniel agarraba la mano de su padre por primera vez en su vida, con necesidad. Olía a una mezcla entre alcohol, no del que bebía su padre, y algodón. Le pesaban los pies y tenía la boca seca, pero iba a poder ver a su madre por primera vez desde el día en que se la llevaron, hacía bastantes meses. A la fuerza, de nada sirvieron sus gritos y los arañazos en los brazos a los hombres de blanco. Había aprendido a odiar ese color con todas sus fuerzas; demasiado perfecto, demasiado mentiroso, un color así tenía mucho que ocultar.

Les hicieron esperar ante una puerta de ese mismo color.

En unos segundos comenzaría el vis a vis. Se acordó de la manía de Babia, se mordía las uñas, y él también comenzó a hacerlo en ese mismo momento. Le había insistido a August Creek una y otra vez, hasta que lo consiguió. Él podía conseguirlo todo, encerrarla allí, hacerla pasar por loca y que le dejasen ver a su madre todo el tiempo que él quisiera. Al fin y al cabo, India estaba allí por ser peligrosa para su imagen pública como uno de los abogados más importantes de España.

—Adelante, cariño. —Una celadora le cogió de la mano desocupada y lo invitó a entrar en la habitación.

Su padre se quedó allí y él deseaba no volver a verlo nunca. Que estuviese muerto.

—Mamá.

En la habitación no había muebles. Solamente una mujer sentada en el suelo a la que reconoció solo cuando vio sus ojos. Algo se había roto dentro de ella, aquel lugar la había hecho envejecer en dos meses lo que tendría que haber tardado toda una vida. Despeinada, con un camisón blanco hasta las rodillas y los brazos con las huellas de los calmantes. Había que hacerla callar, había que hacerla obedecer, había que silenciarla. Ya no tenía fuerzas para gritar, pero le quedaron las suficientes para abrazarlo.

Sin separarse, le habló:

—Mi niño, mi niño, mi niño. ¿Estás bien? Solo quiero eso.

—Mamá, estoy bien. Mira, estoy un poco más gordito.

—A ver... —Lo miró dándole la vuelta—. ¿Te ha hecho daño?

El niño rompió a llorar.

—No. Pero esto tiene que ser un secreto.

—Ese hijo de puta... —No le importó la presencia de Daniel, la rabia no entiende de tabúes—. Si él te hace algo, cuéntalo. Vete adonde Gloria.

India sabía de malos y buenos. De corazones de hierro y de aquellos demasiado grandes para habitar en un mundo como este. Pero tampoco era tonta, se enamoró de un hombre que, si quisiera, podría comprar el mundo. Con palabras, tratos y favores podía conseguir lo que se propusiese. Era una de esas personas a las que conviene tener lejos. Que todo un océano nos separe de hombres como August Creek.

—Mamá, quiero estar contigo. Sal de aquí, por favor, sal de aquí.

Las lágrimas más amargas resbalaron por la cara del pequeño Creek. India intentaba hacerlas desaparecer con sus labios, ya demasiado desgastados, en los que no había calor.

—Prométeme que cada vez que te acuerdes de mí besarás la flauta de pan, promételo.

El niño asintió, perdido; no entendía que su madre no le prometiese lo que él quería escuchar.

Pero era imposible. India se levantó como pudo y se

apoyó en los hombros de su hijo cuando la enfermera les avisó de que el vis a vis había terminado. Al abrirse la puerta, vio los ojos de August Creek. Y su sonrisa. Se cerró la puerta de nuevo y ella se lanzó justo en el momento en el que sacaron a Daniel y cerraron con fuerza. Ella golpeó y golpeó hasta el desmayo. No despertó hasta que su aún marido ya estaba fuera del psiquiátrico.

El Palacio de hielo

$\mathcal{A}$ veces rozamos el cielo casi sin darnos cuenta, aunque una vez que lo hemos hecho tenemos los dedos empapados del algodón de las nubes. Y es ahí cuando se supone que nos tenemos que dar cuenta de que lo imposible no lo es tanto, pero no reparamos en que todo avanza, todo sigue y a veces el mundo se para.

Madrid no se acobarda ante el bochorno. En cambio, se queda paralizado ante nuestros pasos recorriendo sus calles. Helena camina justo delante de nosotros, después de dejar las mochilas en el coche para tenerlas preparadas a la vuelta. Daniel me coge de la mano y ella nos sonríe cómplice. Está cambiada, viste vaqueros y una de mis camisetas. Parece que lleva un vestido.

—Helena, es tres tallas más grande que la tuya. —Pasamos por su lado y me permito darle un pequeño tirón de pelo.

—Hoy no me apetecía arreglarme demasiado…

—Eh, cuidado —le interrumpo—, puedes ofenderme.

Helena parece distraída desde que ha llegado a casa de Daniel, pero mientras comíamos ha intentado adaptarse a la conversación. Nos ha preguntado por el fin de semana, pero hemos preferido no contestar. Mi prima me ha golpeado las rodillas con los zapatos al comprobar que mi cara enrojecía. Antes de su llegada, los dos nos hemos preocupado de recoger el estudio, al menos para que estuviese bastante mejor de como yo lo encontré. Pero Helena no ha mirado a su alrededor, se ha limitado a abrazarnos y a contarnos todo lo que han hecho Gloria y ella durante nuestra ausencia.

Daniel y yo sabemos que Helena está preocupada por lo que vendrá. Y aunque esa conversación sigue siendo nuestra, después de comer decidimos dejarlo todo preparado y pasear hasta el Palacio de hielo. A Helena le gusta patinar sobre hielo. Aunque no lo hemos hablado, veo sus búsquedas en el explorador de Internet. Me sorprendí al ver que eran numerosas, frente a las de series de televisión. Llegamos en menos de media hora al invierno en mitad del verano.

—¿Es aquí? —pregunto al acercarnos a un recinto con forma de círculo en mitad de lo que parece una finca desierta.

Los dos suben las escaleras y se acercan a las taquillas, apenas hay gente esperando para entrar. Supongo que patinar sobre hielo no es en lo que las personas suelen pensar en pleno agosto, pero lo prefiero, estaré más cómoda con el alivio de que serán pocos quienes sabrán que soy la más torpe del mundo. Hay tres chicas que se encargan de vender las entradas y del alquiler de patines, guantes y demás equipo. Daniel se gira y me sonríe, sabe tan bien como yo que seré la mejor amiga del muro de plástico que separa la pista de las gradas. Encojo los hombros.

Tropiezo con los patines ya puestos, de camino a la pista de hielo. Y recibo su primera carcajada, Helena se para a ayudarme, mientras observo cómo se mueve sobre ellos como si se tratara de dos simples tacones con los que suele ir normalmente. El interior del recinto es inmenso, contra todo pronóstico la pista no está vacía y algunas de las gradas se encuentran ocupadas por familiares o amigos de los que disfrutan o sufren aquí abajo.

—Creo que prefiero sentarme, chicos.

Daniel y Helena niegan con la cabeza. La música invade el recinto y motiva a un grupo de chicas que muestran sus mejores movimientos; entramos y Helena no tarda en unirse a ellas. En cambio, Daniel me coge de las manos y me susurra al oído:

—Prohibido pegarse a la barra.

Tengo las manos congeladas, pero él me las mantiene agarradas y comienzo a coger soltura después de unos minutos en los que parecemos una sola persona.

—Una pierna y luego la otra, olvídate de la sensación de peligro.

Intento olvidarme de todo deslizándome por la pista, hasta que reparo en que él ya se ha soltado de mis manos. Aunque lo necesito, avanzo hasta la zona a la que se dirige Daniel. Sus movimientos son rápidos, como si el tiempo se agotase.

—¿Dónde has aprendido a patinar así?

—No es tan complicado, Babia, creo que es la tercera vez que patino en mi vida.

—¿Bromeas? Me estás empezando a dar un poco de asco —digo mientras estoy a punto de tropezar y caer.

—No sabía que hacías lo que hicimos anoche con personas que te dan asco. —Se aleja y varias personas que patinan a nuestro alrededor lo oyen.

Enrojezco y me alejo un poco más. Lista para gritar.

—Lo de anoche solo fue un gesto de caridad. —Sonrío—. Nació de la pena que me da que me mires con cara de desesperado. Prefiero terminar lo que empiezo.

Sus carcajadas bailan por todo el Palacio de hielo, resquebrajándolo un poco. Patina hacia mí y comienza a dar vueltas a mi alrededor. Me abraza, seguimos patinando y una niña nos mira curiosa.

—¿Te estoy dando pena ahora mismo? —Acerca sus labios a los míos, pero no me besa.

—Un poco… —Boqueo como un pececillo al que le han arrancado toda su ira contenida, esperando lo que no llega. Y de ella solo queda la huella de un beso y una noche en vela.

—Pues ahora tendrás que ganártelo. —Hace bailar una mueca burlona—. Te veo demasiado desesperada, ¿no?

Lo sujeto más fuerte de las manos y desaparece el miedo a caer. Porque lo beso, sin que me dé permiso ni que me lo pida. Lo beso porque simplemente necesito hacerlo. Al terminar, Daniel respira lentamente sobre mi mejilla y localizo a Helena de reojo recorriendo la pista, no me da tiempo a gritar hasta que ella lo hace.

Acaba de chocar con un chico que patinaba al fondo, en una zona completamente desierta. Intuyo que reservada a las personas que se dedican profesionalmente al patinaje, ya que hay unos conos rojos que la señalan. Daniel y yo patinamos raudos hacia allí.

Helena está tirada en el suelo, bajo el cuerpo de un chico. Lo primero en que me fijo es en su pelo, el rubio más cerca del blanco que he visto nunca. Gira la cabeza hacia nosotros cuando llegamos y reparo en que sus ojos son negros. Tan tristes que durante un segundo creo que voy a desfallecer en el hielo de solo contemplarlos.

—Lo... siento... —dice mi prima avergonzada.

—Esta zona no es para aficionados. —Su voz contrasta mucho con su aspecto.

—No me di cuenta.

—Si tuvieses control sobre el hielo y tu propia cabeza, serías la chica perfecta. —La ayuda a levantarse y veo una tormenta en los ojos de mi prima.

—Imbécil... —murmuro con rabia y Daniel da un paso adelante, que yo paro.

—Tengo el suficiente control como para machacarte, idiota. —Recuperada, lo empuja.

Él se tambalea. La mira embelesado. Helena se gira hacia nosotros y huye de la zona prohibida, del chico de movimientos violentos sobre la pista de hielo. Tardamos unos minutos en seguirla, ya que Daniel y yo comprobamos cómo una chica vuelve a llamar la atención del patinador. Él hace caso a sus palabras como si fuera la persona que maneja los hilos que le cuelgan de brazos y piernas. Ella mira hacia Helena y mi prima hace un giro completo y perfecto ante dos pares de ojos que queman cada uno de sus movimientos.

—Volvamos a casa —le digo a Daniel resguardándome entre sus brazos.

Antes de subir al coche, unos vecinos avisan a Daniel de que tendrá que pagar el fin de semana de aparcamiento. Nos han pillado. En el interior huele al ambientador de pino que me recuerda al olor de un armario. Sí, cuando era pequeña había domingos en que me pasaba horas encerrada en el armario. Siempre me ha parecido curioso que huela a viaje, aquellas tardes de domingo me sentía como en la sala de un cine en la que era yo la que proyectaba las imágenes en la pantalla. Y esa no es más que una forma más de escapar.

Helena ocupa todo el asiento trasero, veo por el retrovisor cómo se pone cómoda mucho antes de que Daniel arranque el coche. La radio anuncia el tiempo de los próximos días y los tres guardamos silencio, escuchando lo que sabremos dentro de muy poco, que es imposible deshacerse de la manía de querer saber lo que nos depara el futuro. Pero termina siendo inútil y frustrante.

—Me toca elegir la música. —Miro a Daniel y él asiente—. No, no te estoy pidiendo permiso. Las últimas veces hemos escuchado las canciones que os gustan a vosotros.

—Eso es solo porque coincidimos en música, Babia. Podrías haber elegido tú —responde Helena divertida.

—Venga, pon la música que quieras. Sorpréndenos, pequeña.

Me ruborizo por el mote inesperado, y cariñoso. Una de sus manos resbala por mis rodillas y veo una de sus sonrisas pícaras. Me está provocando, ahora, aquí.

—Qué suerte ser la novia del conductor, ¿no? —Helena se incorpora, sujetándose en el respaldo de nuestros respectivos asientos.

La.novia.del.conductor. La.novia.de.Daniel.Creek. Novios.

—Es una forma de pagarle que mi novia, cuando no era mi novia, se sentara cerca de mí. En el asiento del copiloto.

Me quedo demasiadas veces sin respuesta, pero muevo un poco la mano sobre la suya para hacerle entender que me gusta la idea. Tanto que vuelvo a estar en un estado de total euforia antes de adentrarnos en el desvío que nos aleja de Madrid. Quiero besarlo pero él no puede descuidar el volante.

Las farolas de nuestra calle están apagadas. Han sumergido en sombras la acera que las separa de la carretera. En cambio, todas las luces de su casa están encendidas. Salimos del coche sin coger el equipaje y compruebo que Gloria solo tiene la de la cocina encendida. Daniel cambia el gesto de su cara y me suelta la mano en cuanto comprueba que la puerta que accede a su jardín está abierta. Nunca está abierta.

—Daniel, no tienes de qué preocuparte. —Helena intenta tranquilizarle con apenas un susurro—. A lo mejor son ladrones.

Daniel avanza tras asegurarse de que ha cerrado las puertas del coche. Echo la vista atrás para comprobar que Helena va a avisar a Gloria por si ha pasado algo grave. Yo voy tras él.

Una vez que estamos en la entrada, revisa el jardín y no encontramos nada extraño, pero la puerta de la calle está abierta. Daniel hace tintinear las llaves en sus manos antes de que entremos. Un escalofrío me recorre la espalda al reparar en el desastre en el que se ha convertido la casa de los Creek. El paragüero atraviesa la entrada, junto al mueble que antes se encontraba justo al lado, las escaleras al piso de arriba están llenas de cristales. Y en la puerta de la cocina un botellín roto, el olor a alcohol me nubla los sentidos. Cajones abiertos, fotografías que aparentaban estabilidad... Ya no existe la capa que protegía a la familia de la peor tormenta de verano.

—A lo mejor los ladrones ya...
—Es mi padre.

Clavo los ojos en su espalda, completamente derrumbada.

Su voz no es alta, ni demasiado baja. No habla en susurros. Pero recorre cada centímetro de lo que antes fingía ser un hogar, mientras esquivamos los cristales que alfombran las escaleras. Buscamos cualquier prueba de que aún hay alguien en la casa, hasta que oímos unos gemidos que provienen del despacho de August Creek. No me producen pena, desprenden rabia, descontrol.

—Quédate aquí, por favor —me dice Daniel desde el último escalón.

No nací para obedecer a nadie, lo reconozco. Así que corro tras él hasta el cuarto de baño, oímos unos pasos que se ponen alerta al percibir los nuestros. Alcanzamos la puerta y nos encontramos a August con una copa de cristal entre las manos, un líquido del color de la sangre cubre gran parte de su interior, observo la botella del mismo tono que descansa a los pies de la bañera. Nos mira como si acabara de descubrir la existencia del mismo diablo.

—Padre, ¿qué estás haciendo? —Se acerca a él, le arranca la copa de las manos—. CONTÉSTAME, ¿qué estás haciendo?

August tiene la camisa desabrochada y la corbata en la mano que no sujeta su perdición. Intuyo que las suelas de sus zapatos llevan clavados trozos de los espejos que se ha encargado de romper, pero a él no le importan los siete años de mala suerte. Nada que perder, cuando el mundo gira alrededor de tus manos. Reacciona a los gritos de su hijo y se abalanza sobre él, pero parece no haberse dado cuenta de que ha crecido. Doy un paso para defender a Daniel, pero me hago pequeña cuando su padre se fija en mí.

—JAJAJAJAJA. —Sus carcajadas no son nada parecidas a las de Daniel—. Pequeño inútil, no me has dicho que venías acompañado.

Entiendo cada una de sus palabras, pese a que su voz es tan babosa como el rastro de un caracol.

—Babia, te he dicho que no entraras. —La sensibilidad ya no existe en él tampoco—. Márchate, por favor.

—No, venga, si la fiesta acaba de empezar. —Su padre recupera su copa y bebe un trago, antes de dirigirse a mí lamiéndose los labios. Asqueroso—. No quieras quitarme la diversión tan pronto, ahora que me lo has quitado todo. Exactamente como tú…

Me señala por encima del pecho y su dedo me roza, antes de que pueda defenderme. Sujeto sus brazos, Daniel tira de él, pero la cara de August está completamente desencajada cuando lo empuja hacia la bañera y me arrincona cerca del retrete. Haciéndome daño en las muñecas.

—Eres igual que la zorra de tu madre.

Me tiemblan las piernas, pero él no se detiene:

—Primero fue ella y después vuelves tú, con esa puta manía de hacer como si nada importara. Como si tuvierais lo ne-

cesario para vivir, cuando nunca habéis tenido dónde caeros muertos. Ya tienes lo que querías, ¿no? Maldita ladrona...
No para de hablarme cerca del oído y las lágrimas hacen que me escuezan los ojos. No soy capaz de zafarme de él, ni siquiera aunque haya bebido todo el alcohol del mundo. Me insta a que conteste, pero apenas puedo hablar.
—Yo... no... he... robado... nada.
Daniel gime detrás de nosotros, debido al golpe. Logra quitármelo de encima y yo me llevo las manos al pecho, intentando volver a respirar. Daniel lo sujeta por el cuello en el pasillo y observo cómo el suyo está poblado por venas que cobran vida ante todo lo que lleva callado. Ante golpes, amenazas, engaños y un abuso de poder que ya ha dejado demasiadas huellas. Aunque los rasgos de Daniel son iguales que los de India, hay algo en su forma de moverse, en su cuerpo, que lleva a su padre.
—Ella sí se ha acostado contigo, ¿no? ¿Por eso se lo has dado? —Vuelve a reír, de una forma ahogada por la presión de las manos de su propio hijo—. No me importa nada, era una simple baratija, nada más que una...
Una simple baratija que le daba un poco más de poder. Control. Su voz se silencia y Daniel lo mira fuera de sí, sus dedos cada vez se hunden más en su piel. Enrojeciéndola. El padre intenta vencer al hijo, pero esta vez no puede.
—Cállate, cállate, cállate —grita sin parar, haciendo temblar los cimientos de la casa, pero August sonríe ante sus gritos—. Voy a denunciarte.
—Sabes que puedo destrozarte. —Algo similar a un sollozo se escapa de la garganta de August Creek. Revelando que algo no va bien.
Daniel afloja y la espalda de su padre resbala unos centímetros por la pared. Llevándose con ellos parte del mundo y de nosotros. Siento que Daniel está perdido y tomo la iniciativa.
—¿Dónde está India, August? —pregunto irrumpiendo en una historia que no me pertenece. O que antes no me pertenecía.
Él me observa como en trance, preguntándose en qué

momento he sabido detalles de su despreciable vida. De su mayor secreto, al menos el único que conozco. Un hombre como él morirá con la culpa de demasiado sufrimiento en la boca. Me acerco movida por la rabia, pero con la seguridad de que Daniel lo tiene atrapado entre sus manos. Sus ojos siguen dándome miedo.

—Ella se ha escapado. Mierda, ese hijo de puta la ha ayudado a escapar y no puedo demostrarlo. No puedo hacer nada.

La cara de Daniel se transforma.

India ha escapado de las garras de la bestia. Ahora su marido está enfurecido porque se le escapa la fachada de las manos, se derrite la máscara de hierro que tantos años le ha costado crear para que quedase perfecta.

—No. —Daniel se incorpora y lo suelta.

August queda derribado en el suelo. Está agotado, pero no se calla:

—Tú, tú tienes que saber algo, maldito hijo de esa… —Se incorpora, torpe, sin orgullo. Solamente la rabia asoma en sus ojos. Odio.

—No sé nada. —Daniel da unos pasos atrás, preparado para algún golpe—. Y si supiese algo sobre mi madre, jamás te lo diría.

Los puños de August Creek recuperan toda su fuerza y uno de ellos viaja en dirección al estómago de Daniel. Él lo para con habilidad y vuelve a empujarlo contra la pared. La planta superior de este lugar tiembla, revelando sus puntos más débiles. Daniel me coge de la mano. Vamos hacia las escaleras. Los cristales siguen allí, el olor a destrucción también.

—Debería de haberla matado cuando tuve la oportunidad de hacerlo, tendría que haberte ocultado durante el resto de tus días que tu madre seguía miserablemente viva.

Mi estómago se contrae y tengo ganas de vomitar.

El sentido del tacto, a veces, es demasiado inteligente, siento cómo la mano de Daniel resbala segundo a segundo de la mía. Me giro al mismo tiempo y observo que ya no lleva en la nuca el papel film que le cubría ayer el tatuaje, leo despacio la palabra que acompaña a mis tres lunares. Porque en algún momento pasaron a ser más míos que suyos. Su espalda contiene todas las armas que se necesitan para ganar una guerra. Alza el brazo y pega un puñetazo a August Creek, que cae al suelo.

Daniel no dice nada, aunque sus ojos tiemblan, y sin darme la mano esta vez, baja las escaleras. Haciendo sonar con sus pasos los cristales que ahora viven en cada escalón que una vez fue su casa. Esa en la que jugamos, donde descubrí que me gustaba, donde una vez creí verlo por última vez y donde lo perdí.

Salimos y ya en la calle vuelvo a sentir mi cuerpo. Durante el tiempo que he estado ahí dentro la tierra ha desaparecido bajo mis pies y no podía respirar. Daniel avanza hasta su coche y saca las mochilas; cuando rozan el suelo, comienza a temblar y toda la rabia que lleva guardada dentro no se hace esperar.

—Babia, perdón.

No tardo en abrazarlo y cuando está entre mis brazos comienza a llorar. Descansamos todo el peso en su coche, sin miedo a que suene la alarma, sin miedo a que August salga de la casa con más cosas que decirnos. Con más veneno. Nos sentamos en el bordillo que los dos tan bien conocemos y, aunque parece que haya pasado una eternidad desde nuestro segundo beso, después del paraguas rojo, ni siquiera creo que él repare en eso. Saca su teléfono móvil y hace varias llamadas a la residencia psiquiátrica. India ha abandonado la clínica esta misma tarde. Creek consigue hablar con el doctor que conocí el día que lo descubrí todo.

—Es una mujer fuerte, Daniel, estoy seguro de que esté donde esté estará bien.

Recuerdo su voz al volver a oírla por el manos libres. Daniel no consigue sacar más información, pero intuimos que sabe mucho más de lo que cuenta. Que él es la persona a la que August acusaba de haberla ayudado. Daniel está desesperado, se vuelve a hundir.

—Muchas gracias, de verdad, doctor.

Cuelga y se queda mirando el teléfono. Marca números sin sentido. Lo interrumpo con mis manos.

—Babia, él sabe dónde está. Siempre ha tenido un trato especial con ella, si no, no te habría dejado pasar a verla. Ese hombre está enamorado de mi madre.

Quiero pensar que eso solo son suposiciones de Daniel, pero por otro lado encaja a la perfección. Imagino a India, en Madrid, en libertad, y temo que no pueda mantenerse en pie con un peso demasiado grande para cualquier persona con su historia. Destruida.

—Estará bien... —sentencio.

—¿Crees que se pondrá en contacto conmigo?

—Es pronto, Daniel. Tu padre es alguien importante, tiene que borrar sus huellas, lo hará cuando él comience a recibir su castigo, si es que...

Decido dejar de hablar de August Creek. Sus palabras vuelven a mi mente, sobre mí y sobre mi madre. Y se fusionan con la voz de India en la residencia, cuando parecía conocer a mi madre más de lo que nunca habría pensado. Cuando yo aún no había nacido y Daniel acababa de hacerlo, en los tiempos en que pudieron llegar a conocerse, no existía una gota del presente. Desvío la mirada hacia Daniel, con la intención de saber, pero algo me dice que no es el momento. Dejo descansar mi cabeza en uno de sus hombros, y él me responde con el mismo gesto. Gloria y Helena nos observan.

El regreso de Nunca Jamás

Ya no se oían risas en las calles ni música dentro de las casas. Todo era mucho más serio. Gloria salía antes de casa para llegar a la panadería y Babia se vestía para acompañarla alejada de la ventana, tan lejos que un día terminó poniéndose la ropa en las escaleras. Su tía observaba cómo el pelo de la niña poco a poco recuperaba el brillo que tenía antes, pero el color era distinto. Más apagado.

Daniel guardó los recuerdos en una caja, no volvió a usar gorros. Le recordaban a ella. Se pasaba el día en su habitación, fingiendo que estudiaba cuando en realidad él sí miraba por la ventana. En su casa reinaba el silencio y le mataba la ausencia de los videojuegos. Ahora no tenía a nadie a quien ganar. Le tentaba la idea de bajar corriendo las dos plantas que lo separaban de la calle y llamar a la puerta de Babia. Después recordaba y escuchaba las palabras de su padre: «Ella no es para ti, con su hija no».

Mientras Babia seguía vistiendo de forma similar, él cambiaba cada vez más. Crecían. Se seguían encontrando en la calle, en el paso de peatones o al tirar la basura por las noches. Pero ya no existían miradas cómplices, las palabras duras desaparecieron un tiempo, pero después regresaron. Babia estaba sola y Daniel seguía riendo, jugando y de vez en cuando miraba hacia su ventana acompañado de otras personas. Más parecidas a lo que su padre consideraba «de su mismo mundo».

La pequeña Babia dejó de serlo, se convirtió en una chica

de gran tamaño. Objeto de burlas y miradas con motas de hipocresía. El regreso de Nunca Jamás fue duro, al principio menos, ya que le seguía contando a Gloria anécdotas que los dos habían vivido, pero como a la vuelta de cualquier viaje, terminó de deshacer las maletas. Solo quedó el recuerdo de una historia de la que llegó a dudar muchas veces.

No vuelvas a decirme adiós

𝒫asan los días y no tenemos noticias de India. Pero sí de la Policía, que llegó diez minutos más tarde alertados por Helena y Gloria. Interrogaron a Daniel en la cocina mientras nosotras, las tres, intentábamos escuchar cerca de la puerta. Atentas por si se abría en cualquier momento. Uno de los agentes le aconsejó denunciar a su padre, pero Daniel creyó que aún no estaba preparado. Aún hay algo que le frena enfrentarse a August, y es él mismo.

Hemos estado atentos a las noticias de la televisión y periódicos, pero solo los últimos se han hecho eco de la huida de un psiquiátrico de la mujer de uno de los abogados más mediáticos de España. Gloria no dejó que Daniel volviese a Madrid y lleva varios días durmiendo en casa, en la habitación de al lado, aunque eso no impide que en mitad de la noche me deje llevar hasta allí y durmamos juntos. No parece el mismo; conmigo no ha cambiado, pero apenas habla. Lejos de lo que habría sucedido hace días con su presencia aún más cerca, la casa se ha vuelto silenciosa. Gloria intenta animarnos, pero Daniel pasa más tiempo en la que ahora es su habitación que con nosotras. Necesita tiempo...

—Yo tengo que ir a cambiarme, hoy ha sido un día duro —susurra Helena—. Ahora me lo contáis todo.

Gloria le guiña un ojo como respuesta. Acabamos de llegar de la piscina, un día más. Daniel ha dejado de ir a trabajar para cumplir el castigo que se nos impuso a principios de verano. La Trunchbull estaba indignada, pero no se va a enfrentar al hijo de August Creek. ¿Y él? A Daniel ya nada lo ata a su padre, por lo que no teme que puedan tomar medidas contra uno de los dos, ya que era mucho más importante que no se manchase la imagen de August que la de su hijo. Él nunca ha importado, al fin y al cabo.

La piscina parece aún más grande sin él. Daniel ya no está hablando con el socorrista, pasando la red cuando no le toca o ayudando a la niña con la que el grupo de chicos mayores ya no se meten. En el botiquín ya no veo sus cosas encima de la silla cuando entro a comprobar las últimas llamadas en mi móvil de la prehistoria.

—Ya no se oyen voces… —Gloria se retira de la puerta y yo la imito.

Daniel sale acompañado de los policías, que nos miran con curiosidad. Mi tía y yo disimulamos haciendo como que nos fijamos en el cuadro que hay colgado frente a la entrada; es tan feo que una vez mi tía lo cubrió con una sábana. Pero dice que no lo quita porque sería alterar el equilibrio de la casa, nunca he entendido esto último. Gloria despide a los policías y ellos agradecen su hospitalidad.

Daniel me abraza cuando ella ya no nos mira, y lo echaba de menos. Huele a él. Y aunque parece obvio, sigo buscando la mínima señal de que el chico del fin de semana y la pista de hielo sigue ahí. Aún no me he atrevido a preguntarle por cosas que escuché el otro día de la boca de August Creek, por la simple razón de que ha pasado a ser algo así como el hombre del que nunca se puede hablar. El que no debe ser nombrado, en Hogwarts tampoco se atreverían a hablar de él.

—Sigue allí desde la otra noche, no pueden hacerle nada hasta que no recojan las pruebas suficientes.

No lo suelto mientras sigue hablando, también echaba de menos su voz.

—Pero el doctor de mi madre lo ha denunciado, se ha puesto en contacto con la Policía, ha respaldado mi versión por completo.

—¿Y tu madre?
—También ha reunido los suficientes informes para demostrar que no está loca, delatando al dueño de la residencia. Tenía un trato con mi padre para que la mantuviese encerrada por un nivel alto de esquizofrenia durante el mayor tiempo posible. —Carraspea—. No tienen nada en su contra, por el momento está libre, a ellos ni siquiera les preocupa su paradero. Si esto se hubiera sabido mientras ella estaba dentro, me han dicho que la habrían sacado de inmediato.
—¿Qué vas a hacer? Irás a declarar contra él...
—Aún está todo en el aire, Babia, por eso los interrogatorios. Es probable que mi padre haya cometido más delitos y la Policía está investigando. Los juicios que él defendía han sido anulados.
—Ya todo ha pasado. Ellos harán lo que tengan que hacer.
Aprieta su cuerpo contra el mío, busco sus manos para sentirme en casa.
—No sé, tengo la sensación de que aún nada ha terminado...
Observo sus ojeras y los labios cortados, víctimas de las noches en vela.
—Estoy seguro de que mi madre está bien, pero me mata no saber nada de ella.
Aún recuerdo los movimientos de su cuerpo mientras lloraba, desatando una tormenta sobre mis hombros. No puedo borrarlo de mi mente, ni siquiera con sus besos. *Mousse de chocolate* se enreda en nuestras piernas mientras aún seguimos abrazados, con los labios cerca de un beso.
Estoy segura de que el rumor de que los gatos negros dan mala suerte es un mito, porque él no impide que nos besemos antes de sentir sobre nosotros la atenta mirada de Gloria.
Todo empezó en junio. Y ahora el verano está a punto de acabar, con Daniel durmiendo en mi habitación y Helena viviendo en casa. *Mousse de chocolate* no se termina de acostumbrar a la presencia de más humanos, pero a Daniel parece recordarlo, y con mi prima mantiene una relación de amor/odio bastante extraña. Lo compruebo cuando, después de que se hayan ido los policías, Helena intenta cogerlo con

cariño y él rasga las cortinas aferrándose a ellas como su última posibilidad de huir. Gloria no se asusta ante el accidente, nos dice que tenía pensado cambiar la decoración de la casa en unas semanas y yo me asusto al pensar que nuestra casa se puede convertir en el Japón del siglo XX o ¿quién sabe? A lo mejor Gloria decide innovar y a principios de septiembre estamos viviendo en Groenlandia y ella tiene la seguridad de ser la reina Margarita II. Mi tía sería la reina de Groenlandia y Dinamarca, mientras que yo tendría que conformarme con ser la sobrina de la reina, condenada a la tortura de cursar segundo de bachillerato.

—¿Os apetece algo para merendar? —pregunta mi tía cuando nos acomodamos en el sofá, con la tele de fondo.

—Tía, no hemos comido hace tanto... —Sonrío.

—Volveré con veinte kilos de más y a mi madre le dará un infarto —responde Helena—. Pero ¿sabéis? No me importa en absoluto. Que sea una tarta de manzana, tía.

Daniel, Gloria y yo reímos orgullosos. Pero en los ojos de mi tía veo algo más que el simple orgullo de escuchar a Helena hablar de esa forma, rebelándose. La ha llamado «tía» y ella se incorpora rápidamente para cumplir los deseos de su otra sobrina. Me gusta ver a Daniel más relajado, recostado en el sofá con las manos en la nuca.

Intento recordar cuando su sonrisa no era tan triste, incluso cuando estaba cargada de ironía. Aún no ha pasado por su casa para coger ropa y lleva una camiseta de la panadería de Gloria. Y hasta eso le queda bien. Aunque no quiere volver, tendrá que hacerlo, pero intuyo que será cuando August Creek no esté en casa.

La casa comienza a inundarse del olor de la masa a la que Gloria ya está dando forma con sus manos. El horno está encendido y *Mousse* se refugia junto a nosotros en el sofá, huyendo del calor. Cuando suena el timbre, se tapa los ojos con sus patitas y yo me veo tentada a hacer lo mismo. Helena se levanta a abrir la puerta.

—Mamá... —Oigo su voz desde la entrada. Sorprendida.

Y me levanto del sofá como si hubiera llegado el diablo en hora punta. Para cenar.

—Menuda bienvenida. —Ahí está su sonrisa maléfica—. Esperaba mucho más.
—¿No te has adelantado un poco? Aún quedan unos días para el final... —interrumpe Gloria.
Sale de la cocina con las manos empapadas de harina y olor a limón. Daniel está justo detrás de mí. Claudia nos mira a todos con la falsa dulzura que siempre respiran sus ojos. Cierra la puerta tras ella y deja descansar una maleta de mano en una de las esquinas de la entrada. Mira curiosa a su hija, como si semanas después no la reconociese en la chica que la mira con un miedo que va desapareciendo poco a poco, sustituido por la fuerza de un escudo que intenta impedir que todo lo de antes regrese.
—Helena comienza la carrera este año y tenemos que prepararnos para afrontar este curso, ¿verdad, mi amor?
—No sé si quiero estudiar esa carrera. Nunca me ha gustado la política, madre —responde Helena entre tímida y valiente.
—Te gustará.
Daniel parece incómodo ante Claudia. Como si quisiera decirle demasiadas cosas que aún no se atreven a salir de su boca. Sus manos descansan sobre mis hombros cuando estoy a punto de hablar; no me tiembla el pulso. Ahora no.
—Yo voto por que Helena decida lo que quiere hacer, dónde quiere vivir, lo que quiere estudiar y con quién quiere estar. —Alzo la barbilla y Gloria me imita.
Claudia da unos pasos hacia el salón y todos le dejamos paso.
—Vaaaya... Las cosas han cambiado mucho por aquí. —Mira a Creek colocándose la blusa de color turquesa—. ¿Tú eres el encantador hijo de August? Imagino que Babia no tuvo ningún reparo en no respetar nuestro trato;s se supone que su trabajo era que Helena y tú empezarais una bonita relación. —Sus ojos bajan hacia las manos de Daniel entre las mías.
—¿Qué? —deja escapar él.
—Babia aceptó a principios de verano ser el complemento de Helena, acompañarla a todos lados y conseguirle citas con chicos. El objetivo eras tú.

—No, eso no... —responde mi prima mirando a Daniel. Él me suelta de la mano.

—Es verdad —la interrumpo—, pero no lo cumplimos. Yo acepté porque antes no me importaba nada, pero ahora me importáis vosotros.

Helena me sonríe y eso me tranquiliza, pero Daniel se vuelve a sentar en el sofá. Claudia aún no ha terminado.

—¿Y ahora sí? No ha pasado tanto tiempo desde que aceptaste el trato y comenzaste a contarme todo lo que hacía mi hija. Me fuiste de mucha ayuda, mi querida sobrina.

Me da tanto asco escucharla que preveo las arcadas mucho antes de que lleguen. Gloria está avergonzada, lo veo en las formas que hace con el resto de la masa que le queda en las manos.

—Daniel, Babia nunca llegó a cumplir el trato de mi madre y le devolvió todo el dinero pactado. No lo aceptó. Ella solo quiere traer problemas...

—Tu inocencia siempre me ha tenido cautivada, hija. —Tacones negros, labios rojos y todo a su favor bajo las uñas—. Ella me contó lo de tu novio, me informó de tus movimientos y yo pude actuar gracias a que Babia estaba cerca de ti.

—Yo... no..., yo no... —Busco una salida—. Fue al principio, cuando no la conocía. Lo único que sabía de Helena es que era tu hija y eso no juega a su favor.

Claudia busca en su bolso. Rescata un aparato negro y cuadrado que me recuerda a las cajetillas de tabaco, pero mucho más siniestro. O no tanto. Descubro que es una grabadora cuando pulsa el *play* y mi voz acapara toda la atención de los presentes. Incluso mi gato negro la reconoce. Helena y Daniel se acercan a ella, como si esta les fuese a contar algo apasionante. En cambio Gloria me mira alarmada, con el «Te lo dije» colgado de la comisura de sus labios. Casi no reconozco la voz de la Babia que habla; en cambio, ellos sí.

«Yo tengo una familia, y tú y tu hija nunca tendríais que haber entrado en ella. Simplemente para molestar, para estropear lo que ya estaba arreglado. Estoy deseando que termine el verano para perderos de vista, ya hemos conseguido que Helena esté soltera, sola. ¿Qué más quieres? ¿Un novio?

Lo tendrás. Pero jamás vuelvas a nombrar a mis padres o a mi tía, porque jamás llegarías a entender de lo que soy capaz. De cosas de las que tú y tu perfecta creación nunca disfrutaréis. Solamente sois dos piezas sobrantes, Claudia, ¿me has escuchado?»

La cinta se corta, pero comienza otra grabación con frases sueltas del día que visitó la panadería de Gloria y yo se lo conté todo, menos lo del trato que Helena y yo hicimos horas antes. Mi propia voz se acomoda en mi oído y comienza a torturarme. Mis sentidos se alteran y me duele la cabeza cuando Claudia para la grabación, creo que considera que Helena y Daniel han escuchado suficiente.

—Pensaba que no tendría que mostrar las pruebas. Lo siento si he causado algún problema con esto. —Señala la grabadora.

—Claudia, eres repugnante. ¿Sabes que podríamos denunciarte? —dice Gloria avanzando hacia ella.

Ahora sí, Claudia tiene miedo. Su hermana levanta una mano, marcando distancia. El bolso resbala hasta su muñeca. Daniel se gira hacia mí y no puedo mirarlo, no puedo hacerlo.

—No te acerques más de lo necesario, querida.

—Yo no pensaba, no pienso nada de lo que se dice en esa cinta. Al menos de vosotros dos...

—Entonces ¿por qué lo decías? —pregunta Daniel—. ¿Por qué aceptaste? ¿Por jugar una vez más? No lo entiendo, Babia.

—Parece que los Creek no estáis hechos para entender a las mujeres de esta familia.

Los dos miramos a Claudia, ya imparable.

—Primero tu padre no consigue el amor de mi hermana y ahora, vosotros. Qué sorpresa.

¿Qué? ¿Mi madre y August? Las piezas comienzan a encajar, la forma en la que August Creek habla de mi madre o incluso la reacción de India al verme. Todo.

—Claudia, basta ya, él estaba obsesionado con ella. —Gloria habla con la rabia contenida—. Nuestra hermana nunca quiso saber de él.

—Eso destrozó mi familia más de lo que ya lo estaba. —Daniel me mira, esta vez es él quien tiene que dar explicaciones—. Por eso la reliquia, por eso las peleas en el momento en que mi madre se enteró, después de su muerte la obsesión creció.

—August Creek bebía los vientos por Libertad.

Todos ignoramos ese comentario de Claudia. Helena sigue cabizbaja. No participa en la conversación, está demasiado lejos.

—Yo solo era un niño y terminé enterándome de todo lo que había pasado antes —continúa Daniel—. Hablar contigo era seguir traicionando a mi madre y él aprovechó eso para llevar su rencor más allá. No quería cerca a la hija de lo que él nunca consiguió. —Esconde sus manos en los bolsillos del pantalón—. Supongo que el hecho de que el hijo al que odiaba tuviese cerca a su hija era demasiado duro para un hombre acostumbrado a tener a la mujer que quería.

—¿Por qué no me lo contaste? También me pertenece, era mi madre. —Lo miro solo a él, sin tocarnos, a kilómetros el uno del otro—. Mi madre es el motivo por el que todo cambió, no es solamente cosa de tu familia…

—Babia, sí, es cosa de los Creek —interrumpe Gloria—. Tu madre nunca formó parte de esa historia, ella quería a tu padre. Lo adoraba sin duda alguna.

—¿Y tú? —contesta Daniel—. ¿Por qué no me contaste tú todo esto?

Silencio. Helena lo rompe sin pronunciar ni una sola palabra, tiene la intención de salir del salón, pero Claudia le coge la mano volviéndole a recordar la vuelta a casa. Ella se niega. Sube las escaleras rápidamente y oigo el triste sonido de una puerta al cerrarse, sabiendo que durante horas no volverá a abrirse.

Pierdo la noción del tiempo cuando Daniel ya no me sostiene la mirada, no espera respuesta a su pregunta. Yo tampoco tengo ganas de saber más. Miro a Claudia y Gloria, que comienzan una discusión sobre el pasado, sin final, mientras que mi único objetivo es seguir a Daniel a la calle. Sin rumbo, pero con la seguridad de querer huir de mí en sus zapatos. Tropiezo en el jardín y él ni siquiera se da cuenta.

—Daniel, espera por favor.

Comienza a andar cerca de la carretera, mientras los coches continúan su camino.

—Eso fue antes, no me importabais, no me importaba nada más que Gloria y cometí un error, lo reconozco.

Lo alcanzo, pero sigue andando cada vez más rápido. Y me cuesta seguirlo.

—No soy el único que no ha confiado en el otro, pero al menos creo que no te he engañado, ¿no? ¿Al principio era un simple juego? Pensé que era el momento de volver a hablar, no una artimaña para buscar novio a tu prima.

—No me acerqué a ti por el trabajo de Claudia, aunque intentaba convencerme a mí misma de que era así. —Lo alcanzo con las manos, pero vuelve a apartarse de mí—. Daniel, siempre he querido hacerlo.

—Babia, joder, quedamos en que empezábamos de nuevo.

—¿Y tú? ¿No tenía derecho a saber nada de lo que me has ocultado?

—Te lo oculté por miedo y yo no escogí todo lo que me ha ocurrido. Tú podrías haber dicho que no a lo que esa mujer te ofreció.

Llegamos a la esquina al final de la hilera de casas y se para en seco. No parece enfadado, pero sus ojos me cuentan que renuncia a seguir.

—Lo siento —susurro.

—Y yo.

Se apoya en la pared de ladrillos que tenemos a nuestras espaldas. Nuestras manos vuelven a encontrarse, pero como si hubiera pasado una eternidad, tienen demasiado que reprocharse como para comenzar un baile con tanto silencio. No confían. Tampoco nos miramos a los ojos, hasta que él vuelve a hablar:

—¿Y si no todas las historias que no podemos olvidar están destinadas a acabar con un final feliz?

—Eso lo elegimos nosotros.

—No creo que sea así. —Su frente choca con la mía—. No creo que esté preparado para todo lo que viene.

—¿Podrás perdonarme?

—Puedo perdonar lo de la Babia de antes, pero ¿quiénes

somos ahora? Ni siquiera yo lo sé. Ya no estoy atado a mi padre, pero seguiré luchando contra él, mientras que mi madre no está aquí. No lo sabemos todo el uno del otro por mucho que creamos que sí, parece que siempre algo falla, que lo que no nos hemos contado puede superarnos.

—¿Y entonces?

—Quizás esto nunca tendría que haber comenzado.

Siento cómo me arde la cara y ni siquiera puedo llorar. Estamos en el mismo lugar en el que nos dimos nuestro primer beso, en cambio la situación es completamente distinta. Esto ha sido un error, Daniel cree que ha sido un error.

—Daniel, sé que he cometido errores, pero no vuelvas a decirme adiós.

—No puedo hacerlo. —Se le rompe la voz—. Porque no te voy a olvidar.

Las lágrimas llegan, justo en el momento en que él ya no me sujeta y estoy a punto de caerme. Me duele más que no nos gritemos, que nos entendamos, o que intentemos hacerlo. Que entre nosotros no existan tormentas y sí decisiones.

—Creo que lo mejor es que no nos veamos durante un tiempo, que si nuestra historia tiene un inicio sea lejos del pasado, de lo que éramos y de este lugar.

Daniel vuelve a despedirse de mí. Lo sigo unos pasos y después veo cómo se convierte en una sombra alejándose por la carretera. Efímera e imborrable.

Confesiones al espejo

Nos empeñamos en callar lo que nos morimos por decir. Por eso a veces lo escribimos y después lo borramos, lo volvemos a escribir. Y lo borramos de nuevo. ¿No sería más fácil decirlo de una vez por todas? Si Babia y Daniel se hubieran dicho todo lo que pensaban, nos habríamos ahorrado mucho tiempo y la historia sería completamente distinta. Aunque ellos nunca lo reconocerían, hubo un tiempo en el que le confesaron lo que sentían al espejo. Lo que les gustaría hacer y no hacían. Cobardes.

Babia llevaba un corte de pelo horrible, escribía y se lo enseñaba al espejo: «¿Dónde estás?».

Daniel acababa de llegar de una cita con una de esas chicas, aún se acordaba de la niña del paraguas rojo: «Te echo de menos. ¿Seguirás siendo igual?».

Babia dormía con una palmera de chocolate en la mesilla de noche, se levantaba y... «¿Quieres un trozo?».

Daniel subía a la habitación huyendo de los gritos de su padre. Su madre ya hacía años que se había marchado, miraba el taco de folios: «Siento el "gorda" de hoy. Lo siento».

Babia lloraba entre las cuatro paredes de su habitación: «Te odio».

Daniel dejó de hacerlo, dejó de llamarla gorda, aunque la frialdad no terminó de desaparecer: «Lo siento, de verdad».

Babia se dio cuenta de cómo esa vez en el colegio la volvió a defender sin que nadie reparara en ello: «Gracias, me he dado cuenta».

Creek se fijaba en ella: «El pelo así te queda mucho mejor».

Babia escuchaba todas las historias que contaban sobre él: «¿Esa si está a tu altura?».

Gloria, una vez, se encontró el cubo de basura lleno de folios escritos. Los mensajes le hicieron sonreír, pasaban del odio al amor en unas pocas líneas, estaban llenos de nostalgia. Mientras, Daniel antes de irse a vivir a Madrid le confesó al espejo: «Si me dejas, volveré. Te lo prometo».

Vuelvo a ser la rara

Érase una vez una chica demasiado cobarde para no tener miedo a perder. Y esta palabra contiene el nombre del chico en el que piensa desde que era una niña, su familia e incluso a ella misma. Pero como en todos los cuentos, la protagonista a veces hace o dice cosas que no tienen sentido, porque el corazón siempre es más fuerte que la razón. Y el corazón es tonto, débil e inseguro. La excepción de este cuento, comparado con los demás, es que su final es lento. Dejo la puerta entreabierta durante los días siguientes, para escuchar los pasos de Daniel bajando por las escaleras, cuando me asomo creo que él se da cuenta. No tardo en volver a recuperar la soledad de mi habitación, Helena comienza a irse a dormir con Gloria y todo vuelve a ser como antes. Solamente que mucho peor, porque ahora quedan recuerdos por todos lados que me hacen confirmar que todo lo que imagino ha sucedido de verdad. Las cenizas de la felicidad.

El espejo con las palabras que hacen que no me pueda ver, el corcho de escapar, la reliquia en el tercer cajón de la cómoda de Gloria, el olor de la colonia de Helena y sus búsquedas grabadas en las ventanas del explorador de Internet.

También me persiguen en la piscina, más ahora que Helena tampoco termina sus últimos días. Creo que la autoridad de la Trunchbull es tan nula que los tres nos podríamos haber ahorrado el castigo por escándalo público, aprovechando así el verano. La que aún dice ser mi jefa comenzó a reírse cuando me vio trabajar sola, avisándome de que podría tomar medidas contra mis compañeros. Pero que no lo iba a hacer.

—Realmente han cumplido, ¿cómo demostrarías que no es así? Los clientes que vienen a la piscina nos han cogido más cariño a nosotros que a ti.

Creo que cuando me mira está a punto de prenderme fuego, pero se lo piensa mejor. Las máquinas ya están vacías y apenas viene gente los últimos días, aun así intento mantenerme entretenida y me sorprendo al cruzar mis primeras palabras con el socorrista en todo el verano. No habla demasiado, pero juega a las cartas conmigo y gano todas las rondas. Eso me hace sentir mucho mejor.

—¿No sabes ya nada del chico? —me pregunta distraído mientras baraja.

—Sí, no tardará en volver a Madrid...

—Siempre nos terminan abandonando, ¿eh?

Lo miro. Como si compartiéramos un sentimiento, sin apenas conocernos. Hago mal en permanecer receptiva, ya que después de eso me cuenta todas las veces que las chicas lo han dejado por no dar la talla en la cama. Yo intento consolarlo, pero hago algo mal porque llora desconsoladamente encima de la mesa. No se despide de mí cuando termino de recoger todas las cosas del botiquín, taquilla y vestuarios, entre ellas también las de Helena y Daniel. Observo el agua de un tono verdoso a estas alturas del verano, las enredaderas más enredadas que nunca en el muro que nos separa de la calle y todas las sombrillas bajadas. Como el telón de un teatro. La función ha terminado y el circo vuelve a casa. Ilusionistas, payasos y espectadores volverán a ser lo que eran, yo simplemente vuelvo a ser la rara. Nada especial.

La que ahora se refugia en el calor de su cama junto a *Mousse de chocolate*, deja la mochila en el armario y las cosas de Daniel y Helena a los pies de las escaleras. Oigo a mi prima bajarlas corriendo y las ruedas de un par de maletas. Salgo y me siento pequeña en lo alto del último escalón, carraspeo y ella me mira. Triste o incómoda, para mí las dos cosas son demasiado parecidas. Nunca me he sentido cómoda con la tristeza.

—Lo siento. —Me balanceo apoyándome finalmente en los talones.

Helena no contesta. Lleva el pelo recogido en una coleta de caballo y unos vaqueros rotos por la zona de la rodilla. Se los ha roto ella misma. Se despide de mí con un gesto de la mano, y yo vuelvo a mi habitación. Ya no necesito el taburete, pero me acerco a la ventana para ver cómo se marchan. Daniel y Helena se van juntos a Madrid, creo que ella va a empezar una nueva vida. Pero como llevamos días sin hablar, no estoy segura.

Veo el coche aparcado frente a nuestra casa. Mía y de Gloria, ahora. El maletero está abierto y Daniel ya está metiendo cosas en él. Helena lo ayuda con las últimas maletas y ocupa el asiento del copiloto. Pese a que el calor del verano aún no ha remitido, Daniel lleva la sudadera gris desabrochada, parece que no soy la única que necesita cubrirse para sentirse mejor. Lejos del clima, se trata más bien de épocas en las que el frío viene de dentro. Gloria dice que nací con las manos congeladas, porque soy una chica de corazón caliente.

Antes de cerrar la puerta del coche, vuelvo a ver desde la ventana los tres lunares en la nuca. Él se gira, buscándome, pero me da tiempo a apoyar la espalda en la pared de al lado para esconderme. Aprieto los puños y susurro para mí: «Sé fuerte...».

Los últimos días del verano se dividen entre abrir por primera vez el libro de la asignatura de la que me examino en unas semanas y estar tumbada en la cama agonizando en mi soledad y con un paquete de galletas saladas cerca. La cama sin hacer, el escritorio lleno de apuntes escritos a toda prisa y las ganas de invierno a las puertas del armario. Las sudaderas que he usado este verano se amontonan en la silla del ordenador.

La que llevaba el día del Palacio de Oriente, la que Helena le robó al socorrista, la que me puse el fin de semana que Daniel y yo pasamos en su piso. Cubro con las manos mi estómago y las mariposas que viven en él nunca han hecho tanto daño. Eso, o las galletas saladas me están empezando a sentar mal. Aparto el paquete y me escondo bajo las sábanas; no tengo ni idea de la hora que es, creo que tampoco sé el día en que vivo. Quizá ya haya comenzado el instituto, todos mis compañeros estén sentados en los pupitres de siempre, pero ellos ya no sean los mismos. Yo tampoco. Aunque para sobrevivir al curso que me queda entre esas cuatro paredes debería seguir siendo la Babia cínica, la que ignora a todo el mundo, a la que si te acercas demasiado puede morder. Pero aunque el verano de las excepciones haya terminado, no me apetece fingir, estoy cansada de ser una persona que no soy. Tengo miedos, inseguridades y a veces soy débil.

—¿Babia? ¿Se puede? —La puerta chirría al abrirse y Gloria susurra por si estoy dormida—. Deja de ser la reina del drama.

—Tú no eres la más indicada para decirme eso.

Esquiva todo el desorden y llega hasta la ventana. Me molesta el ruido de las persianas, la luz, incluso el ronroneo de *Mousse de chocolate* al rascarse contra las patas de la cama. Gloria golpea sin querer el paquete de galletas saladas y su contenido cae al suelo. Bien, más desorden. Llega hasta mi cama y termina de confirmar mi muerte al arrancar de mi piel el edredón y las sábanas que ya formaban parte de ella.

—Basta ya, deja de lamentarte por algo que puedes solucionar.

Entreabro los ojos y observo a Gloria vestida de diosa griega.

—No es para tanto, pero tumbada en la cama todo el día no harás que vuelvan. Levanta, vamos. —Mi tía intenta azotarme, pero yo consigo esquivarla.

Va disfrazada porque está preocupada por mí y ya sabemos lo que pasa cuando a Gloria le preocupa algo en concreto. La casa decorada de forma navideña en pleno verano, una semana temática de China o creerse la mismísima Helena de Troya. Causante de una guerra que nunca pudo controlar. Me levanto de la cama, pisando calcetines, papeles, envoltorios o cuadernos repletos de aburrimiento.

—No quieren saber nada de mí. Metí la pata con ellos desde el principio y creí estar haciéndolo bien.

—Babia, eres tu peor enemiga. —Gloria intenta encontrar el orden dentro del desorden—. Y tu único error fue no ser sincera a su debido tiempo, contigo misma, para después serlo con ellos.

—¿Desde cuándo das tan buenos consejos?

—He leído libros sobre dioses y dicen que su sabiduría reside en…

—Gloria, no eres una diosa griega.

La decepción baña su cara, que enrojece cuando salto sobre la cama y le regalo el abrazo más largo del mundo. Consigue convencerme de que lo mejor es que recojamos todo esto; lo hacemos juntas. Me doy una ducha mientras ella vuelve a guardar el disfraz en un baúl de madera bajo el cabecero de su cama. Quedan dos pedazos de la tarta que terminó de hacer cuando Claudia se fue de casa, con la rabia de no recuperar a su hija, pese a que usó todas sus armas. Nos los comemos, pero dejamos gran parte, ya que sabe a lo que no queremos recordar. Gloria regresa a mi habitación cuando todo está en orden con fotos y diarios del pasado que nunca me había dejado ver. Hasta ahora, sentadas como los indios en la cama.

Hablamos de mi madre, de su historia de amor con mi padre. Y de August Creek. Gloria me dice que no sabe demasiado sobre el tema, pero mi madre le contó que él estaba obsesionado. Venía a buscarla a casa y una vez Gloria los vio hablando en la puerta del jardín. Quedó en nada porque mi madre nunca dio pie a que hubiera algo más allá de una conversación, pero mi tía notó que la obsesión de August crecía una vez después de muerta. También me reconoce que ella aprovechó la ocasión y sacó dinero para cuidarme vendiéndole el objeto que era tan preciado para mis padres, me es imposible no pensar que mi tía y yo no somos tan distintas. Gloria coloca sobre la cama unas fotos antiguas que muestran a mis padres abrazados en mitad de la calle, compruebo en la instantánea que lo tenían todo teniéndose el uno al otro. Me recuesto en la cama, pero mi tía lo impide, me rodea desde la espalda con sus piernas y comienza a hacerme una trenza con el pelo casi húmedo. Sin velas, sin galletas o tarta, pero cada vez que uno de sus dedos me roza el cuello me siento mucho mejor.

—¿Crees que volveré a hablar con Daniel? Me dijo que, si tiene que ser, será.

Odio esa frase. ¿Por qué tengo que esperar a ver si tiene que ser cuando sé a ciencia cierta que puede ser?

—Sé que volverá a esta casa pronto —contesta Gloria—. Piensa que ha estado sometido a mucha presión estos días. Necesita estar solo...

—¿No sirve pedir perdón? No sabemos nada de Helena desde hace días, al menos podría llamarte a ti.

—Helena tenía decepción en la mirada y se enfrentó a su madre definitivamente. —Sigue trenzando—. Babia, por mucho que pienses que para ti es difícil, los demás pueden estar librando guerras mucho peores en su interior.

—¿Y qué hago yo mientras el tiempo pasa? No quiero...

—¿Qué no quieres?

—No quiero que pase el tiempo y se olviden.

—Babia, ¿bromeas? Ellos no se van a olvidar de ti, simplemente tomáis caminos distintos que pueden juntarse en algún punto o no. Lo llaman destino.

Termina de hacerme la trenza y me echo hacia atrás, recostándome en su hombro. El pelo de la gigante pelirroja huele a caramelo y cierro los ojos mientras pienso en el rumbo que quiero que tome mi vida. En lo que quiero hacer ahora. ¿Dónde voy a estudiar cuando termine? ¿A qué quiero dedicarme? ¿Cuál es mi mayor sueño? ¿Qué necesito y qué no necesito en mi vida?

—¿Recuerdas la frase que me dijo tu madre: «Que el temor a fallar no te impida jugar»? Se trata de eso. El mundo no se divide entre personas de un aspecto físico u otro, se divide entre los que escogen vivir y aquellos que escogen hacerlo bajo ilusiones o excusas. Problemas o preocupaciones que los frenan a ellos y a todos los de su alrededor.

—¿Qué quieres decir? No te entiendo. —Frunzo el ceño—. Lo hago, pero no en este caso. ¿No respeto el tiempo que necesita Daniel?

—Muéstrale que, en cuanto a ti, las cosas están bien, sin prisa, cuando quieras hacerlo... Quizás a ti también te vengan bien unos días, comenzar la vida normal y después actuar.

—Crees que su decisión ha sido buena, entonces.

—Creo que la distracción de Daniel estos meses has sido tú. —Hace una pausa y me mira de forma dura, intentando convencerme de algo—. Y ha decidido que necesita alejarse cuando tú no eras una vía de escape, sino un recuerdo del pasado y de sus problemas.

Ya veo claro lo que quiero hacer. Quiero escuchar su voz. Quiero empezar de nuevo lejos de aquí, que cuando regrese lo vea todo de una forma completamente distinta. Gloria mira hacia el techo, distraída, y reparo en que es ahora cuando me toca a mí traerla de vuelta a la tierra. Aunque ese mundo al que viaja la proteja, le dé la locura que irradia su cuerpo como una respuesta a un mundo demasiado centrado en seguir las normas, en guardar silencio.

—A veces me sorprende que no utilices tus propios consejos —le digo acariciando el dorso de sus manos.

—¿Sabes por qué no lo hago? Creo que ya es demasiado tarde.

—Nunca es demasiado tarde.

Sí, todo el mundo se empeña en decirnos que no es demasiado tarde para cumplir nuestro sueño. Para ir en busca del amor de nuestra vida. O para solucionar de una vez por todas el problema interior que nos frena, pero lo que no sabe todo el mundo es que este mismo es el que nos ha hecho creer que, como es demasiado tarde para muchas otras cosas, las que nos harían felices también han caducado. Busco el dedo meñique de mi tía, recordando cómo hacíamos las promesas Daniel y yo cuando tan solo éramos unos niños.

—Hazme una promesa.

Ella aprieta con fuerza su dedo contra el mío.

—Yo voy a luchar por lo que quiero, pero tú también lo

harás. Cambiarás todo con lo que no estés a gusto, harás oídos sordos a las habladurías y dejarás de esconderte.

Sonríe y juro que es lo más bonito que he visto en mucho tiempo. Recuerdo que cuando me trenzaba el pelo yo fingía seguir estando mal durante mucho tiempo para que no dejase de hacerlo, ahora es ella la que no deja que mi dedo escape de la compañía del suyo. Como si la promesa fuera a esfumarse. Como el cabello de un diente de león.

—Promesa —susurramos juntas.

La púa negra

«El instituto es la mayor mierda que puedas imaginar.» Babia escribía en un cuaderno que se negaba a llamar diario. Gloria siempre le había preguntado qué escribía ahí, pero ni siquiera a ella se lo contaría. En esas hojas impolutamente blancas se juntaban la chica que fingía ser y la que realmente era, esas dos personalidades que fusionaban odio y amor en los folios con los que se confesaba al espejo. Por si Daniel estaba cerca.

Durante años no habían sabido casi nada el uno del otro, solamente miradas. Señales.

Daniel era el chico popular al que todo el mundo adoraba.

Y Babia era a la que todo el mundo miraba pero nadie se acercaba. Había pasado de ser simplemente una huérfana a convertirse en la chica más desapercibida del instituto. Pero si le decías algo, mordía. Mientras, se pasaba el día en las escaleras del centro con una guitarra en las manos y la ignorancia en los ojos. Odiaba la jerarquía que se creaba desde el primer curso de la ESO hasta el último, según la cual había que respetar a los líderes e ignorar a los que no querían llamar la atención con historias exageradas y modas pasajeras.

Babia pensaba que el negro era el color adecuado para tocar su música. El día que encontrase un color más oscuro, lo cambiaría.

—Mira, la gorda.

Ella intentó hacer oídos sordos, como de costumbre, pero se dio la vuelta.

—Apostaría a que tu celulitis y la mía son amigas. Traición. —Una chica que se ocultaba tras unas gafas de sol le rio la gracia.

También estaba Daniel. Apoyado en las escaleras, con dos chicos más. Nadie dijo nada, pero Babia se levantó, en menos de cinco minutos tenía Historia. Con las prisas se dejó su primera púa negra en las escaleras y cuando volvió ya no estaba. Miró por todos lados, pero a esa la sustituiría una que acababa de comprarle Gloria. Con sus iniciales.

El secreto de los búhos azules

𝓗a pasado casi un mes desde la última vez que vi a Daniel. Y a Helena. Al principio el tiempo pasaba despacio, a cámara lenta, hasta el punto de que le tiraba pelotas de papel a *Mousse de chocolate* para comprobar a qué velocidad las atrapaba. Gracias a Gloria he entendido que a veces la vida nos da un respiro para coger impulso, y lo necesito, así como entendí que necesitaba calmar las ganas de escuchar su voz.

Los primeros días marcaba su teléfono y escuchaba el tono de llamada hasta que intuía que alguien podía descolgar al otro lado. Colgaba. ¿Y si llama él? Eso me llevó a pasarme el resto de los días sentada en el sofá, esperando el momento en el que el teléfono sonase. Y cuando lo hacía, me llevaba una gran decepción. Ahora no estoy nerviosa, he dado un cambio a mi habitación. El espejo cerca de la ventana, la cama al lado de la puerta, el escritorio de espaldas al corcho. Y el corcho, el corcho sigue colgado de la misma pared donde él y yo lo miramos hace semanas desde el suelo. Así tengo la sensación de que las cosas van cambiando poco a poco, y aunque eso me hace sentir mucho mejor..., sigo pensando.

—Babia, recoge el correo antes de irte al instituto, el buzón debe de estar lleno. —Escucho la voz de Gloria desde la segunda planta.

Salgo de casa y piso el césped. Ignoro el buzón, más tarde lo vaciaré. Hoy no puedo llegar tarde, no hace tanto que he empezado segundo de bachillerato y mi tutora ha decidido que los retrasos resten nota cuando sean más de cinco. Después de aprobar la asignatura que me quedó en primero, no puedo volvérmela a jugar.

—Vale, tía. Pero acuérdate de que me has prometido una bici para que no tenga que andar más de seis manzanas todas las mañanas —le recuerdo con rencor.

Se asoma por la ventana de su habitación y me tira un paquete. Lo alcanzo al vuelo e intuyo que es una manzana. Vaya, se lo he recordado. Cuando vuelve a meterse comienzo a andar para no llegar más tarde que Carlota. Ella es mi compañera de mesa y la única chica con la que me hablo en clase; nos sentamos juntas el primer día porque éramos las únicas pelirrojas. Las dos estuvimos de acuerdo en que parecía que la época en que nos quemaban en la hoguera en la mitad de la plaza del pueblo no había pasado.

Cuando llego, distingo sus dos trenzas, el peto de cuadros y las Converse rotas.

—¿Qué te apuestas a que ella llega cinco minutos tarde? —Sonríe mostrando al mundo las paletas más blancas del planeta Tierra.

Carlota y yo pasamos tiempo juntas y nos intercambiamos los apuntes. Después no distinguimos los que son míos de los suyos. Creo que nuestro pelo no es la única razón por la que conectamos tan bien desde el primer día; ella es nueva y yo estaba demasiado receptiva. Acaba de llegar al pueblo con sus hermanas, tampoco tiene padres y adora La sonrisa de la banana. Hemos quedado en ir juntas.

—Cuando apuesto, no suelo querer perder. Venga, que nosotras ya llevamos dos minutos de retraso. —Subo rápidamente las escaleras empujando a un grupo de chicas que aún apuran su último cigarrillo.

—Espera, maldita, que las suelas de mis zapatillas están a punto de morir —responde mientras repite mi camino y actitud con las chicas rebeldes.

Seis clases después, me despido de dos compañeras más con las que hemos empezado a hablar hoy. Siento un ligero *bip* en el bolsillo pequeño de la mochila y, al rescatar el móvil, descubro que Gloria necesita mi ayuda en la panadería.

«No logro dar con el nombre perfecto y la masa de las palmeras de chocolate se me resiste», reza su mensaje.

Mi tía ha decidido cambiar de nombre la panadería y también comenzar a hacer pedidos a domicilio de tartas y postres elaborados por ella misma. Pongo todo mi empeño en contestar correctamente al mensaje cuando soy consciente de que estoy a punto de chocar contra una farola. Escucho una tímida risa cerca de mí e intento buscar a la persona que encuentra divertido mi despiste. Unos chicos de mi clase esperan al resto apoyados en el coche de uno de ellos, es repetidor y ya tiene el carné, pero cada uno está concentrado en una cosa distinta. Helena está justo al lado, recostada en el capó de otro coche; no la reconozco al primer vistazo.

—Lo que te acaban de poner tiene que ser muy interesante. —Un pendiente brilla en el frenillo que preside su sonrisa.

—Es Gloria... —Señalo el móvil y enmudezco.

Ella se acerca bajo la atenta mirada de mis compañeros. La miran de una forma distinta a como habrían mirado a su versión anterior, pero tampoco podrían apartar sus ojos de mi prima. Lleva una pequeña parte de la cabeza rapada, que se cubre con un mechón de pelo, su nuevo estilo finaliza con unos vaqueros muy ajustados y una camiseta que le llega a las rodillas.

—Me muero por verla.

Los centímetros que nos separan se esfuman y me abraza. Sigue oliendo como antes. Sus pulseras tintinean cuando la balanceo para comprobar que es verdad.

—Helena, Helena, Helena, lo siento. Te he echado tanto de menos...

Ella es incapaz de no soltar un par de carcajadas.

—Babia. —Me mira con la verdad en los ojos—. No estaba enfadada, estaba triste y decepcionada.

—Yo...

—No hablemos de eso. Estoy aquí porque no puedo vivir sin ti, sin vosotras y ¿sabes?, solamente me importa lo que hagan las que somos ahora.

Vuelvo a sumergirme entre sus brazos. Los chicos nos siguen observando, uno de ellos dice algo fuera de lugar y le regalo un bonito corte de mangas que puede coleccionar. Helena hace lo mismo y reímos.

—Las dos hemos cambiado y he tardado unos días en entenderlo. —Andamos hacia la panadería de Gloria—. Pero, vamos, si llego a saber de este recibimiento, habría venido antes.

Nos ponemos al día de camino. Helena está trabajando en El búho azul con Daniel, no hace falta que me diga que él la ha ayudado a conseguir el trabajo. No sabe nada de Claudia desde que vino a buscarla a casa y tampoco ha empezado la carrera que ella quería. Pese a que su padre sigue ayudándola en lo que puede, Helena no quiere recibir nada de ellos mensualmente, aunque sea a escondidas. Por eso está trabajando en la sala de conciertos y quiere reunir el dinero suficiente para pagarse la universidad.

Ahora mismo está viviendo con Daniel, pero busca un estudio similar al suyo por Madrid. Cuando pronuncia su nombre, intenta buscarme la mirada, pero la esquivo todo lo que puedo hasta que llegamos a la puerta de la panadería. Zas.

—Él pregunta por ti. —Desliza la mano por detrás de su oreja.

—Pensaba que no querría saber nada de mí.

—Babia, él no te dijo eso. —Captura mis manos en un gesto cariñoso—. Y además, todos hemos tenido mucho tiempo para pensar, ¿no?

No me atrevo a preguntarle, el solo hecho de escuchar su nombre después de semanas hace que me duela el estómago. Entramos y Gloria no cree lo que ven sus ojos, parece que haya pasado toda una eternidad cuando le cubre la cara con los restos de harina que aún se esconden entre sus dedos. Las dos me cuentan que habían hablado por teléfono, que Gloria sabía que Helena iría a buscarme al instituto.

—Sabes guardar muy bien un secreto, tía —le dice Helena con las mejillas cubiertas de harina y la frente de trazas de masa.

Me escondo detrás de las cortinas, repasando las etiquetas de los tarros que guarda aquí Gloria. No encuentro la respuesta en ninguno de ellos, pero intento buscarla sin descanso, hasta que oigo a Helena entrar e intentar averiguar lo que estoy haciendo. La voz de Daniel se acomoda en mi oído, aunque es una ilusión, es con la que he conseguido sobrevivir las últimas semanas. Plasmándolo en el papel por primera vez, escribiendo todo lo que le diría si pudiera tenerlo delante. A oscuras, guitarra en mano y rodeada de bolas de papel en las que viven melodías fallidas y sentimientos rotos. Pedazos de nosotros.

—¿Y si la respuesta es esa? —murmuro para mí misma.

—¿Qué? —Helena despierta de mi hechizo e intenta entenderme.

Ni siquiera yo entiendo todo lo que me invade la cabeza. Pero me concentro en pensar en cómo puedo llegar hasta él y desaparecen los miedos y el tiempo. Pues él mismo ha terminado difuminándose hasta convertirse en este momento. Me giro hacia Helena y ella casi tira un par de tarros de la estantería. «No te distraigas, no te distraigas, no te distraigas.»

—Voy a necesitar tu ayuda.

Oigo fuera la voz de dos clientes. Uno de ellos intenta regatear con Gloria.

—¿Qué se te está pasando por esa cabecita? Otro trato no, por favor.

Lejos de tratos, historias destinadas a salir mal y semanas de silencio. «Él pregunta por ti» es lo único que tengo en la cabeza, el botón de borrar el tiempo.

—Necesito que me lleves hasta Daniel.

Helena aplaude el final de la función.

Es por la noche y las calles de Madrid huelen a cerveza y perritos calientes. Septiembre vuelve a hacer que la capital recupere su movimiento y el metro a estas horas tarda una eternidad en pasar, haciendo esperar a las que ya no soportan los tacones o a los que están demasiado borrachos para regalarles un piropo al pasar. Hemos llegado a El búho azul de milagro, ya que el conductor parecía no haber cogido una curva en su vida. «Los taxis son solamente para ocasiones especiales.» Gloria ha insistido en que esta lo merecía y las tres nos hemos pasado el viaje encajonadas en la parte de atrás escuchando canciones imposibles con ritmos aún más endemoniados. He echado de menos al taxista italiano que me llevó hasta la residencia psiquiátrica y comentarlo no ha parecido sentarle muy bien a su compañero. Que ha estado a punto de dejarnos en mitad de la carretera, a Gloria con la cámara de fotos, a mí con la guitarra colgada a la espalda y a Helena con los nervios a flor de piel. Pero ¿no se supone que la que debería estar nerviosa soy yo? Y no lo estoy hasta que llegamos a la puerta de la sala de conciertos y veo a los dos gorilas apostados en la puerta. Reconocen a Helena de inmediato y uno de ellos le guiña un ojo a Gloria.

—Está comprobado que una mujer como yo no puede salir de casa.

La noche de micros abiertos parece ser todo un éxito por las personas que hay aquí dentro. Ahora comprendo por qué aquella vez no nos dejaron pasar; comienzo a agobiarme en el mismo momento en el que un chico con el pelo azul y una carpeta en la mano se dirige a nosotras. Helena ha conseguido que logren hacerme un hueco, me ha enorgullecido comprobar que, pese a que lleva poco tiempo, todos sienten simpatía hacia ella.

—¿Eres Babia? —Tiene acento ruso y lleva un chaleco de girasoles.

—Sí, mmmm… ¿No necesitas mis apellidos?

—Oh, Dios, chiquilla, ¿crees que hay muchas chicas con ese nombre?

Gloria y yo nos miramos. Observo su traje negro con admiración, le hace un gesto con el sombrero al encargado de la lista de artistas y nos lleva por un pasillo hasta cerca del escenario. Compruebo que no soy la única que ha tenido un ataque de valentía esta noche; hay varias chicas delante y un hombre que me triplica la edad. Me observa curioso, colocándose distraído el cuello de la camisa. Mientras todos calientan la voz, yo respiro completamente aterrada. El techo es de color negro.

—Escucha atentamente. —El chico vuelve a mí cuando Helena y Gloria se han sentado entre las mesas cerca del escenario—. ¿Ves ese monitor?

No lo había visto, pero asiento.

—Bien, pues debes estar atenta a que tu nombre aparezca en él, en ese momento te estarán presentando. Ese será tu momento. —Me sonríe, esta vez mucho más relajado.

No pierdo de vista el monitor en ningún momento. Incluso cuando el hombre más mayor se acerca a mí con disimulo, él tampoco parece querer calentar. Me asomo a la sala con cuidado, intentando no encontrarme con Daniel, al menos aún no le he visto.

—¿Es tu primera vez? —La voz del hombre es ronca, presa del humo—. Aquí, digo.

—Sí, nunca había cantado antes en público —respondo y vuelvo a mi sitio anterior.

Tiene la piel arrugada y los ojos grises. Continúa hablando y compruebo extrañada que me tranquiliza escucharlo, él canta todas las noches en las que pueden hacerlo los anónimos. Dice que hacerlo le hace sentirse vivo. Resbala hasta el suelo y yo lo acompaño; cuando sentimos que el nombre del monitor cambia los dos alzamos la mirada. La suya impaciente, la mía nerviosa.

—¿Sabes cuál es el secreto de los búhos azules? —Ríe al ver mi cara de no estar entendiendo nada—. Los búhos azules, así nos llaman a los que cantamos noches como esta. Solamente los demás merecen ser llamados artistas, ya sabes.

—¿Imaginarse al público desnudo?

—Vamos, pequeña, ese es un truco de principiantes. El secreto es visitar el baño cinco minutos antes, beber agua y escupirla una vez que estés en el escenario. Antes de que se enciendan las luces.

—¿En serio?

—Muy en serio, lo más sorprendente es que funciona. —Se sacude las manos en el pantalón—. Fuera nervios. Me lo contó un hombre que también cantaba aquí.

—¿Y si alguien resbala con la mezcla de agua y saliva de unos desquiciados?

—Procura haber terminado de cantar y estar de camino a casa. —Me ofrece su mano para chocarla con la mía.

Mi nombre aparece en el monitor cuando menos lo espero. Procuro no olvidarme de la guitarra, la púa, y miro durante unos segundos mi nombre en rojo. Parpadeando.

—Mucha mierda, pelirroja. —Un guiño y tres sonrisas diferentes.

—Gracias, creo que la voy a necesitar. —Me tiembla la voz.

—Que nadie te diga que no puedes volar sobre el escenario, y menos tú misma.

Cuando estoy entre bastidores, bebo de la botella de agua de una desconocida. Oigo al público hablar mientras me adentro en la oscuridad del escenario, sujetándome al taburete que está detrás del pie de micrófono para no caerme. Escupo antes de que se enciendan las luces, de que todas las miradas se centren en el escenario y suenen los primeros acordes de mi guitarra. Lo veo en la barra y comienzo a cantar.

Y no pedí que te quedaras

Érase una muñeca perdida,
la niña a la que no has vuelto a mirar,
un complejo rompiendo el espejo,
una herida,
un ancla en el mar.

¿Cuándo fue soñar mi valentía?
Si caer contigo fue volar,
¿cuántas gatas perdieron la vida
buscando en tu mirada la polar?

[Estribillo] Mírame. Que esta noche sin ti, yo no puedo.
Que esta niña se arranca los miedos
y vendo mi boca por esta canción.
Mírame, que esta noche sin ti, ya no quiero,
se me enreda tu nombre en el pelo
y abre las cortinas de mi corazón.
Mírame. Cada noche se queda a dormir en mi cama
la misma emboscada
de la madrugada
en la que no pedí...
No pedí que te quedaras.

Me hiciste inmortal en las alturas,
no miento si juro que, a morir,
de ti el invierno

me destronaste la luna.
Y en tu aliento he visto amanecer Madrid.

¿Cuándo fue soñar mi valentía?
Si caer contigo fue volar,
¿cuántas locas se visten de fiesta
buscando tu sonrisa en este bar?

[Estribillo]

Como cada amanecer, suspiro en la ventana
suplicando al cielo
un beso en el paraguas,
verte sonreír
y sonreír contigo.
Pero cada anochecer
un rock and roll dormido,
tras esa persiana
tienen dueño mis latidos,
no volveré a bailar
si no bailas conmigo.

[Estribillo]

Y no pedí que te quedaras.

*B*abia,

No se me da bien escribir cartas. Recuerdo cuando de pequeño me explicabas algunas cosas con dibujos porque odiaba leer, también escribir. No creo que pueda llegar a escribirte todo lo que ahora tengo en la cabeza. Siempre me han gustado mucho más las imágenes. Por eso rescaté esta foto que te hice bajo el paraguas rojo cuando éramos unos niños. ¿Recuerdas cuando te dije en Madrid que coleccionaba o hacía fotos de lo que no quería olvidar? Nunca he querido olvidarte. Nunca. Por eso guardaba algunas en una caja de madera que me regaló mi madre, allí decidí guardar las que no me atrevía a colgar en las paredes de mi habitación.

Quiero que la tengas tú, la razón es que no quiero que olvides que no borraré de mi memoria todo lo que hemos vivido. Y que quiero poder regalarte más fotos, cubrir mis paredes con nuestros viajes y tus tres tipos de sonrisa diferentes. Ahora entiendo todo lo que hacía Henry Roth por Lucy en *50 primeras citas*, el vídeo que le reproducía día a día haciéndole recordar su historia y todo lo que les iba sucediendo. Yo tampoco puedo soportar pensar que podrías olvidarme, que toda una vida ya no sea suficiente para ti. Que pedirte tiempo para coger fuerzas haga que te pierda para siempre. Estoy seguro de que, entre todas esas historias destinadas a terminar bien y que luego se truncan, hay una excepción. Igual que cuando me dices que hay pingüinos que andan en línea recta o gatos a los que les encanta el agua, aunque no sea el caso del nuestro. Babia, quiero que seamos la excepción, no volver a dudar, ni tener que soportar que me vuelvan a fallar las fuerzas porque el peso de nuestro pasado sea demasiado para mí. Porque mi cabeza no entiende que todo llega y pasa. No quiero más tiempo, no quiero que seamos una de esas parejas que necesitan pensarse estar juntas. Ven, vuelve. Te espero en Madrid, sabré que eres tú si llamas tres veces.

        Firmado: Un jodido idiota

Nuestra historia está llena de detalles

No es solo una canción, es simplemente parte de nuestra historia. Cuando termino de cantar y parte de la sala se pone en pie para aplaudir, la siento más viva que nunca. Los focos impiden que vea con claridad, pero su sombra me ha acompañado durante toda la actuación, calmando el temblor de mis manos. El nervioso bombeo del corazón. Un humo blanquecino inunda el escenario y oigo los gritos de Helena y Gloria entre el público. Sonrío, sonrío casi sin querer, llevada simplemente por la ilusión de haberla cantado. Me acerco al micrófono.

—Esta canción es para él.

El búho azul se sume en un incómodo silencio.

—Es una respuesta al tiempo, no tiene sentido seguir esperando porque...

Más aplausos. La sala se viene abajo y ya no lo encuentro detrás de la barra.

—Porque te quiero. —Mi voz se pierde.

Bajo del taburete y no sé si él me ha escuchado. La siguiente chica que va a actuar me observa nerviosa al cruzarnos entre bastidores. Pienso en contarle el secreto de los búhos azules pero veo sus ojos marrones antes de decidirme. Los ojos marrones más bonitos del mundo. Daniel está sentado sobre dos altavoces de repuesto que esperan ser utilizados algún día, vestido con el uniforme del local. Negro, con el logo azul. Con barba de más de una semana y el pelo despeinado, y me sigue haciendo olvidar todo lo que me rodea con solo mirarlo. Sujeto con fuerza la guitarra y me acerco, respiro su aliento.

—¿Acaso me has olvidado? La primera opción era perderme. —Su voz está ronca por largos días de trabajo o noches sin dormir.

—¿Te he perdido?

—No —responde—. ¿Me has olvidado?

—No.

Sus manos me atrapan y resbalan hasta mi cintura. Me conocen y las conozco, tanto que el recuerdo de ellas hace días era capaz de matarme. Sin compasión y por la noche, sin oportunidad de dejarme en coma, mortal. Reparo en que de su cuello sigue colgando la flauta de pan, pero justo al lado encuentro la púa de una guitarra. La que perdí en las escaleras del instituto. Rozo sus rodillas con las manos y apoya la frente en mi hombro, derrotado. Con un peso demasiado grande para sostenerlo él solo. Le sujeto la barbilla y mi sonrisa tropieza con la suya. Sabe que he visto la púa negra.

—¿Has leído mi carta? ¿Por eso estás aquí? —susurra.

¿Qué carta? ¿Él me ha escrito una carta? ¿Cuándo? «Babia, recoge el correo antes de irte al instituto, debe de estar lleno.» Las palabras de Gloria resuenan en mi cabeza, una y otra vez. Después repaso en orden el resto del día, clases, Helena, la panadería de Gloria y mi actitud de distracción fingida en cuanto a recoger todas las cartas del buzón. No lo abrí en ningún momento.

—No, no he leído ninguna carta. Estoy aquí porque no necesitamos más tiempo.

Él me mira con sorpresa. Va a hablar, pero descanso mi mano sobre sus labios.

—Estoy segura de que estoy enamorada de ti. Y sí, sé que nuestro historial no es el mejor del mundo y que meto la pata cada dos por tres. Soy cabezota, a veces torpe, y he cometido muchos errores, pero te quiero. Y aunque no siempre sea suficiente, estoy dispuesta a que para nosotros lo sea.

Sostiene mis manos entre las suyas, bajo dos miradas asustadas.

—No necesito más tiempo para saber que para mí es suficiente —responde.

—Perdóname.

—Pídeme perdón cuando yo no tenga parte de culpa. —Señala a su alrededor como si todos sus problemas estuvieran cerca—. Esto no es fácil.

A nuestro lado pasan los trabajadores encargados de que todo esto salga bien. El sonido, la melodía, las canciones y el resto de cosas que forman El búho azul. Daniel sigue sin saber nada de su madre y, pese a que todos intuimos que está bien, no es fácil para él vivir sin conocer su paradero. En cambio, August Creek sigue viviendo en su casa, condenado a la soledad eterna y pendiente de juicios. De momento no puede trabajar como abogado. Algunos vecinos dicen que pasea por las noches para no encontrarse con nadie, para no tener que soportar las miradas. Nadie lo ha visto durante el día desde lo sucedido.

—Gracias por la canción. Pensé que nunca te escucharía cantar. Odiabas que lo hiciese cuando eras pequeña…

Me siento a su lado. Sonreímos. Recuerdo esconderme detrás de las cortinas, enredarnos entre ellas.

—He decidido arriesgarlo todo.

—¿Por mí?

—Por los dos —respondo tímida—. Quería que conocieras mi arrepentimiento.

—¿Sabes que a veces lo arriesgamos todo y lo perdemos en cuestión de segundos?

—Esta vez estoy dispuesta a saber si merece la pena perderlo todo.

Se muerde el labio inferior. Sé en qué está pensando desde que nos hemos visto. Se incorpora y está justo delante de mí. Ofreciéndome que me ponga a su altura. Aún sigo temblando, pero dejo de hacerlo cuando estamos tan cerca que tropezamos. Y reímos, porque tropezar juntos puede ser divertido.

—El golpe puede ser duro —susurro.

—No importa. —Recorre mi frente con su nariz, distraído.

—A lo mejor no nos recuperamos de esta.

—No importa.

—Habrá días malos y otros muy buenos.

—No importa... —Coloca su mejilla junto a la mía, rozándome con su mandíbula.

—Seguiremos siendo lo que somos, tú el chico de las tormentas y yo a veces la más tonta de la ciudad.

—No importa —murmura contra mi boca.

Nos besamos entre bastidores, desesperados por un recuerdo más. Ignorando el nombre de la canción que suena a unos centímetros de nosotros, porque la única melodía que queremos escuchar es la de nuestros labios. Las manos enredándose y el ligero movimiento de los zapatos. Cuando Daniel se retira un momento y sus párpados se levantan, yo descubro que esto es otra canción.

—¿Dónde estabais? —nos preguntan Helena y Gloria al encontrarnos en la puerta de salida.

Daniel ha perdido su turno y un compañero le ha tenido que sustituir. Podría haber mentido, pero todos los trabajadores han visto nuestros besos entre bastidores y el resto del camino hasta la calle.

—Estábamos hablando —responde Daniel—. Mi turno ha terminado por hoy, puedo llevaros hasta casa.

—¿De verdad piensas que vamos a creer que estabais hablando? —exclama Gloria de camino al coche.

—Puedes creer lo que quieras, tía. Hablando o...

—No, por Dios —grita Helena—. No le des cuerda a mi imaginación.

Guardamos la guitarra en el maletero y Daniel sustituye la púa negra que perdí en el pasado por la nueva. Con la que he tocado su canción. Cree que no me he dado cuenta. De vez en cuando lo encuentro en el espejo retrovisor, ya que Gloria me ha robado el sitio en el asiento del copiloto. Después de un viaje en el que esta noche se repite una y otra vez en mi cabeza nos quedamos solos en la puerta del jardín. Viendo cómo ellas encienden todas las luces del interior. Escuchamos sentados en las escaleras el profundo silencio en el que se ha sumido el pueblo, lejos del ensordecedor ruido en el que se convirtió hace unas semanas. Él sigue llevando el uniforme y yo la guitarra.

—Esta vez iremos con más cuidado, ¿no? —Mira al frente.
—Sí. —En consecuencia, no le puedo pedir que se quede esta noche a dormir. Aunque me muera por hacerlo.
—Ahora yo también tengo miedo a las despedidas.
—Es un efecto normal después de besarme.

De su garganta, una carcajada. Se levanta y salta los pocos escalones que lo separan del suelo. Lo imito, burlona, andando y hablando como un chico, y esto hace que su sonrisa olvide la tristeza que antes nos ahogaba. Que le recuerda que aún le quedan batallas que librar. Llegamos hasta la puerta y abre las del coche con el mando a distancia, sin la intención de irse en su cuerpo. Se apoya en la pared de ladrillos.

—¿Qué? ¿Qué pasa? —pregunto dejando caer el peso de mi cuerpo en la pared contraria.

Nos separan cuatro pasos y en poco tiempo, kilómetros. El tiempo no nos da una tregua, actúa acorde con lo que sentimos y con las ganas que tenemos. Cuantas más ganas de besarnos, cuatro pasos pueden ser eternos. Acorta uno.

—¿Es esta tu forma de despedirte?
—Como no me gusta, no lo hago —respondo—. Y tú, ¿qué haces cuando llega la hora de decir adiós?

Me besa y las luces se apagan como única respuesta. La única forma definitiva de despedirse es el olvido y, nos guste o no, el olvido no existe. Es como uno de los besos de Daniel, mientras está cerca es imposible de entender, pero cuando no está echas de menos la complejidad de no poder hacerlo nunca. No nos decimos adiós, no pronunciamos ninguna palabra, porque hacerlo sería aceptar que vamos a separarnos en cuanto él se suba al coche, que olvidaremos después de separarnos físicamente. Y nosotros no podemos hacerlo.

Epílogo

(Aloha)

31 de diciembre. Madrid

Es casi medianoche y fuera no para de nevar. Toda la carretera está cubierta de blanco y desde la ventana de mi habitación se puede ver parte de la sierra. Parece que estamos en mundos completamente distintos, en el exterior la nieve da un aspecto triste y a la vez mágico al pueblo. Mientras Daniel insiste en que odia ese color, Helena y yo aprovechamos a lanzarle bolas cuando está despistado. Los dos están pasando las Navidades en casa, mi prima se vino unos días antes y él esperó a terminar la universidad y sus turnos en el trabajo. Las escaleras están adornadas con luces de colores, hay muñecos de nieve en las puertas de las habitaciones y el protagonista del salón es un enorme árbol.

Gloria fue a buscarlo y cargó con él con ayuda de un vecino. Yo no pude acompañarla, porque tenía exámenes y Helena estaba entrenando en Madrid. Se ha apuntado a clases de patinaje sobre hielo y lleva parte de las vacaciones con los pies vendados por las rozaduras y heridas que le hacen los patines. Ninguno podemos negarnos a darle un masaje nocturno.

—No van a tardar en dar las campanadas, vamos, vamos.

Tardo en entender a Gloria. Tiene los carrillos llenos de lombarda al horno con piñones. Queda pescado con patatas asadas en la mesa, pero ni siquiera Daniel tiene ganas de comer más. No tardan en dar los cuartos desde la Puerta del

Sol, pero Helena ya lleva más de la mitad de las uvas. Nosotros tres comenzamos en orden por cada campanada. Daniel busca mi mano por debajo de la mesa. Todos estamos cenando en pijama y es que mi tía dice que es una nueva tradición. En cambio, esto no hace que Daniel esté menos guapo el último día del año, el flequillo le ha crecido un poco y en sus ojos ya no quedan casi recuerdos tristes. O cada vez menos. Ha ganado el primer juicio contra su padre y, aunque este ya no vive aquí, todos siguen hablando de él, más ahora que se enfrenta a varios años de cárcel. También ha implicado a terceras personas.

La casa de los Creek es ahora esa que los niños dicen que está embrujada, sin saber que hubo un tiempo en el que era el hogar de una familia destrozada por las tormentas. Algunas ventanas están rotas y desde la puerta del jardín se pueden observar telarañas y desperfectos creados por los que entran creyéndose valientes. Ya no la miramos al pasar, intentamos olvidar su cercana presencia.

Nos comemos la duodécima uva y comenzamos un nuevo año. Gloria se levanta de la mesa y la serpentina que descansaba entre sus manos cae en nuestros platos como si se tratara del postre. Los cuatro reímos al ver la cara de Gloria cuando Helena intenta salvar el pescado despegando cada tirita de color. Una a una.

—¿Quieres cantarnos algo? —me propone mi tía como si estuviéramos en un karaoke.

No me puedo negar ante la mirada de Daniel; rescato la guitarra del sofá y comienzo a tocar los primeros acordes de *Somewhere over the rainbow*. Recuerdo que antes de empezar segundo de bachillerato no me atrevía a decidir qué hacer con mi vida, en cambio ahora en unos meses me presentaré a una audición para formar parte de un grupo de música que acaba de formarse hace unas semanas. Necesitan una voz femenina. Y no sé cuánto tengo de eso, pero en mi partida de nacimiento pone que soy una chica. Daniel lo confirma.

—*Ooooh somewhere over the rainbow, way up high* —canta Helena conmigo.

El móvil de Daniel hace vibrar la mesa, dándonos el primer susto de Año Nuevo. Me mira inquieto, no puede ver el número de la persona que le está llamando. Los dos pensamos que puede ser alguien que quiere felicitarlo, pero se levanta de la mesa y va hacia el jardín. Vuelve y me coge de la mano ante el silencio de Helena y Gloria, salimos juntos. Todo está nevado y el único sonido que escuchamos ahora es el canto de los grillos, antes de que Daniel descuelgue y del teléfono salga un extraño eco. Nos quedamos cerca de la puerta, muriéndonos de frío, sin sentido.

—Hijo... —Escuchamos la voz de India al otro lado del teléfono.

—Mamá. —La voz de Daniel tiembla y esta vez no es porque ahora sí ha llegado el invierno—. ¿Eres tú, mamá?

No oímos bien la voz del otro lado, por eso Daniel baja las escaleras en busca de buena cobertura. Se queda quieto en un punto.

—Sí, Daniel, soy yo. Soy yo.

Me muerdo los carrillos intentando comprobar que es real.

—Perdona todos estos meses, tenía que asegurarme de que tu padre no estaba buscándome, que todo salía tal y como lo planeamos. El doctor Bellido me ha ido informando de todo, pero no podíamos arriesgarnos.

Nadie la está buscando. Es libre. Y aun así sigue hablando como si quisiera seguir escondida. Daniel dispara mil preguntas que no son respondidas, hablan unos minutos más. Le dejo espacio y le oigo susurrar, desesperado.

—*Aloha*, hijo.

Los ojos de Daniel se abren, comprendiendo.

Captamos la indirecta de India. Huidiza, temerosa, sin descanso. Y cuelga rápido. Daniel tiene los labios cortados por el frío, pero en ellos se dibuja la sonrisa más radiante del mundo. Observamos la nieve unos minutos más, hasta que volvemos a casa pensando en las últimas palabras de su madre.

Helena y yo encontramos a Daniel en el marco de la puerta más allá de la madrugada, cuando lo único que podemos percibir son los ronquidos de Gloria y los ronroneos de *Mousse de chocolate*. Cuando no los oiga, me sentiré demasiado lejos de casa. Daniel es incapaz de quedarse dormido en la habitación de invitados y le cambia el sitio a Helena.

Contemplamos desde la cama el corcho de escapar, hasta que nos quedamos dormidos. Repleto de tickets, frases y fotos que hablan de nosotros. Con cada recuerdo y el último «Aloha» en nuestras bocas, tenemos la seguridad de que cualquier cosa que soñemos es posible.

A hui hou*

*A hui hou significa «Hasta que nos volvamos a ver» en hawaiano y se pronuncia «ah wu-ii hoe».

La foto del centro del corcho fue realizada por un desconocido en Hawái, durante el verano siguiente al final de Cómeme si te atreves.

Gracias por tanto...

Sí, esto es una despedida. Una de esas con pañuelos blancos y con trompetas de fondo. Una que espero que continúe con un regreso. Espero que nos volvamos a encontrar en este pequeño lugar que hemos creado juntos. Y es que alguien me enseñó que los encuentros más bonitos suceden en los sitios más inesperados y cuando menos los esperas. Si te cuento un secreto te diré que gracias a ella nunca he visto las despedidas como la última vez que veo a esa persona, son comienzos de historias. Como esta y la mía con todos aquellos que han estado ahí en un momento u otro...

Gracias a Babia, por llegar en el momento justo, sacarme de la cama, lavarme la cara y mostrarme un mundo distinto. Y a la persona que me dijo: «Eh, deja que Babia cuente su historia», mi Silvia, porque sin ella nada de esto existiría. Por sus consejos, las mil conversaciones, bromas y los planes de futuro. Por estar al otro lado del teléfono en los momentos más necesarios. Creo que te necesito para comprender el mundo.

A Chris, mi hermano. Por escribir *Y no pedí que te quedaras* para Babia. Dicen que todos tenemos una parte de nosotros perdida por el mundo, él es la mía. Ya no imagino una vida sin el tacto de su mano cuando nos caemos, las noches que no mueren o los sueños compartidos. Eres mi más estricto significado de *ohana*, mi familia. Abróchate, que el avión va a despegar y estoy en el asiento de al lado... Te quiero.

A mi familia, por ser el mejor significado de la palabra «casa». Mis padres, a ella por todo y a él por seguir asomándose todas las mañanas a mi habitación para comprobar si estoy bien. A mis abuelos, por la historia de amor más bonita del mundo. Y a mis tías, Raquel y Belén, por haberme prestado sus casas para escribir, por las tartas de manzana, el interés continuo y las conversaciones más divertidas del mundo, por creer en mí a ciegas. A mi tía Mari Carmen, por los ataques de risa y todos los momentos juntos. A mi tío Jose, por ser un segundo padre para mí, por todo el cariño del mundo y la seguridad de que siempre te tendré ahí, por ser más que la sangre. A mi hermana Helena, por el título que da vida a esta historia y porque cuando yo comienzo a ser el débil, ella está preparada para ser la fuerte. A Aitor Muela, su persona, por las noches de pizza y debates, espero que sigas siendo mi favorito mucho tiempo más. A Alba Benito Vicente, porque cuando no estés, me faltarás. A Silvia Expósito, por aparecer siempre para protegerme con dos bolas de nieve y el barrio en tus manos. A Laura González, para mí una tía más por quererme sin juzgar y estar siempre al otro lado. A Susana del Hoyo Martínez, por creer en mí con la fuerza de un sueño. Y a la que para mí es una hermana, Esther Díez Muñoz, por toda una vida juntos llorando, riendo y aprendiendo que la vida no es todo lo justa que nos gustaría, pero que podemos retener todos los momentos juntos que la hacen bonita. Por esas noches mirando las estrellas.

A ti, Carol París, la mujer con el nombre más bonito del planeta Tierra, por ofrecerme un hogar que jamás imaginé y ser la perfecta capitana de nuestro barco. A Andrea Tomassini, por cuidarme con consejos, palabras y risas a tiempo. A Esther, la de la risa de Julia Roberts, por hacer brillar *Cómeme si te atreves* y por una tarde lluviosa con sabor a un posible futuro en el que ojalá nos encontremos muchísimas veces más. Mil gracias.

A Jenny Llorente, por acompañarme a mí en este viaje, y a Babia y Daniel con un talento que sentí latir desde el primer día. Por una amistad desde la infancia, por entenderme siempre con una carcajada y tener las botas preparadas para una aventura más, como cuando éramos niños y no nos caíamos bien. Gracias por compartirlo todo conmigo, haces que cada cosa sea aún más especial. A Raquel Vargas, por ser una chispa de locura en un mundo demasiado serio. A Nerea González, por la sonrisa más bonita del mundo. A David Muñoz, por cogerme de la mano cuando los lobos nos perseguían.

A Lucía Gayo, el hada madrina con la magia más poderosa del universo, por no permitirme nunca volver al mundo real subido en una calabaza y con el pijama puesto. Por enseñarme tantas cosas que he perdido la cuenta, por hacerme sentir como en casa cada vez que el tiempo nos deja. Tengo la seguridad de que malcriaré a tus hijos con gominolas e historias más apasionantes que las que se cuentan en palacio. Siempre.

A Beatriz Romeo y Raquel Arias, por darme tiempo para conocerme, por quererme cuando me costaba creer que había algo más allá de la campana de las cinco. Gracias. Y a Yoli, por estar siempre ahí, debes de saber que me siento orgulloso de tenerte como amiga desde los seis años. Nos acompañe o no el tiempo. A Patricia Sánchez García, por los regresos, por ser la que mejor captura todos esos momentos mágicos que se nos escapan.

A Mónica Varela, la distancia no ha conseguido apagar las risas, los abrazos, el entendernos, lo que te quiero y los días que siguen perteneciéndonos. Porque ahora que te tengo aquí, te prometo que yo no voy a irme a Islandia. Me quedo contigo. Y a su tati María Varela, a ella también, por hacerme sentir en casa. A Yarde, por dejarme para los labios de Daniel una frase que ella no para de repetirme: «No tengo intención de decirte adiós», la mía tampoco es esa. Y también por acompañarme en cualquier sueño que me proponga, con el corazón. Porque cuando tengas la sensación de que es una despedida, agárrame fuerte, para volver a vernos en el sueño siguiente. A Sara Díez Aragonés, por ser una de esas cosas bonitas que regala la vida. A Laia Soler, por transportarme a los lugares más mágicos desde un sofá o cualquier sitio del planeta Tierra, por compartir, por la amistad que me regalas e insistirme en que «Ahora es el momento». Escucharte me hace creer en mil cosas.

A Anabel Botella Soler, por ser incansable animándome en cada batalla, por los principios y los finales en los que te aseguro que seguiremos cerca, amiga mía. Por ser simplemente tú, conmigo.

A Nuria Mayoral, por todo el cariño y las tardes de café, te prometo que vienen cosas buenas. A Paco, por toda la ayuda del mundo y su eterna sonrisa. También a Ester, a los dos, por sonreírme con el calor del hogar siempre que nos encontramos por Madrid. A Carlos García Miranda, por las carcajadas bajo la barba y los comentarios en Instagram, que son similares a los Ferrero de Isabel Preysler, no los esperas. A Francesc Miralles, por la magia. Y a ti, María Villalón, por prestarle a Babia para *Y no pedí que te quedaras* la voz más mágica del mundo. Ah, y también simplemente porque me gustas un montón. A Carlota, porque sin saberlo es para mí un ejemplo a seguir tanto en la literatura como en la vida. A Daniel Blanco, por lo bien que le caemos al destino.

A Eva Rubio y Rocío Muñoz, por estar desde el comienzo del cuento, por una amistad que no cesa. A Laura Cabo, por los pequeños momentos que nos quedan por Madrid. A Jumi, por creer en Babia desde el comienzo, por ser lo que yo era y porque te convertirás en algo mucho mejor de lo que soy. A Ana (Fontaine), por todos estos años creyendo, riendo y haciendo de esas conversaciones algo que recordar.

A Miriam Malagrida, porque siempre nos quedarán los canapés de una fiesta y todo el cariño del mundo por darnos. A Stephanie, por descubrirme su mayor secreto, por comunicarse conmigo con abrazos cuando el idioma era un obstáculo.

A Pablito, porque siempre serás un gigante para mí, mi gigante. A Víctor Heranz, por los comienzos y a Alba Quintas, por ser la mirada cómplice. A Rocy Carrillo, por dejarme seguir disfrutando de tu amistad, nunca la bondad tuvo una mirada tan bonita. A Alba García, por ser una de esas amigas a las que nunca olvido, por levantar un teléfono siempre que puede para preguntarme por mí y mis historias. A Engracia, por la inocencia y ser una de las mujeres a las que más querré siempre. A Yaiza Jara, por aquel momento en el que nuestros ojos se encontraron en aquel albergue. A Paqui, su hermana y mi favorita, por los principios, la rebeldía y una fuerza que me hace volver a creer en las personas. A Melody, la chica del mar, por demostrarme que el océano no nos impide tenerle un aprecio gigantesco a alguien. Por ser especial. A todos los que me han ayudado con la palabra o sonrisa adecuada, antes o después, no lo olvido.

Y a ti, por creer en los finales felices y los besos a tiempo. Coge el timón, cambia de rumbo y comienza a creer en que nada nos impide sonreír al llegar a nuestro destino... Gracias, porque ahora tampoco sería nada sin vosotros.

Este libro utiliza el tipo Aldus, que toma su nombre
del vanguardista impresor del Renacimiento
italiano Aldus Manutius. Hermann Zapf
diseñó el tipo Aldus para la imprenta
Stempel en 1954, como una réplica
más ligera y elegante del
popular tipo
Palatino

***
**
*

Cómeme si te atreves
se acabó de imprimir
un día de invierno de 2016,
en los talleres de Liberdúplex, s.l.u.
Crta. BV-2249, km 7,4, Pol. Ind. Torrentfondo
Sant Llorenç d'Hortons (Barcelona)

***
**
*